1

Es begann damit, dass ich vom Klingeln des Telefons aufwachte.

Aber so nahm ich es nicht wahr.

Ich war in wilder, panischer Flucht. Ich hatte jemanden ermordet. Wen, wusste ich nicht, aber mir war klar, dass es geschehen war, *es war passiert*, es gab für mich kein Zurück mehr, keine friedlichen Abende mehr mit den Freunden, keine entspannenden Pokerspiele bei Nick, nichts mehr mit abends in meinem hässlichen, verschlissenen alten Stuhl sitzen und Country & Western hören, während der Lärm über den Straßen in rhythmischen Wellenschlägen auf und ab klang.

Es war geschehen, ich hatte die Grenze überschritten, ich war für immer auf der falschen Seite.

Ich floh, von der Polizei verfolgt, durch scharfe, schmale, abwechselnd steigende und fallende kleine Felsabgründe – wie auf der Flucht durch die Kasbah einer arabischen Stadt. Sie waren hinter mir, waren mir dicht auf den Fersen. Ich verlor in einer scharfen Kurve die Kontrolle über das Auto, und weiterhin konnte ich überall das Heulen von Sirenen hören, über den quietschenden Reifen des Autos und über dem Gestank von verbranntem Gummi, meine blutbefleckten Finger am Lenkrad sah ich wie das letzte Bild eines Films.

Dann langte mein rechter Arm nach dem Telefonhörer neben der Matratze. Mein Arm ist ein kluger Arm. Der hatte längst durchschaut, dass es sich bei der Sirene um ein gutes, altmodisches Telefon handelte.

»Hallo?«, sagte ich.

Nicht gerade genial, auch nicht besonders erfindungsreich, aber 3.30 Uhr ist keine Zeit für geistreiche Bemerkungen, und im Übrigen ist »Hallo« kein gering zu schätzendes Wort. Edison selbst soll es erfunden haben, sodass ich jedenfalls in bester Gesellschaft war.

»Hallo?«, wiederholte ich lockend.

Irgendetwas rührte sich.

Der Laut am anderen Ende der Leitung war schwer definierbar, nicht allein aufgrund des unterbrochenen Albtraums und meiner Schläfrigkeit. Eine männliche Stimme, die röchelte, nicht nur wie ein Betrunkener, sondern wie ein völlig sinnlos besoffener Mann auf einer sechstägigen Sauftour, einer, der plötzlich sein ganzes Leben und das der restlichen Welt um der einen Sache willen in einem vorbeifliegenden Rinnstein sieht und will, dass alle sie sehen, einer, der staunende Leute zu ihr hinschleppt, damit auch sie das unabwendbare Schicksal alles Vergänglichen erkennen sollen. Ein betrunkener Mann am Rande des absoluten Zusammenbruchs, so klang es.

»Komm ...«, sagte die Stimme belegt. »Komm ... *Du* bist es oder? ... Komm *sofort* ...«

Ich war inzwischen ein wenig zu mir gekommen. Ich fragte, mit wem ich spräche und um was es sich handelte.

»Ich bin's, alter Freund ... Du kennst doch die

pax gehören zusammen wie Nazis und Gas. Er atmet mit der gleichen Selbstverständlichkeit durch sie hindurch, mit der die alten Bluessänger aus den Südstaaten durch eine Mundharmonika atmen: Es gibt nie eine entscheidende Bewegung oder ein dezidiertes Inhalieren. Sie sitzt da nur, die Zigarette.

Außer Ronnie, der dabei war, den Fußboden zu fegen, die Bar abzuwischen und die Flaschen aufzufüllen, war da ein Elektriker, der eine anscheinend lebensgefährliche Arbeit zu verrichten schien: ein paar schlecht isolierte Kabel verbinden, schwitzend und fluchend, ein Bier neben sich.

Dann noch ein einzelner Saufbold, der mit leerem Blick vor sich hin stierte, ohne den Mund zu öffnen oder zu reagieren. Er war total steif. So einen wie den akzeptiert man, weil er in Ronnies Laden bekannt ist. Man geht diskret davon aus, dass er über etwas nachdenkt. Das tut er sicherlich auch, aber man hat nicht den Hauch einer Chance zu wissen, über was.

Aber wie man über Leute seiner Art im Bezirk sagt: »Er belästigt niemanden. Er ist selbst übel genug dran.«

Menschlich und schön.

Ich bestellte Kaffee und Eier und schnitt die Briefe mit dem Schinken-Messer auf. Es gab nichts Besonderes. Mahnungen von Leuten, von denen ich wohl wusste, dass ich ihnen Geld schuldete, Einladungen von Leuten, die ich höchstens für Geld sehen wollte, uninteressante fachliche Rundschreiben und Briefe von Menschen, die ich enttäuscht hatte – eine meiner Spezialitäten. Ich trank noch mehr Kaffee und blätterte ruhelos in der Morgenzeitung, in der üblichen infantilen Hoffnung, dass die interessanter sein würde als die Post – eine

Hoffnung, die ich wider jeglichen gesunden Menschenverstand seit meinem 14. Lebensjahr gehegt habe.

Nachdem ich die einleitende Rede des Ministerpräsidenten in der Vollversammlung des Parlaments über die unumgängliche Notwendigkeit einer strammeren Wirtschaftspolitik überflogen hatte, die Top-Ten der Woche, die jüngste Schauspieler-Scheidung und die neuesten Rezepte für gastronomischen Ziegenkäse mit frischem Himbeer-Mousse, blieb mein Blick an einer zweispaltigen Notiz auf der letzten Seite hängen:

MORD IN DER SAXOGADE
Der 67jährige Rentner Emil Christensen wurde letzte Nacht in seiner Wohnung in der Saxogade 28 B, 2. Hinterhof, ermordet. Emil Christensen lebte still und zurückgezogen. Keiner der Nachbarn hatte im Verlauf der Nacht Lärm gehört, und so war es für alle eine schockierende Überraschung, als seine Haushilfe Eva Jørgensen am Morgen aufschloss – weil Christensen einen tiefen Schlaf hatte, besaß sie einen Extraschlüssel – und ihren Klienten tot auf dem Bett liegend fand, ein blutiges Loch in der Brust, anscheinend durch einen Revolver verursacht.

In großer Aufregung rief Frau Jørgensen die Polizei, und diese wie auch der Krankenrettungswagen beeilten sich, zum Tatort zu kommen. Bei Redaktionsschluss begann die Polizei mit einer minutiösen Untersuchung des Tatorts.

Die Polizei hat zurzeit noch keine Spur und ist für jeden Hinweis von Personen dankbar, die den Toten kannten, oder anderer, die dazu beitragen können,

Licht in diese düstere und tragische Sache zu bringen. *-vig*

Als ich den nichts sagenden Artikel las, erstarrte ich, und mein nächtliches Telefongespräch kam mir in den Sinn.

»Komm jetzt ... Komm sofort rüber in die Saxogade ... Nummer 28 B ... Komm ... Zweiter Hinterhof ...«

Die Stimme ertönte im Café Freden, und ich wunderte mich, dass die anderen sie nicht hören konnten.

Und mit der Stimme kehrte der ganze Albtraum der Nacht zurück.

Ich dachte an mein nächtliches Gespräch. Es hatte um 3.30 Uhr stattgefunden. Jetzt war es 12.30 Uhr. Die Zeitung war eine zweite Ausgabe, und die Story war in aller Eile zusammengeschustert. Ihr zufolge hatte sich der Mord »letzte Nacht« ereignet.

Mehr oder weniger musste er also zu der Zeit geschehen sein, als ich von einer Stimme angerufen wurde, die ich plötzlich wiederzuerkennen glaubte – ohne jedoch zu wissen, wessen Stimme es war.

Ich fühlte mich dadurch nicht gerade wohl. Das tue ich morgens selten, aber eine Sache wie diese verdirbt einem den Morgen noch mehr.

Ich überlegte hin und her.

Vielleicht hatte mein Anruf etwas mit dem Mord an dem verstorbenen Herrn Christensen zu tun. Vielleicht auch nicht. Vielleicht sollte ich ein braver Junge sein und der Polizei von dem Gespräch erzählen. Vielleicht auch nicht. Es könnte Zeitverschwendung sein. Es könnte sein, dass mich ein Betrunkener angerufen hatte, während gleichzeitig ein Mörder am Werk war – es gibt immer jemanden, der frei hat und auf Späße aus ist. Es konnte auch bedeuten, dass jemand am gleichen Abend vom gleichen Haus aus angerufen hatte. Was wusste ich.

Ich rief von Ronnies Telefonzelle aus das nächste Polizeirevier an – 24 14 48 – und sagte, ich hätte einen mysteriösen Telefonanruf erhalten, heute Nacht, aus der Saxogade 28 B, 2. Hinterhof.

Sie schienen mich für einen dieser Verrückten zu halten, die sich jedes Mal melden, wenn ein einigermaßen klarer Mordfall vorliegt. (Es gibt mehr von diesen Typen, als die meisten glauben, und viele von ihnen sind ehrbare und solide Stützen der Gesellschaft mit Kindern und eigenem Auto. Sie haben bloß eine Schwäche: Sie können der Versuchung nicht widerstehen, wichtige Zeugen in einer Mordsache zu sein).

Ich musste zweimal meinen Namen sagen – und einmal meine Personalkennziffer –, bevor sie mich ernst nahmen.

Das taten sie dann auch richtig. In einem herrischen Tonfall kam aus dem Münzfernsprecher im Café Freden der Befehl, so schnell wie möglich Polizeiinspektor Ehlers am Halmtorvet aufzusuchen.

Ich sagte, ich würde in einer Viertelstunde da sein.

Zwölf Minuten dieser Viertelstunde brauchte ich, um zwei Magenbitter und zwei Tassen noch brühend heißen, schwarzen Kaffee zu trinken. Die letzten drei Minuten, um so langsam wie ich konnte die zwanzig Meter zur Polizeiwache am Halmtorvet zu gehen. Ich konnte es noch nie vertragen, meine Freizeit auf Polizeiwachen zu verbringen.

3

Es war schön, zu Fuß zu gehen. Ich habe das immer gut gefunden – in aller Unschuld ist es seit meiner Kindheit eine der größten Freuden meines Lebens gewesen. Mir geht es mit dem gewöhnlichen Fußweg wie anderen z. B. mit dem Fliegen oder Schwimmen. Ich habe gehört, wie Menschen, vertrauenswürdige Menschen, mir erzählten, wie gut es ihnen ginge, wie sie alle Sorgen loswürden beim Rückenschwimmen oder Schachspiel oder wenn sie in weißem Trikot auf Leichtathletikbahnen herumliefen. Ich gehe davon aus, dass ich stets das Gleiche erreicht habe, wenn ich zu Fuß gegangen bin. Es gibt immer *etwas* zu sehen, es ist, als ob die ganze Welt anwesend ist, weil man selbst dort ist, und es ist nicht mal ein unmoralisches Vergnügen, zu Fuß zu gehen.

An diesem Morgen aber war es nicht das übliche Vergnügen. Ich fühlte mich merkwürdig mitschuldig an etwas und wusste nicht, was es war.

Die Polizeiwache am Halmtorvet war ein niedliches gelbes Haus. Im Erdgeschoss gab es einen Schalter, wo ich mich zu meiner Verabredung mit Inspektor Ehlers meldete, während ich versuchte, den Anschein eines ehrbaren Steuerzahlers zu erwecken.

Ein älterer Herr mit Brille, der einem Krankenkassen-Sekretär glich, bat mich, einen Augenblick zu warten, und deutete auf eine harte Holzbank hinüber, die – was Geschmack und Eleganz betraf – den Stühlen im Café Freden zum Verwechseln ähnlich sah. Ich setzte mich und zündete mir eine Zigarette an, während der Herr mit Brille durch eine Hintertür verschwand.

Eine Minute später kam er wieder und gab mir zu verstehen, dass Rauchen verboten sei.

Ich fragte ihn, ob es ihn stören würde. Das nicht, sagte er, darum ginge es nicht, aber es wäre Vorschrift, und Vorschriften müsste man respektieren.

Ich wollte ihn gerade fragen, ob er das auch geglaubt hätte, wenn er in den 30er Jahren in Deutschland Bulle gewesen wäre, aber dann wurde mir klar, dass das die Art von Dialog gewesen wäre, den ich mit Ordnungshütern und netten Menschen seit meinem 14. Lebensjahr geführt habe, und dass man nun mal nicht immer so weitermachen kann, jedenfalls nicht ohne Folketingsmandat. Ich seufzte und schluckte.

Nach wenigen Minuten erschien Polizeiinspektor Ehlers in der Tür. Er war ein untersetzter, vierschrötiger, breiter Mann mit wildem Kraushaar und einem zerzausten anarchistischen Bart, der so aussah, als habe er das, was vom Tag übrig geblieben war, vom Kehrblech eines Friseurs aufgekauft und sie dann selbst zusammengeklebt. Er war in Zivil; sein Anzug sah so billig aus wie meiner.

Er gab mir die Hand – die, zugegeben, gut gewaschen wirkte – und bat mich, ihm zu folgen. Wir gingen über einen langen Gang und traten durch die vierte Tür.

Das Büro war dem zum Verwechseln ähnlich, in dem ich einmal verhört worden war, als ich als 14-Jähriger ein Fahrrad gestohlen hatte. Es gab einen vergilbten Schreibtisch, eine grüne Lampe, ein Regal, das von Papieren überfloss – viele mit diversen Stempeln, »Vertraulich« und »Intern« –, einen

Aschenbecher, drei Telefone und zwei Stühle, vor und einer hinter dem Schreibtisch. Ehlers setzte sich und bot mir eine Zigarette an. Dann zog er eine Grimasse und schaute müde durch das Fenster auf den Halmtorvet, als ob er von einem Mitverschwörer ein besonderes Zeichen mit einer Signalflagge erwartete, bevor er anfangen konnte. Er seufzte tief und bat mich, von meinem Gespräch mit dem Anrufer aus dem Mordhaus zu erzählen.

Ich berichtete ihm so gut ich konnte. Viel war es nicht.

»Sie erkannten die Stimme nicht wieder?«, fragte er ein weiteres Mal.

»Ich erkannte sie wieder, und auch wiederum nicht«, sagte ich. Ich *meinte*, sie schon einmal gehört zu haben, aber ich konnte sie nicht mit Namen und Adresse verbinden. Es *könnte* jemand sein, den ich vor langer Zeit getroffen habe. Ich treffe jeden Tag viele Menschen, wie sie in der Deodorant-Werbung sagen.

»Ach ja«, sagte er. »Sie sind ja Journalist.«

Ich gab keine Antwort.

»Wo schreiben Sie jetzt?«

»Nirgendwo. Ich bin freischaffend.«

»Sie haben also keinen festen Arbeitsplatz?«, fragte er gut gelaunt. Als ob er neuen Mut schöpfte.

»Lassen Sie uns sagen, ich bin freischaffend.«

»Ist das nicht dasselbe?«

»Es hört sich besser an. Wenn Sie sagen ›ohne festen Arbeitsplatz‹ klingt das wie Zuhälter. Ich habe lediglich eine Phobie gegenüber Chefs, das ist alles.«

Er sah mich an, als ob ich ein Zwischending zwischen einem Drogensüchtigen und einer Nutte wäre.

»Hm«, sagte er. Er sah auf ein Stück Papier auf dem Tisch, mit leicht zusammengekniffenen Augen, als ob er kurzsichtig wäre. »Hm. Sie sind 35, Personalkennziffer 190845-1823, geschieden, Wohnsitz Istedgade 20?«

Ich nickte zustimmend. Er hatte offenbar Zeit gehabt, hier und da nachzuforschen, bevor ich auftauchte.

»Zum Militärdienst für untauglich erklärt«, fuhr er fort. »Warum?«

Ich erlaubte mir zu fragen, ob diese persönlichen Fragen in der vorliegenden Sache von großer Wichtigkeit wären.

Er erklärte, dass dies im Ermessen der Polizei läge, und stellte dieselbe Frage noch einmal.

»Ich bin nicht besonders kräftig«, antwortete ich. »Schwache Nerven. Ich hatte beantragt, in ein Kriegsdienstverweigerer-Lager zu kommen, und wurde für untauglich erklärt. Es ist schon was dran, dass die Musterungsbehörden lieber einen Krücken-Husaren als einen Landesverräter haben wollen.«

Er lächelte geradezu. Das stand ihm gut. Plötzlich sah er aus wie ein Kerl, mit dem man nachmittags einen trinken und Billard spielen konnte, wenn für unschuldige Vergnügen dieser Art Zeit war.

»Habt Ihr eine ganze Kartei von mir?«, fragte ich. Ich fügte bescheiden hinzu, dass ich eine solch überwältigende Aufmerksamkeit überhaupt nicht gewohnt war. Nur meine engsten Freunde wüssten anscheinend so viel über mich wie er.

Polizeiinspektor Ehlers fuhr sich über den Bart über der Lippe, wie um eine Schicht unsichtbaren Schaums von einem Bier zu entfernen, von dem ich mir wünschte, *ich* hätte es gehabt. Dann lächelte er verschmitzt und meinte:

»Ich habe ihre Affären vor einigen Jahren untersucht. Nur auf Verdacht. Wir hatten einen anonymen Tip bekommen, dass Sie wahrscheinlich in Drogenhandel verwickelt waren. Es war notwendig, sich ihre Fälle noch einmal anzusehen, dafür bekommen wir unser Geld. Anfangs waren wir zuversichtlich, aufgrund ihrer Verbindungen und der Lokale, wo Sie verkehren, aber da es nicht so aussah, als ob Sie mehr Geld ausgeben würden als Sie verdienen, kamen Sie nicht mehr in Frage.«

Ich war leicht schockiert. Zwar ist es viele Jahre her, dass ich von der Sonntagsschule ohne Auszeichnung abging, und mein Vorrat an Illusionen ist im Laufe der Jahre einer radikalen Abmagerungskur unterzogen worden, aber dass man meinen Spuren so eingehend gefolgt war, hätte ich mir doch nicht träumen lassen.

In erster Linie aber wollte ich nicht auf das Problem mit dem Stoff eingehen. Meiner Meinung nach ist das eine Privatsache, die die Polizei nichts angeht. Und was »die Lokale, wo Sie verkehren« anging, wusste ich, was Ehlers meinte. Café Amigo, Bobby's Bodega, das Sterncafé – er wusste genauso gut wie ich, was dort los war.

»Ich bin schon ziemlich lange in diesem Viertel«, sagte er dann. Mit einem Schulterzucken, fast als ob er es bedauerte.

Der Mann war auch noch Gedankenleser. Ich bekam erneut Respekt vor Polizeiinspektor Ehlers.

»Was haben Sie sonst noch über mich?«, fragte ich.

Angriff ist die beste Verteidigung. Das hatte ich in meiner Fußballzeit gelernt.

Er warf erneut einen Blick auf das Papier.

»Nichts«, sagte er. »Gemischter Bekanntenkreis – nicht ungesetzlich, aber interessant. Eine Geldbuße für falsches Parken 1973, eine Steuerbuße 1977. Ganz normal.«

»Verdammt normal!«, fügte er nach näherem Überlegen hinzu und warf seine Papiere verächtlich von sich.

Es war deutlich, dass nur ein einziger ehrlicher Raubmord ihn gefreut und stimuliert hätte.

Einen Augenblick lang starrten wir beide ins Leere, quer über den Schreibtisch, der physisch und psychisch zwischen uns stand. Ich bedauerte, gekommen zu sein, andererseits war es praktisch, so nachdrücklich gewarnt zu werden.

Nichts bringt einen so dazu, sich wie eine *Sache* vorzukommen, wie ein Polizeiverhör. Plötzlich versteht man, wie man *von außen* angesehen wird. Auch wenn man in *seinem* Job selber zehn Jahre lang tagein-tagaus andere Menschen von außen gesehen hat.

Ich sah viel sagend auf meine Uhr, wobei ich eine Bewegung andeutete aufzustehen.

Er reagierte nicht, und so führte ich die Bewegung aus, mit einer respektvollen Bemerkung über meine Arbeit, die auf mich warten würde.

Er saß unbeweglich da. Einen Moment lang glaubte ich, er schliefe. Dann wandte er das Gesicht ab, sah noch einmal durch das Fenster und starrte mich mit einem harten und konzentrierten Blick direkt an, den ich bei ihm vorher nicht bemerkt hatte.

»Das ist eine verdammte Sache«, sagte er. Müde, aber nicht geschlagen, wie ein Revisor, der eine unangenehme Buchführung prüft.

»Wir haben nichts, dem wir nachgehen könnten, nichts. Wir wissen nichts. Wir haben nichts als Ihr Telefongespräch.«

Nach seinen Worten herrschte große Stille. Es war, als ob die Tonart des Gesprächs in ein melancholisches Moll umgeschlagen war.

Ich hatte mich wieder gesetzt, und sah ihn an.

Ich sagte nichts. Er sagte nichts.

»Wissen Sie was«, sagte er dann, wie mit einem Ruck: »Gehen Sie mit mir rüber. Ich muss mit den Nachbarn sprechen und mir die Wohnungen bei Christensen ansehen ...«

(Ich wollte ihn fast fragen, wer Christensen wäre, als mir einfiel, dass das ja die Leiche war. Ich hielt wieder meinen Schnabel. Es schien, als ob ich das inzwischen gut beherrschen würde.)

»Und«, fuhr er fort, »vielleicht können Sie eine der Stimmen wiedererkennen. Es ist einen Versuch wert. Vielleicht war es ein anderer, der angerufen hat. Vielleicht hatte es nichts mit dem Mord zu tun, vielleicht aber doch. Aber wenn es einer aus dem Haus war, dessen Stimme Sie wiedererkennen – oder vielleicht die Person, an die die Stimme Sie erinnert – dann wissen wir das jedenfalls.«

Und als ob er sich lange genug hinter dem Schreibtisch aufgehalten und sich auf einmal von einem Bürokraten in einen Mann der Tat verwandelt hätte, griff er nach seinem Hut und Mantel, und sagte: »Kommen Sie?«

Es klang wie eine höfliche Frage, aber es war natürlich ein Befehl. Ich kam mit.

Wir marschierten schweigend durch die Büros hinaus und bekamen gleich einen prüfenden, neugierigen Blick des Alten im Vorzimmer mit auf den

Weg – er sagte nichts dazu, dass wir beide eine Zigarette im Mund hatten – und traten hinaus auf den Bürgersteig. Durch die Luft wurde mein Kopf so klar, dass ich mich sofort umdrehen musste, um zu sehen, ob mir wirklich ein Bulle folgte. Es war tatsächlich der Fall. Nur gut, dass er nicht in Uniform war.

Als wir vom Halmtorvet in die Viktoriagade einbogen, zeigte die Uhr der Bank bereits 14.00 Uhr; die ersten Nutten waren draußen und streiften in der leicht kühlen Luft herum. Wir gingen am Café Lanternen mit dem leuchtenden Neonschild vorbei. Café Lanternen ... Einer dieser Orte, die stets halb leer sind und wo immer Männer in Gruppen herumstehen oder -sitzen, die sich sofort zu einem umdrehen, wenn man reinkommt, um zu sehen, ob man »auf etwas aus ist«. Wahrscheinlich checken sie nur den Horizont ab, wie alte Großwildjäger, auf Ausguck nach interessanten Neuigkeiten oder in gewohnheitsmäßiger Hoffnung auf einen Freund, der einen ausgibt, aber Leute mit einem empfindlichen Magen mögen die Art, wie sie grüßen, nur selten. Na ja, Leute mit empfindlichem Magen würden wahrscheinlich überhaupt nicht weiter als bis zur Eingangstür des Café Lanternen kommen. Die würden einen weiten Bogen darum machen, über den seit fünf Jahren leeren Bauplatz, der in direkter Nachbarschaft zu dieser ausgesuchten Schankstätte lag. Allein der Geruch von Urin, Erbrochenem und abgestandenem Bier würde sie gewarnt haben.

Mir persönlich sind Pinten wie das Lanternen vertrauter als gesellige Spaziergänge mit Polizeiinspektoren.

Ehlers folgte meinem Blick über die Straße zum

Lanternen und dessen Eingang. Dort hingen ein paar junge Typen herum, ein paar junge Typen in Jeans und Lederjacken. Sie hängen überall im Viertel herum. Man sieht sie an jeder Straßenecke und in jeder zweiten Türöffnung. Sie rauchen Zigaretten und sprechen nicht gerade viel miteinander.

Was sie dort tun, ist mir stets ein Rätsel gewesen. Sie gehören so sehr zum festen Inventar des Straßenbildes, dass man sie mit den Straßenlaternen oder den Leuchtreklamen verwechseln könnte – ausgenommen selbstverständlich, wenn sie sich plötzlich von diesen ihren Artgenossen trennen und auf einen losgehen.

In dem Fall kann man nur auf Gott, das Glück oder die Polizei vertrauen, in dieser Reihenfolge. Die Chancen sind in allen drei Fällen gleich gering.

Ehlers sah zu ihnen hinüber, und sie blickten zurück. Offenbar kannten sie ihn.

Wir gingen die Istedgade hinauf und kamen an meinem bescheidenen Wohnsitz vorüber. Einen Moment lang durchzuckte mich ein Paranoia-Blitz bei dem Gedanken an den Klumpen Hasch, den ich noch von gestern Abend mitten auf dem Tisch liegen hatte. Was, wenn Ehlers Lust auf eine kleine Hausdurchsuchung bekommen sollte?

Als ob er meine Gedanken lesen würde, drehte er sich plötzlich zu mir um.

»Es gibt niemanden, der einem Bullen vertraut«, sagte er. »Jedenfalls nicht hier im Bezirk.«

Er jammerte nicht. Er sagte das als klare Tatsache.

Und er hatte Recht.

4

In diesem Augenblick bekam ich einen meiner seltenen Anfälle von Inspiration. Das an sich konnte schon schlimm genug sein. Aber was schlimmer war, er verdichtete sich zu einer Idee.

Noch unsicher nach dieser tastend, zog ich Ehlers am Ärmel.

»Das ist richtig«, sagte ich. »Niemand traut einem Bullen. Und wenn ich jetzt so mit einem Bullen daherkomme, glauben Sie, ich würde was rauskriegen?«

Ehlers sah etwas verblüfft aus.

»Kommen Sie mal eben mit«, sagte ich. »Kommen Sie mit hier auf den Spielplatz.«

Wir waren zu einem Spielplatz in einem kleinen Einschnitt zwischen den Häusern gekommen, wo Kinder sich auf Schaukeln, Karussells und Klettergerüsten vergnügten. Die Kindermädchen und Mütter saßen wie große Vögel darum herum, auf den kommunalen Bänken, gut eingepackt, häkelnd, strickend oder Illustrierte lesend.

Ehlers folgte mir. Ich hatte ihn am Wickel. Ich hatte einen Polizeiinspektor dazu verführt, in der Erregung eines Augenblicks vom hohen Pfad der Pflicht abzuweichen.

Ich nutzte die Chance, um zwei Dosen Bier beim Kaufmann an der Ecke des Spielplatzes zu besorgen, bevor ich uns auf einer leeren Bank platzierte, von der aus man direkte Aussicht auf eine Wippe hatte, wo ein unfairer Kampf zwischen einem dicken Jungen und einem kleinen, dünnen Mädchen stattfand. Es zappelte oben in der Luft, und es sah so aus, als ob es das so lange tun müsste, bis seine Mutter es zum Mittagessen nach Hause holen würde. Nun gut, so hatte sie schon mal diese Erfahrung im Leben gemacht.

Im nächsten Augenblick waren es Ehlers und ich, die auf der Wippe saßen. Aber vielleicht waren wir trotzdem gleich schwer.

Ich gab ihm gastfreundlich das eine Dosenbier, mit einer Handbewegung, als überreichte ich ihm die Schlüssel der Stadt. Und dann legte ich los.

Ich sagte ihm, er müsse doch sehen, dass es unklug wäre. *Wenn* es jemanden in dem Haus gab, der zu mir in Verbindung stand, war es durchaus denkbar, dass sie vollständig dichtmachen würden, wenn sie mich zusammen mit ihm sehen würden und er sie verhörte. Und *ich* war nachts um 3.30 Uhr mitten in einem Albtraum angerufen worden und würde schwerlich mit Sicherheit eine vom Suff belegte Stimme identifizieren können. Auf diese Weise könnte man kaum was rauskriegen, was durch Zeugen bestätigt werden könnte.

Wenn dagegen *er* seine Untersuchung allein vornähme, könnte ich später das Haus aufsuchen. Ich hatte zwei Möglichkeiten der Tarnung. Ich könnte herumgehen und mit den Bewohnern quatschen, und je nach den Umständen könnte ich, wenn ich direkt gefragt würde, ein neugieriger Journalist *oder* ein verzweifelter Wohnungssuchender sein, der versuchte, die Wohnung des Ermordeten zu kapern, bevor die Leiche kalt war. Nicht besonders geschmackvoll vielleicht, aber gerade gemein genug, um menschlich überzeugend zu sein.

Die erste Geschichte, der Journalist, würde die Klatschtanten interessieren, die, die sich stets drei

Stunden lang versammeln und bei einem Autounfall oder einer Polizeirazzia überall im Weg stehen. Man könnte ihnen zutrauen, dass sie all das weitertratschten, was sie sowieso der Dame im Eisgeschäft erzählten, und etwas dazu aus Anlass des Tages. Die andere Geschichte, könnte man sich vorstellen, würde von denen akzeptiert, die einem Journalisten die Tür vor der Nase zuknallen würden. Oder so ähnlich, könnte ich mir jedenfalls vorstellen.

Als ich mit meinen Erläuterungen fertig war – gegenüber Beamten lohnt es sich in der Regel, Dinge ungewöhnlich gründlich zu erklären –, hatte das kleine Mädchen auf der Wippe angefangen zu heulen. Nachdenklich stellte Ehlers seine Bierdose hin, ging zur Wippe und sagte etwas zu dem dicken Jungen. Einen Moment später war das Mädchen unten.

Dann kam er zu mir zurück, die Hände hinter dem Rücken verschränkt. Er sah plötzlich viel größer aus.

»Das hört sich nicht *völlig* idiotisch an«, sagte er. »Nicht völlig, aber ziemlich. Und es ist gegen die Regeln.«

»Das ist Mord auch«, sagte ich überlegen. Ich war zwei Tage vorher im Theater gewesen, sodass mir diese Art Repliken nicht schwer fiel.

Er nickte, als ob er diese kennen würde.

Dann trank er seine Dose Bier aus, trat die Zigarette mit dem Absatz im Kies aus und sagte:

»Okay, wir probieren es. Nichts zu verlieren, nichts zu gewinnen. Ich weiß, wo ich Sie finden kann, Sie wissen, wo Sie mich erreichen können. Wenn ich nichts von Ihnen höre, werde ich Sie finden. Wenn Sie was im BLADET schreiben, ohne dass ich vorher davon gehört habe, ist es mit unserer Freundschaft aus. Wenn Sie einem Bullen vertrauen können, dann kann ich wohl genauso gut tun, als ob ich einem Journalisten traue.« Es verletzte mich ein bisschen, dass er sagte »so tun, als ob«, aber ich ließ mir nichts anmerken. Wir Journalisten sind ja ziemlich empfindlich.

»Noch eins«, fügte er hinzu, bereit zu gehen, wobei er mit der Hand in die Jackentasche langte und ein Foto herauszog. »Kennen Sie den?«

Es war ein schmaler, weißhaariger, alter Mann mit mageren und scharfen Zügen. »Markant« würde es in einem Geburtstagsporträt in der Zeitung heißen, aber es gibt viele ältere Männer, die so aussehen.

»Nein«, sagte ich. »Wer ist das?«

»Christensen«, sagte Ehlers. »Es ist das gleiche Bild, das morgen die Zeitungen bekommen, aber das hier ist deutlicher als in der Reproduktion. Es ist das Bild, das wir heute in den Pinten und Geschäften der Nachbarschaft herumzeigen wollen.«

Ich stand auf.

»Gehen Sie nicht vor heute Abend hin«, sagte Ehlers, als wir zum Ausgang gingen. »Wir arbeiten heute den ganzen Tag in dem Haus, und wir haben genug mit Messungen, Verhören und Spezialisten zu tun. *Alle* diese Spezialisten kommen – die Fingerabdruck-Experten und die Mikroskop-Mediziner, der ganze Haufen, und wir werden tonnenweise Papier voll schreiben.«

Er sah sehr müde aus.

Als wir aus dem Park kamen, trennten wir uns. Ich ging nach links, er nach rechts – zur Saxogade 28 B, 2. Hinterhof.

»Wir sprechen uns noch«, sagte er lakonisch. Dann war er weg.

Das Letzte, was ich von dem Spielplatz sah, war, dass der dicke Junge das dünne Mädchen wieder oben auf der Wippe hatte.

5

Mein erster Gedanke war – als ich nach kurzem Aufenthalt mit einem dreifachen Whisky im Sterncafé nach Hause gekommen war: Was geht mich das an?

Ein Rentner war in der Saxogade ermordet worden, ein freundlicher Typ von einem Rentner, ohne Zweifel, ein netter Bursche, dem man noch ein paar friedliche Jahre hätte wünschen können, in denen er Sonnenuntergänge betrachten, den Enkeln den Kopf tätscheln und in einem bequemen Stuhl hätte schaukeln können, während sanfte Rauchwölkchen aus seiner Pfeife aufstiegen. Jeder, der lange genug überlebt hat, um Rentner zu sein, jeder, der lange genug gearbeitet hat, um seine bescheidenen 1500 Kronen monatliches Ruhestandsgeld zu erhalten, verdient zuletzt ein wenig Frieden und Freude.

Herr Christensen hatte sie nicht bekommen. Herr Christensen war erschossen worden.

Aber es wurden auch farbige Menschen in Rhodesien zusammengeschlagen. Araber wurden in Israel misshandelt. Die Polen lebten unter dem Diktat der Sowjetunion. Überall in der Welt wurden Leute zufällig auf der Straße niedergeschossen. In der Welt wimmelte es jederzeit von möglichen Katastrophen à la Jüngstes Gericht. Das Dröhnen der Bombe konnte jeden Tag zur Realität werden.

Was war Christensen dagegen? Was ging Christensen mich an?

Ich sah mich um. Da gab es nicht viel zu sehen. Ich war »zu Hause«. Es war ein sehr starkes Gefühl der Leere. Ich stellte mir vor, ich sollte meinen »Wohnsitz« beschreiben, wenn ich Ehlers wäre und den Bericht schreiben sollte.

Die Fensterscheiben waren dreckig, die Möbel verstaubt. Der Boden war versaut – »schmutzig« oder »schmuddelig«, wie feine Damen sagen würden. Das Ganze hatte nicht nur eine Säuberung im konventionellen Sinn nötig, sondern einen Reinigungsprozess im Stil einer Autowäsche: eine wahre Sintflut von Wasser und Seife, die nichts übrig ließ.

Ich wohne im vierten Stock, in einer Fünf-Zimmer-Wohnung. Zwei Zimmer stehen leer. Eins ist voll von meinen Büchern und Schallplatten aus der Zeit vor meiner Scheidung; sie liegen herum und bedecken den Fußboden. Die sind clever, sie bewegen sich nicht ohne ausdrücklichen Befehl. Das andere Zimmer enthält meinen Schreibtisch und mein »Bett« – eine Matratze auf dem Boden. Das dritte ist »Wohnzimmer«, bisweilen »Sitzungszimmer« genannt. Es wird selten benutzt.

Darüber hinaus sind da noch Toilette, Bad und Küche. In der Küche steht der Kühlschrank gleich an der Tür, am idiotischsten Platz, sodass man beide Türen nicht gleichzeitig öffnen kann, aber so endete es während des Umzugs, »bis auf weiteres«, und ich hab noch im letzten Jahr gedacht, dass dies eines Tages geändert werden müsste.

Kurz gesagt, es ist nichts dafür getan worden, »es gemütlich zu machen«, wie meine Schwiegermutter sagen würde,

Das Merkwürdige war, dass es, auch nachdem ich bereits ein Jahr dort gewohnt hatte, immer noch wie unbewohnt roch. Vielleicht hinterlasse ich nicht so viele Duftmarken.

Es war jedenfalls kein Zuhause, das sich für »Schöner Wohnen« oder andere Zeitschriften eignete. Es war keine dieser Stätten, die bekannte Schauspielerinnen mit Stolz vorzeigen konnten, sodass alle Hausfrauen die Knoblauchranken in der Küche, die Schnäppchen vom Flohmarkt in Paris und den schönen Samowar von der Theaterreise durch Russland zu sehen bekommen.

Nichtsdestoweniger hatte ich hier oft bis zum Aufwachen durchgeschlafen. Nach meinem Verständnis ist es genau das, was man mit »ein Zuhause« meint.

»Nach meinem Verständnis« besagt nun auch wieder nicht allzu viel. Hätte ich mehr verstanden, wäre Helle nie ausgezogen.

Ich wollte nicht an Helle denken. Ich fand eine LP mit Johnny Cash und ließ ihn über meinen Lautsprecher melancholisch-mechanisch über unglückliche Liebe singen. Wenn *er* sang, was *ich* dachte, konnte *ich* jedenfalls an was anderes denken – auf diese Weise ist ein Plattenspieler einzigartig rentabel. Er weint für einen, wenn man selber keine Zeit dazu hat.

Nicht, dass ich keine Zeit hatte. Ich hatte alle Zeit der Welt. Ich hatte nichts anderes.

Ich gönnte mir einen Whisky und starrte hinaus auf den Nachmittag, während der Verkehr zunahm und all die Spinner, die in den Vororten wohnen und in der City arbeiten, von der emsigen Arbeit des Tages im Büro nach Hause rasten, zu den Villen mit Frauen und Kindern, wartenden Abendessen und Carports. Es war mir ziemlich klar, dass ich heute nichts geschafft kriegen würde. Mir war auch klar, dass es allen anderen total scheißegal sein würde, ob ich heute was schaffen würde. Es betraf nur mich. Es war das, was hinter dem Begriff »freischaffend« steckte, und was Ehlers nicht richtig kapiert hatte.

Aber was bedeutete das schon? Es gab nicht so viel, um darüber zu reden oder nachzudenken. Da war ein Glas und eine Flasche, es gab eine Packung Zigaretten und eine Schachtel Streichhölzer, es gab einen Papierkorb, um die Reste zu schlucken. Das war alles. Das war die Aussicht, aus der mein ganzes bisheriges Leben bestanden hatte: ein Glas, ein Aschenbecher, eine Tischplatte.

Und ein Telefon. Ein Telefon, das sofort klingelte und alle weiteren Betrachtungen unterbrach.

6

Ich wartete bereits darauf, hinüber zu einem neuen Hinterhof gerufen zu werden. Und das wurde ich dann auch. Es war einer der beschissensten Hinterhöfe des Bewusstseins. Es war Jens.

Jens ist mein Kollege beim BLADET – mehr oder weniger. Jens ist beim BLADET fest angestellt und sowohl bei der Redaktion als auch bei den Lesern sehr beliebt, weil er stets so *verständnisvoll* ist, abwechselnd in Dänemark und im Ausland – mal schreibt er Sozialreportagen, mal Reiseberichte, aber unter allen Umständen dreht es sich bei seinen Artikeln um *Verständnis*. Jens versteht alle, die vornehmen wie die einfachen Leute. Jens versteht gut, dass einfache Leute in Südfünen es für falsch halten, dass ein Gutsbesitzer aufgrund von Privilegien aus dem siebzehnten Jahrhundert das einzige Walderholungsgebiet der Gegend schließen kann, um es für private Zwecke zu nutzen. Jens versteht den Ärger, den der Schuster und der Busschaffner darüber empfinden. Zugleich versteht Jens aber auch den Gutsbesitzer, dessen Familie sechs Generationen hindurch die Erlaubnis dazu gehabt hatte. Für Jens ist es kein Problem, beide Seiten zu verstehen, und wenn es eine dritte gäbe, würde er auch die verstehen. Indien, Nyhavn, Bangladesch, Vietnam, Jerusalem-Jens versteht. Jens hat nämlich, wie Redakteur Otzen wieder und wieder den neuen Auszubildenden beim BLADET klar macht, eine *menschliche* Einstellung zu den Dingen. Jens *mag* Menschen. Jens versteht sie ganz einfach. Und nicht nur sie, die Menschen, über die er heute schreibt, sondern auch ihre Kinder, Enkel, Eltern, Großeltern und enttäuschte Liebhaber aus der Schulzeit. Jens versteht stundenlang, wochenlang, monatelang.

Dafür kriegt Jens monatlich 25.000. Wenn er zu Hause in Dänemark ist, ist das aus reiner Menschlichkeit, wenn er reist, dann deswegen, weil er auch die meisten europäischen und asiatischen Nationalhymnen summen kann, sich an alle Flaggen zu erinnern vermag und jederzeit fünf Mini-Sprachführer in seinem Koffer dabeihat.

»Hallo, hej, hej, du, wie geht's?«, begann er gut gelaunt. »Du bist hoffentlich okay?«

Niemand, der von Jens angerufen wird, kann okay sein, aber ich sah darüber hinweg und fragte ihn nach dem Grund seines Anrufs.

»Hast du die Zeitungen gelesen?«, fragte er.

Ich gab zu, sie gelesen zu haben.

»Na, überall steht was drin über einen Rentner in der Saxogade, der gestern Nacht ermordet wurde«, sagte er munter. »Ich hab gedacht, ich schreib 'ne Story darüber. Weißt du, ich hab das Gefühl – die Zeitungen sind in ihrer Schilderung ziemlich oberflächlich, es sind bloß nüchterne Fakten aus dem Polizeibericht –, also ich hab das Gefühl, dass wir es vielleicht unter einem mehr *menschlichen* Gesichtspunkt behandeln sollten; du weißt schon, die Familie des alten Mannes finden und sein Leben vor dem Mord schildern, mit den Nachbarn sprechen und so weiter ... Ich wollte bloß zuerst mit dir sprechen, denn Otzen sagte, es wäre ja genau dein Bezirk, du wohnst gleich da in der Nähe, nicht wahr? Könnte ja sein, dass du für mich ein paar Anhaltspunkte hättest, mit denen ich was anfangen könnte, ein paar Hintergrundinformationen aus dem Viertel ...«

Ich sagte kein Wort. Ich verspürte Brechreiz.

Ich konnte Jens' Artikel bereits vor mir sehen, Spalte für Spalte, von Anfang bis Ende. »Ohne abzuwarten und ohne Misstrauen öffnete der 67-Jährige am Mittwochabend einem Gast, der ihm den Tod bringen sollte.« »Er war stets munter und fröhlich, und hatte für jeden eine witzige Antwort parat«, sagte Kaufmann Sørensen aus dem Gasværksvej 23, wo Christensen täglich seine bescheidenen Einkäufe tätigte. »Es ist nicht zu begreifen, dass wir ihn nicht mehr sehen werden. Er schätzte sein tägliches Bier so sehr!«

Und so weiter, und so weiter, und so weiter.

Es lief mir kalt den Rücken runter.

»Ich werd dich in einer Stunde anrufen, du, dann kann ich drüber nachdenken«, sagte ich. »Ich bin mitten in einer Sitzung. Bist du in einer Stunde in der Redaktion?«

»Okay«, sagte Jens – mit seiner abscheulichen, honigsüßen Wir-müssen-doch-versuchen-einander-zu-verstehen-Stimme –, und wir legten auf.

Ich ging hinunter ins Café Freden zu meinem Kaffee. Er schmeckte wie Seifenlauge, aber ich brauchte ein paar Schlucke, um entscheiden zu können, ob die Seifenlauge mit oder ohne Sulfat war.

Ich wollte Ronnie gerade meine Meinung über das sinkende Niveau des Etablissements sagen, als er mit einer aufgeschlagenen Zeitung zu mir gelaufen kam.

»Sieh mal«, sagte er. »Der Alte ist tot. Die Polizei ist hier gewesen.«

»Hast *du* ihn gekannt?«, fragte ich unverfänglich.

»*Du* nicht?«, sagte Ronnie.

»Nein.«

»Stimmt ja, du kommst immer spät.« Er kam jeden Morgen um acht und trank seinen Kaffee. Er bekam immer zwei Tassen, ein Käsebrötchen und eine Schnitte ...

Er unterbrach sich plötzlich selbst. Vielleicht dachte er zum ersten Mal daran, was das Wort *Schnitte* bedeutete. Vielleicht sah er Christensens Leben vor sich, abgeschnitten auf dem Tablett.

»Was für ein Typ war er?«, fragte ich. Wir Journalisten sind immer bereit, intelligente Fragen zu stellen.

»Das weiß ich wirklich nicht«, sagte Ronnie. »Hab nie mit ihm gesprochen ... Er kam bloß jeden Morgen um 8, präzise wie ein Uhrwerk – ja, genauer als *meine* Uhr jedenfalls. Jeden Morgen das Gleiche. Er sprach kein Wort – las nur seine Zeitung. Genau wie *du* immer ...«

Plötzlich wurde der verstorbene Rentner Emil Christensen für mich zu einem Menschen, plötzlich wurde eine fern liegende Vorstellung von einem alten Mann, der in der Saxogade ermordet worden war, schrecklich lebendig, während ich in meinen Sulfat-Kaffee starrte. Christensen hatte also seinen Kaffee morgens auch hier getrunken, vielleicht am selben Tisch wie ich selbst, jedenfalls den gleichen Kaffee. Er hatte seine Zeitung gelesen, wie ich es zu tun pflegte. Er war nur jeden Tag drei, vier Stunden früher als ich auf den Beinen, und deshalb hatte ich ihn nie gesehen. So ist das Leben.

Wahrscheinlich hatten wir sogar oft aus derselben Tasse getrunken – Ronnie hatte nicht *so* viele Tassen.

»Ist er lange gekommen?«, fragte ich.

Ronnie starrte aus dem Fenster, als ob dort die Antwort stünde.

»Ein Jahr, glaube ich. Ungefähr ein Jahr lang, vielleicht. Genauso lange wie du.«

Der saß. Ronnie hatte die Dinge wirklich im Griff. Es war genau ein Jahr her, dass ich nach meinem Bruch mit Helle hierher gezogen war. Das beweist, was amerikanische und japanische Forscher auch immer Gegenteiliges behaupten mögen, dass Filterzigaretten das Auffassungsvermögen nicht beeinträchtigen.

Nachdem ich Ronnie verlassen hatte, ging ich direkt zur nächsten Telefonzelle und rief Redakteur Otzen an. Ich erklärte ihm, wenn er Jens hierher schicken würde, wäre ich mit dem BLADET endgültig fertig. Ich sagte ihm, dass es in *meiner* Nachbarschaft geschehen wäre und ich die besten Voraussetzungen hätte, die Story zu bearbeiten – wenn es überhaupt eine gab.

»Wenn es eine gibt…«, wiederholte er mit seinem charakteristischen Knurren. Er klang stets wie eine Bulldogge auf Wache. »Zum Teufel auch, ob es nun eine gibt oder nicht, Jens wird sie finden!«

»Zur Hölle«, sagte ich. »Jens' Geschichten sind immer die gleichen. Schick ihn nach Vejle und lass ihn dort einen Rentner finden, das kommt auf dasselbe heraus. Wenn ich die Story hier nicht kriege, ist Schluss. Du weißt, ich hab ein Angebot von der *Ny Tid*. Wenn ich die Sache hier nicht kriege, nehme ich es an!«

»Du wirst es bei der *Ny Tid* nicht aushalten«, sagte Otzen. Völlig korrekt, aber ich beharrte trotzdem auf meinem Standpunkt.

»Jens kann ich auch nicht aushalten, und das BLADET auch nicht; aber lass *mich* die Sache übernehmen!«

»Kann ich zurückrufen?«, fragte Otzen.

Das Schwein ist so vortrefflich schlitzohrig, dass er es wirklich verdient, Redakteur bei einer Pestbeule wie dem BLADET zu sein.

»Nein«, sagte ich. »Ich muss in der Sache recherchieren. Ich habe eine Spur. (Völlig gelogen.) Es gibt ein paar Anhaltspunkte, aber ich will Jens nicht zum Menschlich-sein dabeihaben, der steht mir nur im Weg, während ich sie checke.«

»Könnt ihr sie nicht gemeinsam schreiben?«, fragte Otzen diplomatisch, wie Chefs so sind.

Meine Antwort enthielt keine überflüssigen Worte. Ich sagte lediglich Nein. Ich fügte hinzu, dass ich mir immer noch ein bisschen Stolz bewahrt hatte und das bisschen gerne behalten wollte, auch wenn es sicher reine Sentimentalität wäre. Ich fragte ihn, ob es nicht den einen oder anderen gäbe, der heute 60 würde und dessen Jens sich annehmen könnte.

Ich siegte. Ich konnte Otzen überzeugen.

Ich hätte mir gewünscht, auch mich selbst überzeugen zu können. Ich hatte keine Ahnung, wo ich anfangen und wo ich aufhören sollte. Nun hatte ich schon zweien versprochen, etwas herauszukriegen, Ehlers und Otzen. Beide erwarteten, dass ich meine Pflicht, oder jedenfalls *etwas* tun würde.

Also musste ich *etwas* tun.

Als ich den Telefonhörer aufknallte, schien mir, dass es in der Telefonzelle stickig heiß war. Ich schwitzte und war überzeugt, Fieber zu haben. Ich ging ins Sterncafé, trank ein Bier und einen Magenbitter und dachte nach. Ich dachte zehn oder zwölf Mal nach und kam jedes Mal zum gleichen Ergebnis.

Es gab keinen Weg daran vorbei. Es gab nur Saxogade 28 B, zweiter Hinterhof.

Ich ging nach Hause und holte meinen Hut und meinen Regenmantel. Es hatte zu regnen begonnen – ein dünner, schwacher, melancholischer Nieselregen. Er passte wirklich ausgezeichnet zu dem Ganzen.

An der einen oder anderen Stelle grübelte ich darüber nach, ob Christensen und ich vielleicht auch denselben Kaufmann, die gleichen Regenmäntel gehabt, oder uns vielleicht zum einen oder anderen Zeitpunkt auf der Istedgade zur Hauptverkehrszeit angerempelt hatten. Es konnte fast nicht anders gewesen sein.

7

Ich bin bestimmt schon tausend Mal durch die Saxogade gegangen. Die Annahme ist nicht übertrieben, dass ich an der Nummer Saxogade 28, dem Tatort des Mordes, schon mindestens 5000 Mal vorbeigegangen bin. Nichtsdestoweniger hatte ich keine Ahnung, um welches Haus es sich handelte, bis ich vor ihm stand. Dann erkannte ich es wieder.

Aber auch wenn ich an der Nr. 28 schon oft vorbeigegangen war, war ich doch niemals im Hinterhof gewesen.

28 war ein hübsches, großes Haus, mit einem Milchgeschäft im Erdgeschoss und jeweils zwei Wohnungen in den vier oberen Stockwerken. Auf 28 A stieß man, wenn man durch die mittlere Tür in einen Hof ging. Der Hof war voller alter, nicht mehr benutzter Toiletten – noch mit dem eingewurzelten Gestank menschlicher Exkremente voriger Jahrhunderte – und einer Sammlung von Abfallkisten und Containern. Katzen und Ratten kamen sofort in Bewegung, als ich hereinkam. Ein oder zwei Fenster im Keller waren zerbrochen. Es war, kurz gesagt, ganz normal. 28 A erinnerte zum Verwechseln an 28.

Das war bei 28 B nicht der Fall. Um dieses zu erreichen, musste man durch ein weiteres Tor, diesmal aber so eng, dass man sich fragte, wie Leute zum Beispiel mit einer Plastiktüte mit Milch und Gemüse da durchpassen konnten – ganz zu schweigen davon, wie es ihnen gelungen war, mit eigenen Möbeln einzuziehen. 28 B war, wie die Stimme im Telefon ganz richtig gesagt hatte, der »zweite Hinterhof«. Mindestens. Er wirkte wie der siebente.

Aber was mir vom ersten Moment an auffiel, war, dass das Haus *halbiert* wirkte. Es sah ganz einfach wie abgesägt aus. 28 war ein Haus, okay, ein slumähnliches Haus voller Ratten, aber doch ein Haus. 28 A war auch ein Haus, wahrscheinlich das, wo in alten Zeiten die Cholera ausgebrochen war und sich von dort aus in Kopenhagen verbreitet hatte – aber auch das war ein Haus. 28 B war kein Haus. Es war ein *halbes* Haus.

Ein halbes und schmales Haus, nicht überwältigend modern. Eine dicke Staubschicht und alte Zeitungen, zerbrochene Flaschen und zerdrückte Bierdosen lagen im Hof herum. Ich sah eine Ratte, und vielleicht täuschte mich nur mein Auge, aber sie kam mir erheblich wohlgenährter vor als ihre Kollegen im ersten Hinterhof.

Ich sah, warum das Haus wie ein halbes wirkte. Das Grundstück war offenbar so angelegt, dass es umso kleiner wurde, je länger es in das hintere Viertel zur Absalonsgade reichte, die von der Saxogade abzweigte. Es verlief wie ein Dreieck, und die Spitze des Dreiecks hieß 28 B, war dünner als die anderen und hatte deutlich erkennbar nur eine Wohnung auf jeder Etage.

Umso besser. Umso erheblich weniger Menschen, die man befragen musste. Umso geringer der Zeitaufwand.

Im Parterre lag natürlich eine Kneipe. Ich wunderte mich und auch wieder nicht. Was hat eine Kneipe im zweiten Hinterhof zu suchen, wo niemand sie sehen kann? Und trotzdem, ich sollte allmählich gelernt haben, dass in Vesterbro in jeder zweiten Parterrewohnung in jeder kleinen sonnenlosen Seitenstraße Platz für eine Pinte ist.

Die Kneipe hatte keinen Namen. Es stand nur »Café« quer über einer Tür, und es gab zwei Fenster, die seit Jahren keine Putzfirma mehr beauftragt hatten.

Wider Erwarten ließ die Tür sich öffnen.

Es herrschte Halbdunkel im Café Café, selbst am frühen Nachmittag. Es war kein Sheraton-Luxus, aber andererseits saß man auch nicht auf Bierkästen, ich konnte verschiedene Tische und Stühle unterscheiden. Es gab sogar eine Zink-Theke, hinter der Bar war ein Spiegel, und die Bar bestand aus mindestens zwanzig Flaschen mit verschiedenen alkoholischen Getränken.

Im Lokal war nur ein Kellner – vielleicht der Wirt selbst –, ein großer, schwerer Mann mit Mütze, und an einem der Tische ein einsames Mädchen, das sehr erschöpft und müde aussah. Sie saß mit dem Rücken zu mir, aber selbst Rücken können sprechen.

Ich bestellte einen Whisky und sah mich um; ich schaute mir die Bierplakate an der Wand an und tat ganz so, als ob ich ein Tourist und außerordentlich interessiert an genau diesen Plakaten wäre, die ich in jedem Wirtshaus gesehen hatte, das ich besucht hatte, seit meine Eltern sich seinerzeit darüber aufgeregt hatten. Ich sah mir den Kellner an. Ich erzählte ihm, dass ich nie zuvor bemerkt hätte, dass es hier drin eine Kneipe gäbe. Er sagte »So?«

Ich bestellte noch einen Whisky und fragte ihn höflich und weltmännisch, ob er auch einen trinken wollte. Er wollte lieber einen Schnaps haben. Er bekam ihn, schüttete ihn hinunter und sah mich starr an, als ob er mich fragen wollte, ob er jetzt gehen könnte.

»Das Haus hier hat wohl schon einiges erlebt, was?«, sagte ich gesprächig, wie um nur ein wenig nebenbei zu plaudern, schlicht und einfach drauflos, ha ha.

Der Kellner nahm seine Mütze ab, und eine Glatze kam zum Vorschein. Er vertraute mir sofort die Summe seiner Lebenserfahrungen als Mensch und Kellner an, indem er sagte, jeder sollte sich um seine eigenen Angelegenheiten kümmern. Er fügte hinzu, *er* hätte das stets getan, und natürlich hätte er das eine oder andere dann und wann gehört, aber *er* würde sich nicht in die Angelegenheiten anderer einmischen. Er – fügte er hinzu – würde sich um seine Angelegenheiten kümmern.

Ganz überflüssig wischte er die Theke ab, wie um zu beweisen, in wie starkem Maß er sich um seine Sache kümmerte.

Ich sagte, wie recht er doch hätte, und wenn doch nur viele andere so wären wie er. Ich sagte »Na ja, tschüs dann«, zahlte und versuchte, ein Pfeifen anzudeuten, als ich hinausging.

Nichtsdestoweniger sah er mir lange nach, als ich hinausging ich konnte es im Spiegel sehen –, und ich hatte das Gefühl, dass man sich gut vorstellen könnte, dass er sich um etliches mehr als nur um »seine« Angelegenheiten kümmerte, wenn »seine« nur die Pinte waren. Es war was mit den Augen.

Es war nur ein Gefühl. Daran hat es mir nie gemangelt.

Der Eingang zum Hausflur befand sich links von der Pinte, und die Tür im Parterre musste also zu ihm führen. Sie sah nicht so aus, als ob sie oft benutzt würde. Im Eingang hing ein Schild mit den Namen der Mieter. Sie hießen: l): E. Christensen, 2): Fritz Rosenbaum, 3): leer, 4): leer. Entweder wohnte niemand auf den Etagen, oder sie hatten keinen Namen, oder sie wollten sich namentlich nicht zu erkennen geben.

Ich konnte ja einfach bei Rosenbaum anfangen. Das tat ich dann auch.

Die Klingel sah so aus, als ob sie nicht funktionieren würde, aber sie funktionierte. Plötzlich gab es einen schwachen, knarrenden Ton, eine schwere Kette wurde klirrend von der Tür gezogen, ein Auge zeigte sich in einem Türspion, den ich erst jetzt entdeckte, und eine quäkende Stimme sagte, nachdem ich ausgiebig gemustert worden war: »Um was geht's?«

Ich entschloss mich blitzschnell.

Ich stellte mich vor, und erklärte, ich käme vom BLADET und würde ihm gerne ein paar Fragen stellen. Er entfernte eine weitere Kette, öffnete die Tür und bat mich einzutreten. Anscheinend war er nicht paranoid genug, um mich für einen Raubmörder zu halten.

Seine Wohnung machte einen verblüffenden Eindruck. Von dem schmalen Flur aus, wo wir einander, Mann gegen Mann, gegenüberstanden, konnte ich zwei Räume sehen, die beide kranken Museen ähnelten. Die Tapeten waren rosa, die Räume dufteten nach Parfüm, die Zimmerdecken waren dekoriert und reich geschmückte, hellblaue Vogelbauer hingen von ihnen herab. In den Zimmern, aufgestellt zwischen schmalen, dünnen Tischchen, die aussahen, als würden sie gleich umfallen, wenn man nur fluchte, standen Vitrinen, mannshohe Porzellan-Aschenbecher, Gipsengel und altmodische Standuhren in wildem Durcheinander herum. Hier und da lagen kleine Stapel von Büchern, alle in Leder gebunden, und aus dem einzigen bewohnten Bauer krähte ein einzelner papageiähnlicher Vogel in schreienden Farben heraus.

Als Herr Fritz Rosenbaum sah, dass ich mich umsah, konnte er sich nicht die Bemerkung verkneifen, dass es ihn viele Jahre gekostet hätte, sich mit all diesen Seltenheiten derart einzurichten. Ich sagte, es wäre sehr schön, was ihm anscheinend gefiel. Ich habe mit dem Lügen nie Schwierigkeiten gehabt.

Nicht weil ich mich, andererseits, jemals schwer getan habe, die Wahrheit zu sagen. Es ist einfach genau wie mit der linken und der rechten Hand: Diejenige, die man am meisten gebraucht, ist am besten entwickelt.

Herr Rosenbaum – ein kleines, dünnes Männchen mit femininen Bewegungen und einem kräftigen Duft Eau de Cologne – bat mich, in seinem Raritäten-Kabinett Platz zu nehmen, indem er mit einer Drehung der Hand auf einen Stuhl wies, der aussah, als ob er vor siebzig Jahren für das Hinterteil einer Baronesse konzipiert worden war.

Ich setzte mich. Wir saßen uns gegenüber, von Angesicht zu Angesicht, zwischen uns nur ein halbes Dutzend Zigarettenhalter und Konfektschalen auf einem antiken Empire- oder Renaissance-Tisch, oder was weiß ich, jedenfalls irgendein alter Mist, der an etwas aus einem italienischen Film erinnerte.

So saßen wir da.

Ich wiederholte meinen Namen und meinen Beruf und bedauerte, ihn gestört zu haben.

»Ach«, sagte er, und als er dieses Wort sprach, nach seinem Quäken durch die Tür das erste, wurde mir klar, dass er Ausländer war. Er hatte einen deutschen Akzent. Er war nicht sehr auffällig, aber da war was mit dem »ch«, ein Lispeln, was aber auch ein Sprachfehler sein konnte.

»Ach«, sagte er, »ich habe Zeit genug. Ich habe mich mit meinen Sammlungen zurückgezogen. Das Geschäft habe ich vor fünf Jahren aufgegeben.«

»Das Geschäft?«, fragte ich.

»Rosenbaum Antiquitäten, an der Gammel Mønt«, erklärte er. »Kannten Sie es nicht?«

Er sah ganz verletzt aus.

»Doch, doch, natürlich«, sagte ich. »Herr Rosenbaum, können Sie ein wenig Licht in die tragische Geschichte bringen, die direkt unter Ihrer Wohnung stattgefunden hat?«

Ich hatte das Gefühl, dass er zu der Sorte gehörte, die am ehesten auf eine etwas melodramatische Anrede reagierte. Ich hatte Recht.

»Ach nein«, sagte Herr Rosenbaum, »ach nein. Ich kannte den Herrn nicht, ich habe ihn nur auf der Treppe gesehen. Oh, wollen Sie nicht ein Glas Portwein probieren?«

Ein Glas Portwein!

Das passte perfekt zu den Vogelbauern. Ich sagte dankend Ja, und er trippelte durch eine Tür hinaus irgendwohin, wo vermutlich eine Küche war. Das gab mir Gelegenheit, mich ein wenig ungestörter umzusehen. Ich sah mir die Bücherschränke an. Seine guten Bücher standen natürlich hinter Glas. Aber wie Somerset Maugham einmal bemerkte, es gibt nichts, was so viel über Leute aussagt wie die Bücher, die sie haben.

Seine sagten genug. De Sade, Casanova, Genet und billigere Ausgaben derselben Themen. Und auf einem kleinen Glastisch, unter der Zeitung – ich hob sie hoch, um dort, wo sie aufgeschlagen war, die Notiz über den Tod Christensens durchzusehen – fünf, sechs Ausgaben von »Gay-Boy«.

Natürlich! Dass ich so naiv sein konnte. Selbstverständlich, das erklärte alles: diese weibische Geziertheit, die Servilität, der Portwein, die Einrichtung, die Bewegungen. Rosenbaum war schwul, und zwar ein Schwuler der alten Schule.

Ob er wohl nicht mehr aktiv ist?, dachte ich. Ob er wohl immer noch junge Liebhaber hat, oder ob er das Ganze vergessen hat?

Es ging mich nichts an.

Als Rosenbaum mit zwei Gläsern Portwein hereinkam – mit Eiswürfeln –, bedankte ich mich und fragte ihn, was er über Christensen wusste.

»Nich viel«, sagte er, »nich viel. Wir lebten jeder für sich, jeder mit seinen Dingen beschäftigt. Ich habe ihm nur Guten Tag gesagt, ich bin nie in seiner Wohnung gewesen. Ich kenne ihn nicht. Ich sitze abends meistens zu Hause und lese meine Bücher ... Ich bin nicht neugierig.«

»Sie haben nie gesehen, dass Christensen Gäste hatte?«

»Ich habe genug an dem Meinigen zu sehen«, sagte Herr Rosenbaum nicht ohne Würde, und musterte stolz seine Wohnung und Lederbände, –, »und ich bin nicht neugierig.«

Er leerte sein Portweinglas. Ich wäre wirklich unhöflich gewesen, hätte ich nicht wenigstens von der ekligen Brühe genippt.

»Wer wohnt im dritten und vierten Stock?«, fragte ich.

»Dritte Stock junge Menschen«, antwortete er. »Sehr junge Menschen, viele. Die wohnen noch nich sehr lange hier. Vierter Stock ist leer. Vierter Stock sehr lange leer.«

Jetzt war mir klar, er war Ausländer. Diese Neigung, in kurzen Hauptsätzen zu sprechen, ist typisch für jeden, der nicht seine Muttersprache spricht. Leute, die ihre eigene Sprache sprechen, rattern einfach drauflos, hängen Nebensatz an Nebensatz und überlassen es ihren Zuhörern, den Zusammenhang zu finden. Nur Ausländer – und besonders ausländische Geschäftsleute, deren Leben und Kasse von klaren Meldungen abhängen – reden so wie er es tat.

»Sie haben neulich abends nichts gehört?«, fragte ich, mehr der Ordnung halber.

»Nein, die Polizei auch gefragt. – Nein, leider ...«

Ich dankte für den Portwein, sagte »Pip-pip« zu seinem Vogel und verschwand.

Eins war jedenfalls sicher. Es war nicht Rosenbaum gewesen, der mich in der Mordnacht angerufen hatte. Seine quäkende Stimme und sein Akzent würden jedes für sich ausreichen, um ihn freizusprechen. Zusammen ergaben sie einen unwiderlegbaren Beweis.

Aber vielleicht »die jungen Menschen« im dritten Stock?

Ich ging wieder in den ersten hinunter und sah mir Christensens bescheidenes Namenschild an der Tür an. Da stand, schwarz auf Gold, die gleiche Information wie auf dem Schild unten im Treppenaufgang: »E. Christensen« Christensen war nicht der Mann, der glaubte, dass es die Leute etwas anging, ob er Emil, Ernst oder Erik hieß. Rosenbaums Vorname, so stand es klar, deutlich und demonstrativ auf seinen beiden Schildern, war *Fritz*. Die Leute sind nun mal so verschieden.

Ich fasste an den Griff von Christensens Tür. Sie war verschlossen. Sie reagierte nicht. Ich öffnete den Briefschlitz und sah hinein. Es war nichts zu sehen. Natürlich, wäre da was Interessantes gewesen, hätte die Polizei es längst beschlagnahmt.

Ich ging wieder hinauf, in den dritten Stock, und schellte an einer Klingel, ähnlich der Rosenbaums und Christensens. Niemand nahm Notiz davon. Die Beleuchtung hier oben war verschwunden, sodass ich kein Türschild erkennen konnte. Ich fummelte ein Streichholz hervor und sah es mir an. Da war keins. Aber etwas weiter oben an der Tür entdeckte ich ein Pappschild, auf dem »Berg« stand. Einfach »Berg«.

Berg reagierte nicht.

Im vierten Stock war ebenfalls keine Beleuchtung mehr da, und die Tür war verschlossen. Nirgendwo ein Name. Nirgendwo etwas. Einziges Anzeichen für menschliches Leben war der Umstand, dass der Fußboden im Flur – aus der Sicht durch einen Briefschlitz im Lichte eines Streichholzes – mit Lokalblättern und Reklame-Wurfsendungen der örtlichen Supermärkte übersät war. Das war so gesehen auch genug. Jeder Mensch, der irgendwo wohnt, wirft Sachen dieser Art genauso schnell wieder raus, wie sie reinkommen. Wenn Lokalblätter und Reklame-Wurfsendungen mehrerer Monate hinter einer Wohnungstür liegen, so ist die Wohnung mit der gleichen Sicherheit unbewohnt, als wenn der Milchmann drei Tage alte Milch vor der Küchentür stehen sieht, weil jemand verreist ist.

Alles in allem war es ein sehr totes Haus. Überhaupt kein mitreißender Ort.

Aber es war der Ort, wo Christensen den Tod gefunden hatte. Christensen, der jeden Morgen bei Ronnie im Café Freden seinen Morgenkaffee getrunken hatte.

Ich ging langsam wieder die Treppe hinunter. Es war nichts, das mir einbilden konnte, ich hätte etwas herausgekriegt.

Dann kam mir plötzlich der Gedanke, dass es eine Hintertreppe geben könnte, eine wie sie Kinder und Boten benutzen. Ich arbeitete mich den ganzen Weg von 28 B über 28 A bis 28 hinaus zur Straße und an die »frische Luft« vor, die man wenigstens einmal nicht als Witz empfand, und gelangte auf die andere Seite. Da lag ein Hotel, das Hotel Capital. Dort hatte ich mal übernachtet.

Also gab es keine Küchentreppe, ungeachtet dessen, was die Feuerschutzbehörde dazu sagen würde. Also war es wie es war. Christensens Mörder war geradewegs die gleiche Treppe raufgegangen wie ich, an der Kneipe vorbei, einen Stock höher.

Der Rest waren Schweigen und Rätsel.

8

Es wurde schon allmählich dunkel. Ich ging die Absalonsgade hinunter in Richtung meiner Wohnung, und unterwegs fiel mir etwas ein, das neulich hier passiert war. Ein Tierhändler hatte eine tote, mehrere Meter lange Schlange in die Mülltonne geworfen. Spät in der Nacht war einer der Penner gekommen, um die Mülltonnen nach eventuellen Schätzen zu durchwühlen, und hatte die Schlange gefunden. Zunächst war er ganz starr vor Entsetzen, dann erkannte er den wahren Sachverhalt und fand es in seinem Suff ganz toll, mit der Schlange um den Hals in den Straßen herumzualbern und sie die restliche Nacht allen möglichen Leuten vorzuführen.

Das sollte er besser nicht getan haben. Die Schlange befand sich bereits im fortgeschritten Zustand der Verwesung und war dicht besät mit Bazillen und kleinen süßen Vampir-Insekten, die sofort – auch wenn sie den Körper der Schlange nicht verschmäht hatten – einen lebenden Penner einer toten Schlange vorzogen. Das war vor drei Wochen gewesen, und seitdem lag der Penner im Krankenhaus.

Na ja, ich steckte die Hände wieder in die Tasche. Das ging mich nichts an. Die Welt war überhaupt voll von Dingen, die mich nichts angingen.

Ich ging nach Hause in die Istedgade. Im Treppenhaus hing ein Schild mit der Aufschrift *»Danger! Cable!«*, mit selbstleuchtenden Buchstaben von einem Meter Länge, und darunter zeigte sich eine ganze Serie durchgeschmorter Leitungen in einem wurmstichigen Holzkasten, den man mit der weichen Spitze eines Filzstiftes hätte eindrücken können. Ich hatte, wenn ich vorbeiging, oft daran gedacht, was wohl passieren würde, wenn man nur einmal gegen den ganzen Mist treten würde. Ich hatte es auch bereits getan. Zum Glück hatte es außer mir anscheinend niemand anderer getan – noch nicht.

Nur einer von zigtausend täglich vorkommenden Todesfällen … Herrgott ja. Haben Sie oft schwache Nerven, mein Herr?, fragte ein Psychiater servil – zweifellos in Erwartung eines Schecks – in meinem Hinterkopf. Leiden Sie an Paranoia, mein Herr? Rechnen Sie ganz tief in Ihrem Innern damit, dass es wie eine Bombenexplosion klingt, wenn Sie Ihren Zigarettenstummel in den nächsten Rinnstein-Gulli werfen?

Ich stieg langsam die Treppe zu meinem vierten Stock hoch. Mein Haus glich mehr denn je dem, was es war: durch und durch ein Slum. Es gab da zwar keine Ratten, aber alles war bröselig und feucht. Ich stieg geduldig alle Etagen hoch, und unterwegs wurde mir bewusst, wie sehr das Haus an Saxogade 28 B erinnerte. Auch wir hatten im Parterre eine Kneipe, im ersten Stock wohnte der »Stellvertretende Wirt«, der Sohn des Hausbesitzers, Strohmann und Inhaber der Kneipe, im zweiten Stock war ein halboffizielles Intimmassage-Bordell, wo man auf dem Treppenabsatz oft schwer atmenden, verschwitzten Geschäftsleuten aus der Provinz mit geröteten Wangen und verängstigten, blutunterlaufenen Augen begegnen konnte, und im dritten Stock wohnte ein wenig erfolgreicher Geschäftsmann, der, wenn man ihm begegnete, unaufhörlich aufgeräumt erzählte, dass er (anscheinend immer) *gerade dabei war*, irgendwo seine Finger drinzuhaben, wirklich *was*, du!, – leicht nach Whisky duftend.

Im vierten Stock wohnte ich – kaum ein Fitzchen schlechter oder besser als einer der anderen.

Als ich ganz oben angekommen war und den Mantel ausgezogen, den Hut abgesetzt und mich mit einem Whisky in den Schreibtischstuhl gesetzt hatte, rief eine der Sekretärinnen an und sagte, sie riefe vom BLADET an, und es wäre BLADET's Festtag und Otzen würde mich sehen wollen.

Ich hätte es wissen müssen. Nicht nur, dass ein Unglück selten allein kommt, in der Regel kommen sie wie Thunfische in der Dose als ganze Lastwagenladung. Nur die letzten vierundzwanzig Stunden hatten mich dies vergessen lassen. Natürlich, heute war der jährliche Festtag vom BLADET, der Gründungstag, der putzigerweise genau auf denselben Tag wie der Geburtstag des Gründers der Zeitung fiel.

Der Gründer war der verstorbene Chefredakteur M. P. Metz. Metz war gestorben, bevor ich geboren wurde – so geht's oft, so ging's auch Dante und Shakespeare. Aber ich habe oft seine Büste in der Empfangshalle betrachtet. Er sah nicht unsympathisch aus, überhaupt nicht. Wenn man vielleicht eine milde Kritik anbringen wollte, glich er einem fanatischen Aasvogel nur ein wenig mehr als selbst bei Gründern üblich. Er hatte indes – neben dem BLADET, das pflichtschuldigst seinen Geburtstag feierte – etwas geleistet, das seinen Namen für spätere Zeiten lebendig erhielt: Er hatte die Institution namens Kinderhilfstag erfunden, an dem prominente Menschen wie blöd in der ganzen Stadt rumflippen und Geld sammeln für arme Kinder und verschiedene Pfadfinder-Organisationen, die zu zeigen wagen, dass sie an Gott glauben. Das war im ganzen Land seitdem bewundert worden. Nur eine Minderheit – und besonders beim BLADET – wusste, dass er Päderast gewesen war, und diese Minderheit hielt klugerweise die Klappe. Man will ja seinen Arbeitsplatz nicht gefährden.

Okay, ich musste wohl oder übel beim BLADET reinschauen, »das Verhältnis« war sowieso schon gespannt genug, und ich wusste, dass Redakteur Otzen und ich keine Busenfreunde waren, seit ich meinen festen Job aufgegeben hatte. Ich seufzte hörbar meinem Plattenspieler, meinem Tonbandgerät und meiner Whiskyflasche zu – meine drei besten Freunde – und nahm einen Mietwagen in die Stadt zum BLADET. Ich selbst fahre nicht mehr. Das ist mein einziger, wenn auch gewichtiger Beitrag zu größerer Verkehrssicherheit. Ich habe auf diese Weise schon mindestens drei Menschenleben verschont.

Auf dem Mitarbeiterfest lief alles wie immer ab, alles was ich, Detail für Detail, die letzten sieben Jahre hintereinander an diesem Tag gesehen hatte, mit einer Präzision wie bei einer im Voraus geplanten amerikanischen Fernsehsendung. Redakteur Otzen hielt eine Rede und dankte getreu dem Brauch uns Journalisten, fest angestellten wie freien Mitarbeitern – es kam mir vor, als blinzelte er mir zu – für unsere gute Arbeit. (Als ob er uns nicht jeden Tag in kleine Stücke hacken würde, und als ob er morgen nicht wieder jedem fest Angestellten mit der Versetzung in die Provinz drohen würde.) Der Staatsanwalt des Landgerichts, wie zum Teufel hieß er noch gleich, – ich habe ihn nur ein paar Mal gesehen, aber er sieht einem Pfandbrief zum Verwechseln ähnlich – dankte in seiner Funktion als Vorsitzender der Geschäftsleitung im Namen der Zeitung. Von schwarz gekleideten Servierdamen wurde Lachs, Roastbeef mit kaltem Kartoffelsalat und Briekäse serviert, Bier und Wein nach Belieben. Danach Kaffee und Cognac.

Lange vor dem Kaffee stieg das Summen der Stimmen bis unter die Decke, und von eifrigen Schwätzern wurden alte Anekdoten wieder ausgegraben. Interne Vertraulichkeiten und Geheimnisse wurden in stolzem Ton und zu späterer starker Reue am Tag danach enthüllt, Cliquen begannen sich zu bilden, wie auch Tipps, Hinweise, Andeutungen und Gerüchte ausgetauscht, verteilt und geprüft wurden. Die Stimmung stieg, wenn man das Stimmung nennen will. Ein Kollege von der Sportredaktion war bereits umgefallen (die Leute haben keine Kondition), und der Theaterkritiker hatte sich halb in den Schoß der Moderedakteurin vergraben, mit deren offenbarer Billigung.

Auch das ging mich nichts an. Indem ich ganz fromm so tat, als ob ich zur Toilette müsste, schritt ich unangetastet und ohne Abschied in die kühle, ruhige Nacht hinaus. Ich tat ganz unbekümmert – so sorglos wie sich die Passagiere auf der sinkenden »Titanic« fünf Minuten vor dem Ende benommen haben mussten, als ihnen das Wasser bis zum Hals gestiegen war.

Aber okay, da lag die Stadt, und es war Mitternacht.

9

Ich nahm ein Taxi nach Hause. Nie ist Kopenhagen schöner, als wenn man es um 0 Uhr aus einem Taxi heraus sieht, in dem nämlichen magischen Augenblick, in dem der Tag stirbt und geboren wird, während die Druckpressen mit den Morgenausgaben der Zeitungen dröhnen. Wir fuhren die Vesterbrogade hoch mit ihren chinesischen Restaurants, ihren Nachtkiosken und Bordells, hier und da vermischt mit den hübschen und stattlichen alten Häusern und den kämpfenden kleinen Kirchengemeinschaften, alles von dem Großen Barkeeper da oben zusammengemixt im milden Licht der Mitternacht, in dem alles blau schimmert und schön, und mit etwas grün, gelb, rot.

Hinter all dem lag die große, bleiche Verzweiflung der Großstadt, und fragte: Sex, Selbstmord oder Schlaf?

Ich würde vernünftig sein und das Letztere wählen.

Als aber der Wagen das Sterncafé erreichte, ließ ich ihn trotzdem halten. Ich hatte mir's schon gedacht.

Ich nahm einen Whisky und setzte mich in die Ecke neben die Musikbox, wo niemand mich stören würde und von wo aus ich alle beobachten konnte, wenn ich wollte. Es gibt im Sterncafé das ungeschriebene Gesetz, dass man, wenn man auf etwas scharf ist, in der vorderen Hälfte des Lokals sitzt, *vor* der Musikbox, und dann wissen die Mädchen und die Dealer Bescheid. Ist man es nicht, sitzt man *hinter* der Box, und das wird auch respektiert.

Ich saß da und dachte nach. Ich zog mir etwas Hasch rein und dachte noch ein bisschen weiter nach. Ich sinnierte immer noch über den dritten und vierten Stock in der Saxogade 28 B, zweiter Hinterhof, ich dachte an Christensen und an Rosenbaum. War es wirklich möglich, dass Rosenbaum so wenig wusste? Andererseits, man las und hörte jeden Tag von Nachbarn, die einander nicht einmal dem Ansehen nach kannten und die höchst verblüfft waren, wenn sie von einem Todesfall auf der anderen Seite der Wand erfuhren. Warum nicht?

Ich konnte meine Gedanken über die Saxogade nicht sehr lange zusammenhalten. Ich steckte eine Münze in die Musikbox, und Frank Sinatra sang für mich. Sinatra sang *Strangers in the Night*, und ich dachte, wie wahr das doch wäre. Was für ein Leben, dachte ich, stimuliert von einem weiteren Whisky. Wir fangen damit an, sieben Jahre zur Schule zu gehen und nichts dabei zu lernen. Sieben Jahre – das heißt, wenn man Glück hat und nicht aus der Oberschicht kommt. Sonst dauert es zehn bis zwanzig Jahre.

Wenn das überstanden ist, kommen die nächsten zehn Jahre, in denen man – in jedem einzelnen verdammten Detail – überhaupt erst mal rausfinden muss, wie anders doch alles ist, als man es beigebracht bekommen hat, und die Erfahrungen muss man *selber* machen, ohne Lehrer oder Eltern, wie ein Fremder in der Nacht, und je länger man damit gewartet hat, desto schwerer ist es.

Okay, dann tut man es. Wenn man es getan *hat* und seine ersten Scheidungen und scheinbaren Jobs fürs Leben überstanden hat, ist man fast alt und stirbt bald, sodass man sich lieber darauf vorbereiten sollte. *Strangers in the Night*, das ist nicht zu viel gesagt.

Ich bin jetzt 35 Jahre alt. Nicht mehr jung, aber auch noch nicht alt. 35. Genau die »Mitte des Lebensweges«, von dem die Alten sprachen, die sieben mal zehn. Halb jung, halb alt, halb geboren, halb tot. Auf der Mitte des Weges.

Weitere Drinks. Noch mehr Münzen in die Musikbox. Die Beatles sangen *All you need is love*. Die Rolling Stones sangen *I can't get no satisfaction*. Ich gab beiden Recht, und danach sang Ella Fitzgerald *I can't give you anything but love*, nett von ihr, und *I get a kick out of you*, noch süßer, und danach löste es sich auf in *Blue Moon, There'll never be another you, Now it's time to dream a thousand dreams of you* – und dann erwachte ich mit einem Mal aus einem langen Traum, einem vergessenen und verlorenen Traum vom »Leben«.

Plötzlich erschien mir das Leben wertlos und inhaltsleer. Was war ich, was? Was wollte ich? Sollte ich bloß Artikel für das BLADET schreiben, bis ich starb und sicher einen Nekrolog bekam, natürlich von Jens, der mich dann stunden- und spaltenlang *verstehen* und den Lesern erzählen würde, wie sehr wir alle mich vermissen würden?

Sollte das ein Leben sein? *Meins?*

Ich begann, mit mir selbst sehr unzufrieden zu werden. Ich bestellte noch mehr Whisky und startete die Musikbox wieder von vorn. Mit Hilfe eines 1-Kronen-Stücks überredete ich Fats Domino, *Blueberry Hill* zu spielen. Fantastisch, Fantastisch. Der Kellner lächelte mir mitwisserisch zu, als er mit noch mehr Whisky kam. Alles Schwindel und Bullshit. Was wusste der, was ich durchmachte? Was ahnte er von meinen Albträumen? Nur, dass sie noch einen doppelten Ballantine's erforderlich machten. Das reichte für ihn, mitwisserisch lächeln zu können.

Ich stoppte den Plattenspieler meines eigenen Gehirns, indem ich wieder die Musikbox in Gang brachte. Die war jedenfalls abwechslungsreicher. Eine geniale Erfindung. Es begann mit dem Grammofon, dann wurde daraus die Musikbox. Genial. Es war Edison, der das Grammofon erfunden hatte. Da hatten wir's – Edison war ein Genie. Weder Marx noch Engels noch Chaplin, sondern *Edison* war *The King*. Er war es, der es geschafft hatte, dass der Telegraf tickte, dass Graham Bells Telefon funktionierte, er ließ die Duplikatoren rollen, die LPs und Singles zirkulieren, er war es, Edison, der überall in der Welt jede einzelne Glühbirne in jedem einzelnen beschissenen, deprimierenden Kneipenlokal anzündete, und in allen anderen Zimmern auch, in all den Schlafzimmern überall in der Stadt, wo die Leute jetzt dabei waren, ins Bett zu gehen und zu schlafen oder …, all die Zimmer, wo eifrige Büromenschen am nächsten Morgen sitzen und Papiere stempeln würden. Edison war genial. Wir waten allesamt jeden Tag von morgens bis abends in Edison, und wie oft denken wir daran?

Viel zu selten, fand ich. Aus alter Gewohnheit wollte ich dem BLADET fast einen Artikel über Edison vorschlagen, und darüber, wie viel der moderne Mensch ihm doch verdanke, aber dann müsste es sein 100. Geburtstag sein oder so was, und ich wusste nicht, ob es das war, also ließ ich den Gedanken wieder fallen. Außerdem war ich nicht in der Stimmung, um zu telexen. Die feierten immer noch, und das Telex war sicher blockiert.

Telex – eine weitere große Erfindung, die Musikbox der Sprache. Eine fantastische Sache. Sie ermöglichte den Menschen, einander direkt mitzuteilen – von Chicago nach Beirut, von Kopenhagen nach Johannesburg –, was sie auf dem Herzen hatten und unmittelbar und spontan für wesentlich hielten.

Es hatte fast immer mit Geld zu tun.

Mir wurde klar, dass ich ziemlich voll sein musste. Das Sternencafé segelte. Ich wollte gerade den Kellner bitten, ein Taxi zu holen – ich hatte vergessen, dass ich gleich nebenan wohnte –, als Kurt vorbeikam. Kurt ist ein entfernter Bekannter. Ich habe ihn oft gesehen, kann mich aber nie richtig erinnern, wie und woher. Kurt fragte, ob wir nicht eine Runde Karten spielen sollten. Ich war froh darüber, von meinen eigenen Gedanken freizukommen, und willigte sofort ein. Wir spielten Poker. Zwischendurch fragte Kurt, ob ich gehört hätte, was in der Saxogade 28 B passiert war. Ich verneinte, und er erzählte mir die Geschichte; ich tat angemessen interessiert, wobei ich zugleich auf meine Karten achtete. Ich hatte drei Asse.

»Möchte bloß wissen, was ›Der Dünne‹ dazu sagt«, meinte Kurt.

Ich hörte seinem Gelaber nicht länger zu, ich konnte nicht. Ich war zu voll, um überhaupt die Augen fest auf die Karten zu richten, ich musste sie mit großer Anstrengung ganz zusammenkneifen, um erkennen zu können, ob ich zwei oder drei Asse hatte. Ich spielte völlig aus dem automatischen Pilot des Rückgrats heraus.

Kurt war plötzlich weg – vermutlich mit einem Teil meines Geldes –, und als ich das nächste Mal wieder zu Bewusstsein kam, fand ich mich neben einem dunkelhaarigen Mädchen sitzen und hatte gleichzeitig die Ahnung, dass Kurt etwas Wichtiges gesagt hatte, was ich vergessen hatte. Die Dunkelhaarige nannte den Namen des Hotels, auf das wir uns – während ich zwischendurch völlig weggetreten war – offenbar geeinigt hatten. Es war das Hotel Capital.

Sie bat mich, einen Mietwagen zu rufen, und ich rief die Firma Isted-Bilen an. Auch das war wieder absolut automatische Gewohnheit. Isted-Bilen ist in ein paar Schuppen in der Istedgade untergebracht, wo im Winter Schnee, Wind und Kälte hineinpfeifen. Drinnen gibt's Telefone, die unaufhörlich klingeln, und frierende Fahrer, die mit Kaffee und verbotenen kleinen Schnäpsen in den Händen warten. Bösen Gerüchten zufolge – ausgestreut besonders von Mietwagen-Chauffeuren besser gestellter Firmen – sollen die Fahrer von Isted-Bilen sich vorwiegend aus »Vorbestraften«, Leuten mit eingehenden Kenntnissen über das »zwielichtige Milieu« oder »Zwielichtigen« selbst rekrutieren. Hellerup-Taxi und Virum-Vognen, Krone-Bilen und Konge-Bilen haben Chauffeure, die Isted-Bilen so richtig runtermachen, so wie ein Dompropst Magazine wie ›Weekend-Sex‹ verreißt.

Nichtsdestoweniger ist es die einzige Mietwagenzentrale in Kopenhagen, die jederzeit, wo auch immer – und mit einer gewissen Schnelligkeit – einen Wagen zur Verfügung stellen kann. Und das bewiesen sie auch diesmal wieder.

Sie hieß Hanne, und der Wagen brachte uns in drei Minuten zum Hotel Capital, auf Zimmer 107.

Zwar erinnerte ich mich nicht besonders viel an

unser Gespräch und unsere eventuelle Abmachung, aber als sie – sobald wir im Zimmer waren – sich auszuziehen begann, und als ihr Körper sich aus der blaufarbenen Kleidung allmählich ins Fleischfarbene verwandelte, fast weiß im gelben Licht des Hotelzimmers, begriff ich so einigermaßen, um was es sich handeln musste und hatte nicht besonders viel dagegen einzuwenden. Nachdem ich mir dreimal Wasser ins Gesicht geschüttet hatte, legte ich mich auf das Bett, und einen Augenblick später glitt sie – mehr wie eine lebende als eine tote Schlange – über mich.

Danach geschah, was geschehen musste, und was mir geschehen ist, seit ich mich als 14-Jähriger zum ersten Mal in einer solchen Situation befunden hatte. Wir Männer *sind* nun mal nicht erfinderisch, das wird sich offenbar nie ändern.

Danach schlief ich ein. In der Nacht träumte ich, ich wäre ein mechanisches Baby, das von einer Mutter in Gestalt einer Musikbox gestillt wurde, deren Brüste von Schallplatten überströmten, die ich in mich hineinsaugte.

10

Als ich aufwachte, ging es mir gar nicht gut, und das hatte ich auch kaum verdient. Es war heiß, unerträglich heiß, und ich konnte nicht begreifen, wieso ich meine Uhr nicht vom Bett aus sehen konnte, bis mir klar wurde, wo ich hingeraten war. Ich ging ins Badezimmer, schüttete mir kaltes Wasser ins Gesicht, trocknete mich mit den dünnen, geschirrtuchartigen Handtüchern vom Hotel Capital ab, sammelte mein Zeug zusammen und machte mich bereit, meine dröhnenden Kopfschmerzen nach Hause zu verfrachten.

Es *gibt* nichts Deprimierenderes als in einem Hotelzimmer aufzuwachen. Ich habe so an die Hälfte aller Nächte meines Lebens in Hotelzimmern verbracht, also weiß ich, wovon ich rede. Ich kenne sie: ihre Ausgebombtheit, ihre Ungeschminktheit, ihr Lebens-Sammelsurium: Tisch, Stuhl, Bett, Aschenbecher, WC, ihre Sachlichkeit mit Brandschutz-Regeln und der Bibel in der Nachttischschublade – und den schalen, faden Geruch von Leinen und den Zigarren des vorigen Bewohners ... Jedes Mal, wenn ich das alte Sperma auf einer Hotel-Matratze rieche, wundere ich mich über nichts mehr.

Hotels machen einen so alt. Es ist, als ob einem die Tapete direkt in die Augen kriecht und einen direkt an all die Tapeten seines Lebens in verlassenen Zimmern erinnert. Es ist wie eine Todeswohnung. Man wird melancholisch. Sehr menschlich, gewiss, aber was für ein Scheiß und was für ein schweinischer Sadismus ist es doch.

Gerade als ich die Tür schließen wollte, sah ich einen Fetzen Papier auf dem Bett liegen. Ich nahm ihn mit. Es war ein Zettel von Hanne, klein und dreckig, ein Stück Papier, rausgerissen aus einem Taschenbuch. Darauf stand, mit rotem Kugelschreiber, dass ich sie im Laufe der Nacht wieder und wieder gebeten hätte, mich daran zu erinnern, dass ich mit *Kurt* sprechen wollte und müsste – *Kurt* war dreimal unterstrichen. Sonst stand da nichts.

Ich steckte den Zettel in die Tasche. Ich hatte sie

vergessen. Ich hatte auch vergessen, über was ich mit Kurt sprechen sollte. Ich hatte überhaupt den ganzen gestrigen Abend vergessen. Das Einzige, an das ich mich etwas erinnerte, war Edison.

Der Morgen-Portier war ein junger, rothaariger Mann. Er lächelte leicht. Es konnte noch nicht lange her sein, dass Hanne gegangen war.

Ich trat hinaus auf die Straße, fand eine Kaffee-Bar und dachte nach, so gut mein Kopf es zuließ. Ich kam zu dem Schluss, dass es das einzige Vernünftige wäre, in die Sauna zu gehen.

Gleich um die Ecke an der Oehlenschlägergade liegt eine Sauna, die schon bessere Zeiten erlebt hat. In früheren Zeiten versammelten sich dort die feinen Herren und Geschäftsleute, um ihren Kater wieder ein wenig in den Griff zu kriegen und ein bisschen von ihrem Fett abtropfen zu lassen, bevor sie sich neue Fettpolster anlegten. Ab und zu konnte man immer noch abgewirtschaftete Geschäftsleute sehen, solche, mit Gesichtern wie weiche Tomaten, die frühmorgens kamen, um den Bürodienst des Tages überstehen zu können, aber ansonsten war dieser Menschentyp selten geworden. Sie hatten wohl jetzt zu Hause eine Sauna, und kamen nur hierher, wenn ihre Frauen ihre Augen nicht sehen durften.

Ich bezahlte meine zwanzig Kronen – ich hatte im Laufe der Nacht erstaunlich wenig Geld verloren – und glitt in den Dampf hinein, wo vier, fünf Männer auf den Holzbänken herumhingen. Ich grüßte mit einer Kopfbewegung und ließ den Schweiß an mir herunterströmen.

Was war das nun überhaupt alles? Christensen war tot, *si.* Ehlers wartete, *si.* Otzen würde bald wütend werden, wenn er nichts von mir hörte. Ich sollte über irgendetwas mit Kurt sprechen, aber über was? Und Hanne, was war mit ihr? Wer war sie? Sicher keine Nutte, denn dann wäre mein Portemonnaie leer gewesen, und wahrscheinlich wäre ich auch nicht mit ihr mitgegangen; also wer war sie? Und warum hatte sie mich mit sich gelotst? Oder hatte *ich* wirklich die Initiative ergriffen?

Während ich dasaß und grübelte, betrachtete ich geistesabwesend meine Geschlechtsgenossen und ihre Figuren. Da war ein schwarzhaariger Typ, der aussah, als ob er der Inhaber eines Sportgeschäfts wäre, ein muskulöser und schlanker 50-Jähriger, der auf dem Boden lag und mit in die Luft gestrecktem Hintern Liegestütze machte, sicher einer von diesen Konditionsfanatikern, die man sonst wie wilde Pferde durch die Parks der Stadt galoppieren sieht. Dann war da ein Fetter mit sieben Rettungsringen um den Bauch, sein Alter ließ sich nicht bestimmen, ein typischer Büro- oder Verwaltungshengst, der eben ein bisschen schwitzen musste, um vor dem mittäglichen Geschäftsessen mit dem großen kalten Büffet sein Gewissen zu beruhigen. Dann war da noch ein glatter Casanova-Typ, der mit übereinander geschlagenen Beinen dasaß und sich die Nägel schnitt, als ob von denen viel abhinge und als wenn er sich gerade schön machte, um später ein paar Muschis aufzureißen – vielleicht war er gerade direkt auf dem Weg zu der Dame und genoss sich selbst ein wenig, bevor sie an die Reihe kam. Und dann waren da noch zwei etwa vierzigjährige Schwule, die sich – jeder mit seinem koketten Handtuch um den Leib – füreinander hübsch machten.

Je mehr ich mich umsah, desto weniger verstand ich, was Frauen an uns finden konnten.

Der Schweiß strömte an mir herunter, aber meine Kopfschmerzen befanden sich auf taktischem Rückzug. Die Sauna wurde plötzlich sehr klein, sie glich einem Raum, dessen Wände sich zusammendrücken konnten, um mich zu quälen. Ein kleiner Raum. Ein Sarg. Es gab viel zu viele kleine Räume auf der Welt, viel zu wenige Orte, wo man atmen konnte.

Als Kind hielt ich das Reihenhaus, in dem wir wohnten, für sehr groß – allein das Wohnzimmer war eine ganze Welt. Heute fühle ich mich an der gleichen Stelle eingeklemmt, ich kriege keine Luft. Unsere Maßstäbe ändern sich. Mein Arbeitszimmer von heute hat die Größe der Stube, in der wir zu Hause, Abend für Abend, mit fünf Menschen saßen, aßen, lasen und Radio hörten – und jetzt meine ich, dass es schon für mich allein zu klein ist.

Man nennt das Klaustrophobie: Angst vor kleinen Räumen. Vielleicht war es das gleiche Gefühl, das ich habe, wenn ich heutzutage meine Eltern besuche, der Grund, warum ich als fest angestellter Mitarbeiter beim BLADET aufgehört hatte, vielleicht konnte ich auch den kleinen Raum nicht ertragen. Wie überrascht sie damals gewesen waren! Otzen und Redaktionssekretär Clausen ... Sofort waren sie gekommen: »Wenn es eine Frage des Geldes ist ...« Es war keine Frage des Geldes, aber es ist fast unmöglich, jemanden davon zu überzeugen, dass überhaupt irgendwas heutzutage nicht eine Frage des Geldes ist.

Ich hörte mit meinem Selbstgespräch auf. Manchmal habe ich das Gefühl, dass ich meine Zeit größtenteils darauf verwende, Fragen zu stellen, die niemand beantwortet.

Vielleicht *ist* ein Journalist jemand, der stets Fragen stellt, und zwar nicht nur anderen.

Vielleicht müsste ein Journalist in jedem Fall zusehen, dass er nicht nur sich selbst, sondern auch anderen Fragen stellt.

Ich verließ die Sauna und zog mir wieder meine Klamotten an. Ich wollte in die Saxogade 28 B, zweiter Hinterhof, gehen und die gestrige Spur wieder aufnehmen, was anderes war nicht möglich. Ich schuldete sowohl dem BLADET als auch der Polizei wenigstens einen *Versuch*.

Das Haus war immer noch das alte. Es war still in der Kneipe, nicht eine Flasche klirrte, niemand fluchte oder warf mit einem Würfel, kein Ton war zu hören.

Drinnen im Treppenhaus war es dagegen alles andere als still. Der kleine, schmale Aufgang war ein richtiger Flaschenhals, der jeden Laut schützend in sich behielt. Vom zweiten Stock her klang es, als ob das ganze Haus abgerissen würde. Möbel wurden hin und her geschoben, Absätze latschten schlurfend über Fußböden, Stimmen dröhnten. Vielleicht hatte Rosenbaum eine Gesellschaft zum Mittagessen zu Gast, vielleicht machte er Frühjahrsputz. Ich war nahe dran hineinzuschauen, entschloss mich aber, keine Unannehmlichkeiten zu verursachen.

Ich kletterte noch eine Treppe höher und klopfte an die Tür im dritten Stock mit dem Pappschild »Berg«. Ich klopfte, dass ich mir fast die Knöchel brach. Das half. Eine Frau kam heraus.

Es war nicht besonders hell, aber in dem schwachen Tageslicht des Fensters konnte ich sie leicht wiedererkennen.

Es war Hanne, in einem zerschlissenen hellblauen Hausmantel.

Sie erkannte mich wieder, legte einen Finger auf die Lippen, zog die Tür fast wieder zu, beugte sich vor und flüsterte, ich sollte am späten Nachmittag wiederkommen, sie hätte jetzt zu tun. Im Hintergrund hörte ich einen Mann rufen: »Was gibt's?«, und sofort schrie sie »Nichts ... Jemand, der sich in der Tür geirrt hat!« zurück, flüsterte erneut: »Am späten Nachmittag«, und machte die Tür wieder zu.

Verwirrt ging ich wieder die Treppe runter, aber unterwegs gab es noch weitere Begegnungen; all die Menschen, die ich kannte, hatten sich heute in dem Haus mit mir verabredet. Auf dem Absatz zwischen dem zweiten und dritten Stock stand Polizeiinspektor Ehlers und zerkaute heftig ein Zigarillo in kleine Stücke, die er auf den Boden spuckte. Er schien noch schlimmere Kopfschmerzen zu haben als ich.

Er brummte nur, als er mich sah. Ohne Guten Tag zu sagen oder zu fragen, wie es mir ginge, sagte er in einem langsamen, schnarrenden Ton, so undeutlich, dass ich eine Minute brauchte, um seine Worte zu begreifen:

»Noch einer. Diesmal ist es Rosenbaum!«

11

Ich fürchte, ich war in diesem Moment nicht besonders helle. Meine Stimme klang wie ein quakender Frosch, als ich fragte: »Was?«

Ehlers sah mich ohne große Sympathie an.

»Rosenbaum«, sagte er wie ein alter Telegrafist in kurzen, knappen Hauptsätzen. »Tot. Ermordet. Erschossen. Gestern Abend. Kommen Sie mit.«

Er packte mich an der Schulter, öffnete die Tür zu Rosenbaums Wohnung und zog mich hinein, als ob ich ein widerspenstiger Schoßhund wäre, der an der Leine zerrte.

Drinnen bei Rosenbaum liefen drei Bullen in Uniform herum und waren dabei, den Stolz seines Lebens, die schöne Wohnung, völlig zu zerstückeln. Alle Schubladen waren herausgezogen, alle Türen geöffnet, alle Möbel ringsherum verrückt. Die Fenster standen sperrangelweit offen, um nur einen bescheidenen Prozentsatz des Staubs zu entfernen, und auf allen verfügbaren Tischplatten lagen große Stapel Briefe, Quittungen, Papiere und Notizen herum – all diese Dinge, die Menschen nun mal hinterlassen.

Rosenbaum selbst war nicht mehr da. Die drei Bullen sahen einen Moment lang auf, bevor sie ihre stumme, systematische Suche in den Resten einer Kulisse des toten Mannes fortsetzten. Ehlers zog mich in die Küche.

»Etwas Neues von der mysteriösen Stimme?«, fragte er mit schwach schnarrendem Hohn.

»Ich habe sie nicht gefunden«, gab ich zu.

»Das wäre auch vielleicht zu viel verlangt, sie

ohne weiteres im Sterncafé zu finden«, sagte Ehlers barsch.

Es gab mir innerlich einen Ruck.

»Werde ich beschattet?«, fragte ich.

»Nein«, sagte Ehlers, »so wichtig sind Sie nicht. Sie wurden nicht beschattet, nur wiedererkannt. Einer meiner Leute sah gestern zufällig durchs Fenster hinein, als sie an der Musikbox saßen und träumten. Zwei Stunden später kam er wieder vorbei und und schaute hinein, und sie saßen immer noch da und waren dasselbe nützliche Mitglied der Gesellschaft. Sie können übrigens froh sein, dass er wiederkam. Dadurch haben Sie ein Alibi.«

»Alibi?«

»Alibi«, sagte er, »ja. Rosenbaum wurde erschossen, während sie dasaßen und rumhingen. Es scheint, in diesem Haus lebt es sich gefährlich. Man sollte wohl die jungen Menschen im dritten Stock warnen.«

»Wer sind die?«, fragte ich ihn.

»Reden Sie nicht um den heißen Brei herum«, sagte Ehlers. »Ich sah Sie aus dem dritten Stock kommen. Der erste und zweite Stock hier im Haus sind innerhalb von zwei Tagen tot. Sie sind die einzige Spur, die wir haben, Sie behaupten, Sie wären gebeten worden, hierher zu kommen, und hier begegne ich Ihnen auf dem Weg herunter vom dritten Stock. Wie wär's, wenn Sie Onkel Ehlers hier erzählen würden, was *Sie* über die Dinge wissen?«

Ich erzählte ihm, ich wüsste nichts. Ich erwähnte nichts von meiner Nacht, erzählte ihm aber von meinem Gespräch mit Rosenbaum tags zuvor. Ich war nicht weit gekommen, als er mich unterbrach.

»Ein Schwuler!«, sagte er mit Ekel in der Stimme.

»Schwuler, und Antiquitätenhändler. Alleinstehend und ohne Familie, ganz genau wie Christensen. Niemand in diesem Haus hat Familie. Keiner ist jemandem bekannt. Keiner kennt jemanden.«

»Ich habe gestern auch nichts rausgekriegt, aber das ist auch nicht meine Aufgabe«, antwortete ich. »Ich habe bloß versucht, eine Stimme wiederzuerkennen, und das habe ich nicht geschafft. Was zum Teufel kann *ich* dabei tun?«

»Sicher nichts«, sagte Ehlers »ganz sicher nichts, aber deshalb würde es Ihnen trotzdem gut zu Gesicht stehen, es wenigstens zu versuchen.«

Er wandte sich vom Fenster ab, und als plötzlich das Licht ins Zimmer strömte, sah ich, wie zerfurcht und müde sein Gesicht war. Er hatte Säcke unter den Augen, und zwar von einer Größe, dass sie leicht an eine Container-Firma verkauft werden konnten.

»Verfluchte Geschichte!«, sagte er.

Ich berichtete ihm, dass ich oben im dritten Stock gewesen wäre, um zu überprüfen, ob das die Stimme gewesen sein konnte, dass aber eine Frau geöffnet hätte, und die Stimme keine Frauenstimme gewesen wäre, und ein Mann im Hintergrund gerufen hätte, aber dass auch diese Stimme nicht die der Person gewesen wäre, die mich gestern Nacht angerufen hatte – gestern Nacht, was mir bereits so vorkam, als ob es mehrere Wochen zurücklag.

»Hm«, sagte er. »Kann es einer von den anderen sein?«

»Die anderen?«, fragte ich.

»Die wohnen zu sechst oder siebent da oben«, sagte er kurz. »Ich bin mir sicher, dass es sich um eine Drogen-Höhle handelt. Der Kerl und das Mädchen, das Sie trafen – ich komme gerade von oben –, sind die Mieter der Wohnung. Sie haben immer noch ein paar andere bei sich wohnen und noch einige, die sich ab und zu dort herumtreiben. Das riecht förmlich nach Stoff. Ich möchte keine Hausdurchsuchung vornehmen lassen, das sind zu kleine Fische, aber wir beschatten das Haus jetzt.«

Ich fragte ihn, ob er eine Theorie hätte.

Er zuckte mit den Schultern. »Haben Sie eine?«

Meine Kopfschmerzen begannen zurückzukehren. Trotzdem versuchte ich, ihm vernünftig zu antworten.

»Ich glaube nicht an einen wahnsinigen Mörder, der alle, die in der Saxogade 28 B wohnen, ermorden will, um selbst in den Besitz des Mietvertrages zu kommen. Ich kann mir kaum was anderes vorstellen, als dass Christensen ermordet wurde, weil er etwas gesehen hat, was er nicht hätte sehen sollen, und was Rosenbaum angeht – ja, so muss er gesehen haben, was mit Christensen geschah, sodass sie ihn aus Gründen der Sicherheit gleich mit ausgelöscht haben.«

»Sie lesen wohl viele Kriminalromane, nicht wahr?«, fragte Ehlers.

»Wie sollte es anders zugegangen sein?«, fragte ich.

Er sagte, ein Idiot könnte mehr fragen, als zehn weise Männer antworten könnten. Ich sagte, das wäre ja wohl mehr die Beschränktheit der weisen Männer als ein Fehler des Idioten.

Er sah mich säuerlich an.

»So etwas, dass einer Zeuge eines Mordes wird und deshalb dann selbst ermordet wird, geschieht in Wirklichkeit selten. Es klingt unwahrscheinlich.«

»Zum Teufel auch«, sagte ich. »Das Ganze hört sich unwahrscheinlich an. Kein Mensch würde es glauben, wenn es ein Kriminalroman wäre. Ist es vielleicht wahrscheinlich, wenn ein alleinstehender älterer Rentner erschossen wird? Ist es wahrscheinlich, dass sein schwuler Obermieter einen Tag später mit einer Pistole umgepustet wird?«

»Woher wissen Sie, dass es eine Pistole war?«, fragte Ehlers. Seine Stimme klang nicht die Spur nett.

»Weil Sie sagten, er wäre erschossen worden«, antwortete ich müde. »Ich habe mir ausgerechnet, dass es kein Maschinengewehr oder eine Armbrust war. Andererseits *war* er ja Antiquitätenhändler.«

Ehlers lächelte.

»Aber ist es wahrscheinlich?«, fuhr ich fort. »Und ist es denn wahrscheinlich, dass darüber hinaus noch eine Etage höher ein Drogennest sein soll?«

»Hier im Viertel«, sagte Ehlers, während er sein offenbar lastendes Gewicht von einem Fuß auf den anderen verlagerte, »hier im Viertel ist nichts wahrscheinlicher als ein Drogennest pro Haus.«

Einer seiner Leute kam herein und sagte, sie hätten die Wohnung durchwühlt und sortiert. Papiere und Briefe lägen vor, und ob er kommen und sich die Sachen ansehen wolle?

Ehlers nickte.

Der Mann ging.

Ehlers wandte sich mir mit einem müden Blick zu und sagte: »Ich komme wohl auch heute Nacht nicht nach Haus.«

Wahrscheinlich war er seit dem ersten Mord nicht zu Hause gewesen.

Plötzlich sagte ich:

»Was halten Sie davon, wenn wir zusammen zu Abend essen?«

Er sah mich mit offenbarer Verblüffung an.

»Wieso das?«, fragte er.

»Wenn Sie gar nichts essen, können Sie sich heute Abend nicht auf den Beinen halten«, sagte ich. »Es könnte immerhin eine Art Abwechslung sein.«

Er willigte ein. Wir vereinbarten, uns um acht Uhr bei Ho Ling Fung zu treffen. Ich ging die Treppe hinunter, als freier Mann, ohne das Bedürfnis, in die Kneipe im Parterre zu gehen oder mich überhaupt umzublicken.

Wenn ich es hätte sein lassen können, nach vorn zu sehen, hätte ich wohl auch das noch getan.

12

Ich war mir völlig bewusst, das es das Klügste wäre, meine Verabredung mit Hanne für den späten Nachmittag als abgesagt zu betrachten. Wenn die Polizei das Haus überwachte, war nicht gerade Zeit für ein intimes, gemütliches Plauderstündchen über die Ereignisse der Nacht. So ist das Leben: Während man mit einer Mieterin im dritten Stock bumst, wird der Mieter im zweiten Stock erschossen.

Dann wurde mir klar, dass *ich* vielleicht Hannes Alibi sein oder werden konnte.

Unter diesem Gesichtspunkt ließen sich die Ereignisse der Nacht auf vielfältige Weise erklären. Keine davon wirkte besonders sympathisch.

Wäre ich in der Nacht bloß nüchterner gewesen, dann wüsste ich vielleicht etwas mehr.

Gewisse Menschen werden nie aus Erfahrung klug. Den Beweis dafür lieferte ich wenige Minuten danach wieder, als ich ins Sterncafé einkehrte.

Es war halb voll, und der Kellner Willy wie auch mehrere der Stammgäste beiderlei Geschlechts blinzelten mir auf eine Weise zu, die zeigte, dass ich gestern wohl auf meine Kosten gekommen war. Sie waren nicht bösartig, sie machten nur mit den Augen und den Augenbrauen deutlich, dass sie es entweder gehört oder selbst gesehen hatten, und sonst war nichts weiter. Morgen konnte es genauso gut einer von ihnen sein, und das war bestimmt vorher schon mehrmals der Fall gewesen. Aber für diesen ganzen Tag ist man dann eben der Suff-König des Tages.

Dann erzielte ich meinen ersten Glückstreffer seit mehreren Tagen: Gerade, als ich mich mit einem kühlen Bier, einem Beerdigungsbier für Rosenbaum, niedergelassen hatte, kam Kurt vorbei.

Ich hielt ihn an.

»Ordentlich einen in der Krone gehabt gestern, was?«, sagte er.

Ich nickte.

»Wundert mich nicht, Mann«, sagte er. »Du hast den Whisky in dich reingeschüttet, als ob du erfahren hättest, dass es dein letzter Abend wäre. So hab ich dich noch nie erlebt. Du konntest ja nicht mal bei 'ner guten Story zuhören – *du*, als Journalist, Mann! Ich hab dich ja schon öfter besoffen gesehen, aber normalerweise kannst du dem roten Faden einer Story trotzdem folgen – genau wie Willy, der immer noch servieren kann, auch wenn er total voll ist.«

»Willst du einen mittrinken?«, fragte ich höflich.

Er bekam ihn und setzte sich.

»Aber ich muss gestehen«, fuhr er fort, »dass dir noch ein bisschen vom Gehirn geblieben war, ein bisschen. Du hast mich gebeten, die Geschichte nächstes Mal, wenn wir uns sähen, nochmal zu erzählen, und hast mich gefragt, wo du mich finden könntest.«

Genau, ja. Ich hatte beide, Kurt und Hanne, gebeten, mich an Kurts Story zu erinnern. Das hatte doch was zu bedeuten.

Ich fragte Kurt, um was es ginge.

»Es ist das Haus drüben in der Saxogade, wo dieser Rentner da neulich ermordet wurde«, sagte Kurt.

Ich fuhr zusammen. Gerade wollte ich Kurt von dem Mord an Rosenbaum erzählen, als mir einfiel, dass Ehlers es kaum schätzen würde, wenn ich im Viertel als Polizeifunk agieren würde. Ich schloss mein Maul wieder und steckte mir eine Zigarette hinein, um es im Zaum zu halten. Abwartend blickte ich Kurt an.

»Ich hab's dir gestern immer wieder erzählt«, sagte er, »aber sag's nicht weiter. Ich habe es nur als Gerücht gehört, und ich habe keinen Beweis. Aber eine Hand wäscht die andere. Du hast mir dann und wann einen Dienst erwiesen, jetzt erweise ich dir einen. *Aber du hast es nicht von mir!*«

Die letzten Worte sagte er mit solch einer Grabesstimme, dass ich die Wahrheit über den Zweiten Weltkrieg hinter seinen Worten witterte. Es fehlte auch nicht viel dazu.

Kurt drehte sich um, schaute, ob jemand uns hören konnte, lehnte sich über den Tisch, als ob er mir den Aschenbecher wegnehmen wollte, und flüsterte:

»Sie sagen, das Haus gehört ›dem Dünnen‹!«

Dann rief er gut aufgelegt und als ob nichts wäre nach Willy, bat um zwei Würfelbecher und gewann in zwei Minuten eine Runde Meier, weil ich diesen letzten Schock an diesem offenbar jährlichen Schock-Festival-Tag immer noch nicht überwunden hatte.

13

Der Dünne!«

Die Worte schwirrten mir immer noch in den Trommelfellen, so wie man das gellende Sirenengeheul eines Rettungswagens noch lange hört, wenn er längst um die Ecke gebogen ist.

»Der Dünne!«

Natürlich kannte ich, wie alle anderen, ›den Dünnen‹. Und natürlich wusste ich genauso wenig wie alle anderen etwas Näheres über ›den Dünnen‹.

Alles, was ich wusste, war ungefähr Folgendes:

›Der Dünne‹ stammte hier aus dem Viertel, geboren in einem der Hinterhöfe in einer Zwei-Zimmer-Wohnung ohne Klo. Er hatte viele Jahre später das Haus gekauft, Toilette und Bad installiert und es dann seiner Mutter geschenkt, die immer noch dort wohnte. Es war gleich um die Ecke. Es war eines der nettesten Dinge, die ›der Dünne‹ jemals getan hatte. Vielleicht das einzig Nette.

›Der Dünne‹ war der König des Viertels. Ihm gehörten fünf bis sechs Kneipen, ein paar Bordells, einige illegale Spielclubs, ein paar Schmugglerschiffe, die Schnaps, Zigaretten und Rauschgift beförderten – und ein direkter oder indirekter Stab von in jedem Fall fünfzig oder vielleicht auch hundert Menschen, die seine vielfältigen Geschäfte verrichteten.

Er selbst wohnte mit Frau und Kindern in einer Villa in einem der Vororte, einer großbürgerlichen, herrschaftlichen Villa unten an einem See, hatte ich gehört. Niemand aus der Istedgade hatte jemals seine Frau und seine Kinder zu Gesicht bekommen. Wenn er überhaupt Telefon hatte, so stand seine Nummer jedenfalls nicht im Telefonbuch.

Jedermann wusste, dass man ›den Dünnen‹ nach Absprache mit dem Schwarzen Manuel im Bordell an der Ecke des Gasværksvej treffen konnte. Der Schwarze Manuel war Kontaktmann Nr. 1 ›des Dünnen‹. Sie hatten seit ihrer Schulzeit zusammengearbeitet, und hatten die Zusammenarbeit in der Schule des Lebens fortgesetzt, die für sie aus vielen Einbrüchen, Schmuggelgeschäften, Überfällen, Rauschgifthandel, Erpressungen und – wenn das Gerücht wahr war – einer zweistelligen Anzahl Morde bestand.

›Der Dünne‹ sah wie ein Priester aus. Wenn er die Straße hinunterging, groß und mager, im schwarzen, eng zugeknöpften Mantel und stets in Begleitung von ein paar Adjutanten, ging ein Raunen durch die Leute: »Der Dünne!« Es flüsterte im Wind, man *ahnte* es mehr, als dass man es sah, genau wie die Leute in der *guten alten Zeit* reagiert haben müssen, wenn der selige König Frederik VII. sich zeigte und mit der Familie am Sonntagnachmittag im Garten von Frederiksberg promenierte, oder wenn eine bekannte dänische Topsängerin plötzlich in der Linie 16 dasteht und sich an einem Haltegriff festhält. Man *grüßte* ›den Dünnen‹ nicht direkt, man erkannte seine Anwesenheit eher durch ein Neigen des Kopfes an, das Entgegenkommen andeutete. Es war *sehr* klug, ›dem Dünnen‹ gegenüber entgegenkommend zu sein. Gewisse Leute, die sich das abgewöhnt hatten, waren kurz danach verschiedentlich in Schwierigkeiten geraten und waren plötzlich krank geworden.

Außerhalb des Bezirks würde ›der Dünne‹ niemandem auffallen. Falls die Leute ihn in Østerbro überhaupt zu sehen bekämen, würden sie glauben, er wäre der Gemeindepfarrer oder vielleicht der Schullehrer. Seinen Namen hatte er zum Teil seiner Stimme zu verdanken: Sie war dünn und piepsig, zugleich ein bisschen hohl, als ob er einen Defekt an den Stimmbändern hätte.

Alle kannten sein Leben, oder Teile davon. Es gab nicht viele Kopenhagener, die nicht von ›dem Dünnen‹ als dem Jungen vom Hinterhof mit der enormen kriminalistischen Schulung gehört oder gelesen hatten, dem durchgeprügelten Jungen vom Hinterhof, mit dem versoffenen Vater, der nach Schweden abhaute, als die Polizei sich wegen einiger Einbrüche in der Gegend umhörte. Danach hatte man nichts mehr von ihm gehört oder gesehen. ›Der Dünne‹, der damals zehn Jahre alt war, hatte angeblich nichts dazu gesagt.

Nach einem solch bescheidenen Start hatte er sich in mehr als vierzig Jahren zum Boss hochgearbeitet. Er hatte einen gezielten und gnadenlosen Krieg von Kneipe zu Kneipe geführt, Meter für Meter, bis er schließlich im Bezirk die absolute Macht über die

Mehrzahl aller Waren besaß: Glücksspiel, Sex, Alkohol, Rauschgift. Vielleicht war ›der Dünne‹ zufrieden, vielleicht nicht. Er lächelte nie und sprach sehr wenig.

In der übrigen Stadt war er ein Mythos, aber in diesen Straßen hier war er der König: Alles hing von ihm ab, alle waren in der einen oder anderen Instanz von ihm abhängig. Wenn einen Abteilungsleiter einer Versicherungsgesellschaft mittags nach dem Arbeitsessen der Hafer stach und es ihn nach Damengesellschaft gelüstete, dann war es ›der Dünne‹, der die 300-Kronen-Nutten so gut im Griff hatte, dass sie einen Hunderter davon bei ihm oder einem seiner Strohmänner ablieferten. Wenn ein junges Pärchen, das zu Hause bei seinen Eltern wohnte, sich ein beschissenes Hotelzimmer miete-te, um die Möglichkeit zum Bumsen zu haben, war es ›der Dünne‹, der die Bettlaken lieferte. Legte sich ein Fixer zum Sterben hin, die Arme voll gesprenkelt mit Nadelstichen, war es ›der Dünne‹ oder einer seiner Jungs gewesen, der zum entsprechenden Preis die tödliche Dosis geliefert hatte.

Das waren nur *einige* der Dinge, mit denen man ›den Dünnen‹ in Verbindung brachte, auch wenn niemand die Kontrolle über den Umfang seiner Geschäfte hatte oder nur von diesen wusste. Gleichzeitig war er »Geschäftsmann«, und war es stets gewesen: Er kaufte im Viertel systematisch Grundstücke und Wohnungen für seine vielfältigen Unternehmungen und Leute auf. Man glaubte, und das BLADET hatte es mehrmals behauptet, dass er inzwischen über ein Drittel des Bezirks verfügte, aber niemand konnte sich dessen sicher sein, denn meistens kaufte er über Strohmänner oder GmbHs, die zu diesem Zweck gegründet wurden – »Wohnungsgesellschaft vom 17. Januar 1975 GmbH«. Seine Transaktionen waren völlig undurchschaubar.

Ein paar Mal hatte sich die Polizei dann auch von den Geschichten über den »Hintermann« in der Tagespresse dazu reizen lassen, seine Affären zu untersuchen, aber nie mit besonderem Resultat. Hier und da ein paar kleine Geldbußen wegen mangelhafter Buchführung, ein einziges Mal ein paar Wochen Gefängnis wegen Kuppelei. ›Der Dünne‹ nahm es mit eiskalter Ruhe hin. Niemand konnte ihm ernsthaft etwas anhaben. Für sein Geld leistete er sich die ausgesuchtesten Rechtsanwälte, und dann gab es diejenigen, die meinten, dass eine Anzahl prominenter Bullen ebenfalls auf seiner Lohnliste stände.

Beim letzten Versuch der Polizei hatten sie, wie ich mich von einem längst verdauten Frühstück bei Ronnie her entsann, zwei Zeugen, die über die Verbindungen ›des Dünnen‹ zu einem Bordell-Unternehmen am Halmtorvet aussagen wollten. Einige Tage vor der Gerichtsverhandlung wurden beide Zeugen, im Abstand von wenigen Stunden, von einem Auto angefahren – jeder an einer anderen Stelle in der Stadt, beide aber von einem schwarzen Chevrolet, dessen Kennzeichen sie nicht erkennen konnten. Vom Städtischen Krankenhaus aus teilten sie der Polizei mit, dass sie ihre Zeugenaussage zurückzögen. Als sie die gemacht hätten, wären sie betrunken gewesen und hätten alles erlogen, erklärten sie. *Sie* glaubten nicht, dass jemand ›dem Dünnen‹ etwas nachsagen könnte.

Sie hätten auch Familie und würden gern noch

ein paar Jahre leben, die Sonne aufgehen sehen und morgens Kaffee trinken oder nur ein Bier in einer Pinte der Stadt, ohne sich dauernd umblicken zu müssen.

So einer war ›der Dünne‹, und jeder wusste das. Kein Wunder, dass ich in meinem Rausch heute Nacht über Kurts Information so erschüttert gewesen war, so erschüttert, dass ich sie vergessen hatte.

Ich ging. Ich musste mit Ehlers zu Abend essen. Ich dachte, dass ich ihm wenigstens diesmal was zu erzählen hatte.

14

Es wurde ein ungewöhnlicher Abend.

Ich war pünktlich da, aber auch nur ich. Ich setzte mich in Ho's Bar zurecht, nachdem ich mit ihm einige Betrachtungen über seine acht Kinder und deren Entwicklung ausgetauscht hatte, über die Probleme mit den Mehrwertsteuer-Abrechnungen (die es in Hongkong nicht gab) und die übrigen Herausforderungen der Zeit. Ich trank einen Whisky und wartete. Etwas später trank ich noch einen und wartete weiter. Eine halbe Stunde war bereits vergangen.

Es ist empörend, wie schnell die Zeit heutzutage vergeht. Noch vor dreißig Jahren, als ich ein Kind war, war eine Stunde eine ganze Welt, ein Kapital, eine Unendlichkeit wie ein bodenloser Ozean. Heutzutage schafft man es kaum, sich eine Zigarette anzuzünden, und schon ist wieder eine Stunde vorbei, schon hat die Standuhr wieder geschlagen.

Meiner Meinung nach ist die Zeit ganz einfach der übrigen Inflation gefolgt, genau wie die Schokoladenstangen aus meiner Kindheit, die es immer noch gibt und die dreimal so teuer geworden sind, dafür aber gleichzeitig kleiner oder schmaler als damals. Wahrscheinlich haben sie seitdem genauso klammheimlich ein paar Minuten pro Stunde für jedes einzelne Jahr abgeschnitten. Das würde ihnen ähnlich sehen.

Nach drei Whisky kam Ehlers. Er war bleich und müde. Wir setzten uns hin, ich bestellte Suppe »Tai Wan« und geröstete Garnelen mit Reis und Gemüse. Während wir kauten – vor den roten Vorhängen und Ho Ling Fungs Vinyl-Buddhas, zwischen den Bildern von den Ka'wán-Bergen mit den verstreuten kleinen Hütten, den langbärtigen, alten Ho Chi Minh's und Vögeln mit spitzen Schnäbeln –, erzählte ich ihm von Kurts Nachricht – ohne jedoch Namen zu nennen.

»Ich dachte es mir schon«, sagte Ehlers lakonisch. »Aber es ist kaum zu beweisen. Es ist auch nicht sicher, dass es was zu bedeuten hat – der Hai hat so viele Häuser. Aber ich checke das morgen.«

So erfuhr ich, dass ›der Dünne‹ bei der Polizei der »Hai« hieß. Jedem seinen Kosenamen.

Nach einer knappen Stunde Essen sah Ehlers mich mit einem weniger müden Blick an.

Während des Kaffees begann er, gesprächig zu werden – eine Wirkung, die mangelnder Schlaf auf ansonsten schweigsame Menschen oft hat. Er begann von seinem Job zu erzählen.

»Da ist Leben in dem Job, man sieht viel, aber es

gibt auch eine besondere Art von Tod … Die Leute kriegen vor einem Angst. Man wird in diesem Job ein bisschen so etwas wie ein *Ausgestoßener*, selbst die besten Freunde wagen einem nicht richtig zu erzählen, dass sie eine Extra-Flasche Gin von ihrer Mallorca-Reise mitgeschmuggelt haben oder das Finanzamt um ein Honorar für Schwarzarbeit betrogen haben … Manchmal glaube ich, selbst meine eigenen Kinder haben vor mir Angst!«

»Ich kann mich entsinnen«, fuhr er fort, »wie ich selber als Junge mir einen Bullen vorstellte … Als eine große, erschreckende Bedrohung, und aufgrund der Uniform verdammt *konkret*, viel schlimmer als ein Gespenst oder ein Vampir, denn man konnte ziemlich leicht auf ihn stoßen, ihm ziemlich leicht begegnen. Der Lehrer war eine Art Bulle, der Parkwächter am Spielplatz war eine Art Bulle – immer gab es Bullen, um einem den Spaß zu verderben, und man rief ihnen hinterher und erzählte sich Witze über sie … Jetzt bin ich selber Bulle. Aber glauben Sie ja nicht, ich wüsste nicht, was die Jungens auf dem Spielplatz über mich flüstern – oder was *Sie* denken.«

Ich fragte, was er vorher gemacht hätte. Er erzählte, er wäre in seiner Schulzeit Fahrradbote gewesen, wäre danach zur See gefahren – für eine bessere Ausbildung war in seiner Familie nicht genug in der Kasse gewesen –, und ein paar Jahre später wäre er seiner zukünftigen Frau begegnet, sie hätten zusammen ein Kind bekommen, und er wäre an Land gegangen. Er war ein paar Jahre in einem Kaufmannsladen gewesen, war aber durch das Hieven von Waschpulver über die Ladentheke krank geworden. Dann war er auf die Polizeischule gekommen und nach einem Jahr in der Provinz schließlich hier im Bezirk gelandet, wo er nach zehn Jahren seine jetzige Position erreicht hatte. Das war alles.

Ein Leben von fünfundvierzig Jahren, verkürzt auf eine Viertelstunde.

Ehlers kannte den Bezirk wie seine eigene Westentasche und hatte auch selbst hier gewohnt, jetzt aber nicht mehr. Er war ein Stück weiter raus gezogen, Richtung Frederiksberg.

»Ich will nicht, dass meine Kinder hier aufwachsen müssen!«, sagte er.

Da war ein Punkt, in dem er ›dem Dünnen‹ glich. Das wollte *der* offenbar auch nicht.

Wir waren im Begriff, gute Freunde zu werden.

Dann plötzlich stand er auf.

»Ich muss zurück. Schönen Dank für den Abend. Ich hoffe bei Gott, dass ich bald ins Bett komme.«

Als ich nach Ho rief, um die Rechnung zu bezahlen, blickte Ehlers sich kurz über seine Schulter um – mit halb angezogenem Mantel – und sagte, als eine Art Abschiedsreplik:

»Es ist eine verdammte Welt da draußen ... Zwei Morde ... Zwei Leichen ... Und in einer Woche sind da zwei junge Paare, die ihre erste Wohnung bekommen. Meine Frau und ich begannen auf die gleiche Weise.«

Er nickte und war verschwunden.

Die Hälfte des Rechnungsbetrages lag unter seinem Kaffeegeschirr. Das zeigte sich erst, als Ho aufräumte und das Wechselgeld holte.

Ein erfrischend unbestechlicher Bulle.

15

Als ich bei Ho zahlte, stand ich da und schwankte so stark, dass mir klar war, jeder Gast im Lokal würde es bemerken. Es war genau der Zeitpunkt, zu dem ein vernünftiger Mann sich still zurückgezogen hätte.

Genau das tat ich nicht.

Ich ging die Vesterbrogade hinunter. Auch wenn ich jede Platte des Bürgersteigs beim Vornamen kannte, kam es mir vor, als ob sie im Laufe der Nacht die Gelegenheit benutzt hätten, die Plätze zu tauschen. Sie lagen nicht wie sonst. Das war gar nicht gut für meine Schuhe.

Eine halbe Stunde lang ging ich so. Nicht, weil ich irgendwohin unterwegs war. Ich dachte nach.

Das tue ich nicht oft. Auch tauge ich dazu nicht besonders. Es ist um der Sache willen auch nichts, woran ich besondere Freude habe. Aber es schien an der Zeit zu sein. Die Dinge, die um mich herum passierten, erforderten es.

Ich tat mein Bestes – etwa wie ein Mann in den mittleren Jahren, dessen Frau stets den Haushalt geführt hat, der aber jetzt an einem Wochenende allein ist, zum ersten Mal, aufgrund der Hochzeit ihrer jüngeren Schwester oder der Beerdigung ihrer Mutter, und der plötzlich herausfinden soll, wo die Spülbürste liegt. Auf die gleiche Weise versuchte ich, mein Gehirn zu gebrauchen.

Ich überlegte und überlegte, während ich ging. Es gab viel nachzudenken. Da war »der Dünne« und seine Handlanger. Da war Redakteur Otzen und *seine* Handlanger, und morgen, wenn er die Nachricht über Rosenbaums Tod sehen würde, würde Otzen mehr als wütend über mich sein. Es gab das eine und andere.

Ich dachte und dachte. Zuletzt bekam ich Kopfschmerzen davon und kehrte ein, um mir einen Whisky zu genehmigen.

Der Grund dafür, dass ich ausgerechnet dort einkehrte – in einem Viertel, in dem es alle zwanzig Meter eine Kneipe gibt –, war, dass in dem Augenblick, als ich vorbeiging, Billie Holiday *My Old Flame* aus dem Fenster heraus sang. Dem konnte ich nicht widerstehen. Ehrlich wie ich bin, gebe ich es zu.

Ich setzte mich in einen dunklen Raum. Ein dicker Barkeeper kam zu mir hin und fragte, was ich haben wollte. Ich bat um einen Scotch Whisky. Ich bekam, was ich bestellt hatte. Vielleicht liebe ich Bars deswegen so.

Zwei ältere Herren namens Christensen und Rosenbaum waren innerhalb von zwei Tagen im selben Haus ermordet worden. Das waren die Fakten. Es klang wahrscheinlich, wenn man es auf diese Weise zu sich selbst sagte. Es klang ungefähr genauso wahrscheinlich wie die Geschichte vom amerikanischen Soldaten, der Pearl Harbour verschlief, oder die Geschichte von dem Engländer, der dreißig Jahre lang ausschließlich von Käse-Crackern gelebt hatte.

Andererseits hörte es sich nun aber auch unwahrscheinlich an, dass ein Zigarrendreher Dänemarks beliebtester Ministerpräsident im zwanzigsten Jahrhundert geworden sein sollte – aber es war tatsächlich passiert. Auch wirkte es direkt unwahrscheinlich, dass ein französischer Artist namens Joseph Pujol, ein Topstar im Showgeschäft, so musikalisch war, dass er, mit wechselnden Winden vom Hinterteil und zu konstantem finanziellen Vorteil, die Marseillaise – und anderes Liedgut – *furzen* konnte und damit seine Brötchen verdient haben sollte. Aber es war tatsächlich geschehen. Ich hatte selbst ein Buch darüber gelesen.

Die letzten Tage war ich mit so vielen Unwahrscheinlichkeiten konfrontiert worden, dass der Begriff selbst die Farbe gewechselt hatte. Am unwahrscheinlichsten war jetzt, dass es an dem einen oder anderen Ort nette, ganz gewöhnliche Menschen geben sollte, mit Familie und steuerpflichtigem Einkommen und Pfarrkirche und Carport, die Art Menschen, von denen man in den Zeitungen liest und die man in den Fernsehserien sieht.

Vielleicht, dachte ich, vielleicht wohnen sie bloß anderswo. Ja, so musste es sein: Sie wohnten anderswo.

Das tat *ich* immer noch nicht. Unterwegs hatte ich die übliche Bürgersteig-Revue von Säufern, Betrügern, Bettlern, Nutten und Strichjungen passiert.

Es verursachte mir beinahe Magenschmerzen, aber ich sagte mir, für so was würden andere Leute ins Kino gehen und Eintritt bezahlen, und ich hatte hier das alles gratis, *live*, jeden Tag auf der Straße.

Auf etwas *muss* man ab und zu kommen. Man kann nicht erwarten, dass andere angelaufen kommen, um einen zu ermuntern. Die haben selten Zeit zu so was.

Nichtsdestoweniger gab es zumindest eine Person hier an diesem Ort, die mich zu ermuntern versuchte. Nachdem Billie Holiday *My Old Flame* gesungen hatte – und vielleicht noch ein paar Titel dazu, die ich nicht gehört hatte –, kam sie wieder mit *Out of Nowhere.*

»You came like a dream
just out of Nowhere«

sang sie, und ihre Stimme schwebte so leicht, dass einen Zweifel überkamen, inwieweit es die Person gab oder nicht, genauso wie die echte Liebe – ich habe einmal ein Buch über dieses Thema gelesen – einen dem gleichen Zweifel überlässt.

Ich weiß nicht, ich saß da und klopfte wohl mit den Fingern den Takt zum Rhythmus auf die Tischplatte, jedenfalls kam ein Typ zu mir hin und machte mich darauf aufmerksam, dass ich wohl ein bisschen zu viel Lärm machte. Ich wollte schon giftig werden, aber dann sah ich zu ihm hoch. Er war einer von der Sorte, dem niemand böse sein kann – sehr rund, runder Bauch und runder Kopf, wie ein fröhlicher Koch. Er trug einen französischen Bistro-Wirt-Schnäuzer und grinste über das ganze Gesicht. Ich würde die Musik wohl mögen, meinte er.

Ich bejahte. Er sagte, er würde sie auch mögen. Jetzt wollte er eine Platte mit Sidney Bechet auflegen. Ob ich nicht etwas zu essen haben wollte?

Erst jetzt bemerkte ich, dass er die weißen Klamotten eines Kochs anhatte – inklusive Mütze. Ich lehnte dankend ab, bestellte aber noch Whisky. Er brachte ihn mir und hielt dann sein Versprechen und spielte Bechet. Sidney's kleine, neckende, pathetische, melancholische Klarinettentöne breiteten sich über die Fenster, über das ganze beschissene Viertel, und vergoldeten es mit ihren schwermütigen, schaukelnden Klängen.

Ich war im Paradies. Ich war glücklich, wie immer,

wenn mich die richtige Musik an den Nackenhaaren packt. Es war der alte Sidney Bechet, der einfach *spielte*. In meinem Innern summte ich jede Strophe mit. Es war eigentlich nur eine alte, beschissene Story, aber er konnte sie so schön erzählen.

Ich lehnte mich auf meinem Stuhl noch weiter zurück, und stopfte mir eine Pfeife Hasch.

Vier Sekunden, nachdem ich meine Meerschaumpfeife angezündet hatte, stand der Koch neben mir und fragte, ob ich ihn auch ein paar Züge tun ließe und ob ich mit raus nach nebenan käme, denn hier wäre nicht der richtige Ort für einen Joint.

Ich folgte ihm hinaus in die Küche. Wir rauchten die Pfeife, während er mit eleganten, gleitenden Hand- und Armbewegungen, wie ein Pianist, zwei Steaks mit Zwiebeln und Knoblauchbutter briet und dabei mit der Zunge schnalzte. Er sah auf die Uhr.

»Die Küche macht bald zu«, sagte er. »Ich muss mich fertig machen. Ich geb einen aus, wenn du ein bisschen wartest.«

Ich wartete.

Es dauerte eine Weile. Dann kam der Koch aus der Küche, und der große, breite, weiß gekleidete Typ setzte sich plötzlich an ein Klavier, das offenbar die ganze Zeit da gestanden hatte, links von der Bar, und fing an zu spielen – mit einem breiten Grinsen zu mir herüber. Seine kräftigen, drallen Finger fuhren prüfend über die Tasten – zuerst konnte ich nur diese Finger sehen, wie bei einer Nahaufnahme von der Sorte, die eine ganze Cinemascope-Leinwand einnimmt –, und dann fanden sie endlich ihre Melodie. Im ersten Moment konnte ich sie nicht wiedererkennen. Dann erklang im Innern meines Kopfes:

»You came like a dream
just out of Nowhere«

– und ich sang glücklich mit.

Wir sahen uns einen Augenblick an, der dicke Klavierspieler und ich, dann intonierte er auf den Tasten *Smoke Gets in Your Eyes*. Als ich nach dem Barkeeper rief, sahen wir uns an und waren Busenfreunde.

Der Barkeeper tauchte wie im Traum geradezu aus dem Nichts auf. Böse Zungen würden gesagt haben: von der Herrentoilette.

Ich bestellte Drinks für mich, den Koch und den Klavierspieler. Der Barkeeper nahm das ernst und lieferte dem Koch und dem Klavierspieler jedem einen Drink. Der kam wieder zu mir herunter und erzählte mir, dass man ihn Ole Koch nennen würde.

Ich fragte ihn, ob er *It's Only a Paper Moon* kennen würde. Er gab keine Antwort. Er ging zum Klavier hin und spielte den Song. Er spielte ihn nicht nur so, er spielte ihn wie ein Mann, der seit seiner Konfirmation an nichts anderes gedacht und nichts anderes geübt hatte als gerade diesen Song.

Ich empfand tiefste Sympathie für ihn.

Später in der Nacht erfuhr ich, dass er vor ein paar Monaten aus der Abteilung 7 gekommen war. Er war als chronisch schizophren eingeliefert worden.

Als er das Wort »schizophren« aussprach, sprang er auf und spielte *I Get a Kick Out of You*.

Sie hatten *ihn* also dazu verurteilt, schizophren zu sein. Das wunderte mich nicht. Viele meiner besten Freunde sind zum einen oder anderen Zeitpunkt auf diese Weise abgestempelt worden.

»Schizophren« ist so ein schönes Wort, ein richtig tolles, modernes Schick-Micki-Wort, das keinen Sinn macht. »Schizophren« bedeutet, dass die Rechnung des Psychiaters nicht aufgeht. Das Ergebnis des Rorschach-Tests bei dem Patienten sieht eigentlich gut aus, und trotzdem prügelt der seine Frau und läuft regelmäßig Amok im Büro. Also muss der Patient »schizophren« sein.

Psychiater muss ein herrlicher Job sein. Gutes Gehalt, schöne Büros, Sekretärin – und alles, was man können muss, sind fünf, sechs nichts sagende Fremdwörter wie Schizophrenie. Ich gebe einen Scheiß um einen Psychiater, der nicht innerhalb einer Stunde irgendjemanden für schizophren erklären kann. Man nehme zum Beispiel Frau Sørensen im zweiten Stock, die ihre Wohnungstür immer *zweimal* abschließt, bevor sie einkaufen geht, und die stets, reflexartig, wieder umdreht, wenn sie bis ins Erdgeschoss gekommen ist, um gleich wieder die Treppe raufzugehen und noch einmal an der Tür zu rütteln, um ganz sicher zu sein, dass sie wirklich gut verschlossen ist. *Ein bisschen* schizophren, wie, Frau Sørensen? Vielleicht spricht sie auch den ganzen Tag lang mit ihrem kleinen, struppigen, weißen Schoßhund und sagt »wir« zu ihm. Sollen wir runter und einkaufen gehen, Putzi? *Ziemlich* schizophren, nicht wahr?

Wenn der Psychiater nicht weiterweiß, heißt das »Schizophrenie«, und dann geht's wieder. Wenn der Redakteur keine Ideen hat, heißt das »brainstorm«, eine ebenso gute Formel, und es bedeutet, dass man über irgendwelchen Mist nachdenkt. Wenn der praktische Arzt, der Knochenklempner, die Geschwüre nicht eindeutig dechiffrieren kann, nennt man sie »Krebs«. Das klingt nach was, aber niemand wird daraus klüger.

Ole Koch erzählte, wie sie ihn eingebunkert hatten, weil er einen depressiven Anfall hatte, nachdem er sechs Monate lang bei der Carlsberg Brauerei angestellt war. Er kam damit nicht klar. Er hatte ein Jahr im *Sankt-Hans-Hospital* gewohnt.

Es war ein gutes Jahr gewesen, sagte er. Die Bewohner waren ja ein wenig sonderbar, aber es gab ein Klavier im Gemeinschaftsraum, und er hatte ziemlich geübt und eine Menge Musik im Radio gehört. Und ob wir uns nicht ›einen reinziehen‹ sollten.

›Wir zogen uns einen rein‹. Ole Koch sagte, er wäre gut drauf, und es wäre reines Hasch. Er erzählte, nie wäre es ihm so gut gegangen wie jetzt, wo er im Capital arbeitete.

Auch wenn er wieder am Klavier saß, durch das Wort *Capital* war die gute Stimmung im Eimer. Mir war nicht klar gewesen, wo ich gelandet war. Das war also das Hotel Capital, wo ich erst heute zusammen mit Hanne übernachtet hatte, und jetzt saß ich in der Bar vom Capital, die heute Nacht sicher geschlossen gewesen war. Manchmal überrascht das Leben einen.

Ole Koch erzählte vom Alltag im Hotel Capital. Zwischendurch diskutierten wir über Musik. Er meinte auch, dass Charlie Parker der größte Saxofonist in der Geschichte des Saxofons war, und das allein knüpfte ein enges Band zwischen uns. »Spielte wie ein Vogel ... und *war* ein Vogel – flog allzu früh wieder weg«, sagte Ole mit einer weiten Handbewegung.

Wir machten noch lange weiter.

Die Leute waren gegangen, die Pinte war geschlossen. Es war – ja, wie spät war es wohl? Der Barkeeper war gegangen, nachdem er Ole zugenickt und zugeblinzelt und alles ab- und weggeschlossen hatte bis auf die Flasche Ballantine's, mit der wir dasaßen. Und wir quatschten über Gott und die Welt. Wir sprachen über Musik. Wir sprachen über das Leben.

Es war schon eine feine Sache.

Der einzige Fehler war, dass wir einen Moment lang auf Privates zu sprechen kamen. Das hat oft weitaus feinere und offiziellere Gesellschaften mit bis zu zwanzig Gästen und zahllosen Jahrgangsweinen kaputtgemacht. Es machte auch unsere bescheidene Party mit einer viereckigen Flasche Whisky kaputt.

Es kam daher, dass er fragte, was *ich* machte, nachdem er nun über seine Kocherei, seine Schizophrenie und seine Musik erzählt hatte, und da die Frage nicht unziemlich war, so erzählte ich es ihm. Dann kam ich – à propos – zu dem Punkt, ihm zu erzählen, wo ich wohnte – und dann sagte er, so ganz nebenbei:

»Ja, wir wohnen gleich hier.«

»Was?«, nuschelte ich. Ich war gerade dabei, mir eine neue Mischung für die Pfeife zu stopfen, oder wie Ole sagen würde, ›einen reinzuziehen‹.

»Gleich hier hinter«, sagte Ole Koch. »Meine Freundin heißt Hanne, wir wohnen gleich hierhinter. Ich brauch bloß rüber in die nächste Straße. Übrigens, es ist spät. Vielleicht sollte ich anrufen und sie bitten, zu uns runterzukommen.«

Die Spucke wurde mir im Mund trocken, aber immer noch tupfte mein Finger dienstwillig Tabak und Hasch in die Pfeife. Auf meinen Finger kann man sich verlassen. Es ist gut für einen Körper, zumindest einen stabilen Mitarbeiter zu haben.

Die Nebenstraße war selbstverständlich die Saxogade. Wo da wohnte Ole Koch?

Ich brauchte nicht zu fragen.

»Nicht, dass das Haus *zu* gemütlich ist«, fügte Ole hinzu. »Der Mieter unter uns wurde kürzlich ermordet, ein alter Kerl – und jetzt läuft die Polizei den ganzen Tag lang die Treppen rauf und runter. Ich versuche mal eben, Hanne anzurufen.«

Ich richtete mich mit Hilfe der Whiskyflasche auf.

»Wohnst du in 28 B?«, fragte ich.

»Ja«, sagte Ole. »Oben im dritten. Es gab da vorher einen Rentner, der dort ermordet wurde, ziemlich schlimme Sache, aber es hätte ja genauso in 24 oder 26 gewesen sein können, nicht? – aber ich ruf mal eben Hanne an. Du musst sie wirklich kennen lernen, sie mag auch Musik! Du müsstest sie singen hören, so einen Song wie *I Can't Give You Anything But Love*, das ist genau ihre Kragenweite!«

Er verschwand in der Telefonzelle. In der Zwischenzeit konnte ich mich erholen. Der gute Ole Koch wohnte also im dritten Stock des Mordhauses, zusammen mit Hanne. Es war – und jetzt, da ich es wusste, konnte ich es gut hören – *seine* Stimme gewesen, die ich von drinnen aus dem Zimmer gehört hatte, als ich gestern Nachmittag anrief. Er war es, der oben über den beiden Leichen wohnte, und er wusste nicht mal, dass es jetzt zwei waren, dass Rosenbaum sich Christensens Brigade angeschlossen hatte.

Und seine Frau, oder Freundin, oder Mitverschworene war die, mit der ich die Nacht in dem Hotel verbracht hatte, in dem er selbst Koch und Pianist war!

Während er telefonierte, grübelte ich ein bisschen darüber nach, ob 1.) das Ganze ein abgekartetes Spiel, ein große paranoide Verschwörung – oder 2.) eine Halluzination war.

Letzteres war es nicht, da ich mich an meinem Feuerzeug verbrannte.

Ole kam aus der Telefonzelle zurück und schien traurig. »Du, sie nimmt nicht ab«, sagte er. »Gehst du mit hoch und wartest mit auf sie? Wir nehmen eine Flasche mit.«

16

Sein Vorschlag schien nicht ganz das Richtige zu sein. Nicht gerade hier und jetzt.

Ich sagte, ich hätte morgen einen harten Tag. Ich sollte wohl lieber nach Hause und ins Bett.

Wir machten die Flasche leer und trennten uns. Ich wollte nach Hause *gehen*. Direkt.

Gewollt habe ich das ziemlich oft. Es ist nur selten was draus geworden.

Auch heute Nacht nicht. Das Licht war sehr grell geworden, der Uhrzeit nach kam es mir vor, als ob es so 7 oder 8 war – und plötzlich, nachdem ich Ole Koch Gute Nacht gesagt hatte und die Saxogade runter in Richtung Istedgade gezockelt war, wurde mir klar, dass etwas geschehen war. *Es war Sommer geworden!*

Das waren keine Halluzinationen eines Besoffenen, es stimmte. Ich schwitzte. Es war warm. Die Wärme kroch einem unter die Kleidung. Es *musste* Sommer sein.

Als ich um die Ecke in die Istedgade einbog, sah ich es. Die Nutten standen nicht wie sonst fröstelnd in ihren Ledermänteln in den Hausfluren – sie standen da und quatschten, den Mantel über dem Arm, als ob sie es genießen würden. Ringsherum auf Treppenstufen und in Türeingängen standen kleine Gruppen von Menschen, wie üblich meistens Männer, die sicherlich auf dem Heimweg von Pinten und Bordells gewesen waren und die, genau wie ich, entdeckt hatten, dass inzwischen der Sommer in die Stadt gekommen und sich von hinten an sie rangeschlichen hatte.

Ich bog um das »Golden Sex«, einen der Sexclubs des Bezirks. Ich war noch nie drinnen gewesen, hatte aber einmal mit Barney, dem Besitzer, einen getrunken, und Barney hatte mir von dem Etablissement erzählt, das eine Art Vorbild für die meisten seiner Art war. Das »Golden Sex« war das, was die marxistischen Studenten heutzutage »pluralistisch« nennen. Montags, mittwochs und freitags war es Treffpunkt für Kontakte zwischen Männlein und Weiblein, völlig banal. Dienstags und donnerstags hatten sie »Schwulenabend« für beide Geschlechter, Schwule und Lesben, und am Samstag gab es S/M-Get-Together – Sado-Maso-Service. Sonntags war geschlossen, vermutlich weil sie die Bettlaken waschen und die Lederpeitschen mit frischem Öl fetten mussten. Ein schöner Ort. Erinnerte zum Verwechseln an jede andere Firma im Lande.

Dann sah ich Magic, drei Meter weiter weg.

Magic ist Hypnotiseur und Zauberkünstler, oder richtiger gesagt: Er war es. Zu seiner Zeit war er eine bekannte Nummer – so vor zwanzig Jahren –, aber dann verkrachte er sich mit seiner Frau, und das war das Ende seiner Karriere. Magics Frau war eine schwabblige, schwammige Alkoholikerin, und deshalb hatte Magic mehrere Jahre lang überall im Bezirk Freundinnen gehabt, was ihr anscheinend nicht besonders viel ausmachte, solange sie nur ihren Schnaps bekam. Als aber Magic auf die Idee kam, seine letzte Freundin solle sie, seine Frau, bei ihrer Gedankenlesen-Nummer ablösen – die, wie die meisten Tricks dieser Art, ausschließlich aus einem Code bestand, den sie dreißig Jahre lang bis zur Perfektion einstudiert hatten –, lief die Frau Amok und verriet den Code für einen Tausender und zwei Flaschen Aalborg Aquavit an eine schäbige Wochenillustrierte.

Magic und seine Frau hatten die Nummer einstudiert, bei der der eine – die Frau – von der Bühne steigt und dem Publikum die Taschen durchsucht, um sich danach wieder der Bühne zuzuwenden und den anderen, Magic, zu fragen, was der Herr da in den Taschen habe.

Nun unterscheiden sich in der Regel die Herren nicht sehr darin, was sie in den Taschen haben, das weiß jeder Bulle, der es gewöhnt ist, Leute zu durchsuchen, und einen Code zu verabreden, ist auch nicht schwer. Der einfachste läuft auf Folgendes hinaus: Sagt man »der Herr«, dann ist es eine Uhr, sagt man »diese Person«, ist es ein Portemonnaie, sagt man zuerst »Lassen Sie uns hören ...«, ist es ein Kamm, und wenn man zuerst sagt »Erzählen Sie uns ...«, dann ist es ein Schlüsselbund. Das ist nicht so schwer, das Schwierige daran ist, es natürlich wirken zu lassen. Magics Frau machte es so natürlich, weil sie immer wie in Trance wirkte, denn sie *war* auch unaufhörlich in Trance – einer Trance aus Schnaps und Nervenpillen.

Sie hatten ihre Nummer jahrelang mit Erfolg auf Jahrmärkten in der Provinz, Festen von Fußballklubs und Kindergeburtstagen präsentiert, aber nach der Enthüllung des Berufgeheimnisses durch die Frau war es Magic nie mehr gelungen, auf die Beine zu kommen. Er war auf Eis gelegt. Es gab keine Jobs mehr.

Wovon er heute lebte, war ein Rätsel.

Aber so ist Vesterbro eben – voll von alten Artisten und Gauklern verschiedenster Art: alte Tiroler-Tänzerinnen, Harmonika-Virtuosen, starke Männer und Trapez-Tarzane, die viele Jahre danach, immer noch am Leben, in kleinen Wohnungen mit kleinen, feuchten Räumen sitzen und an die Zeiten zurückdenken, als sie Bill & Bart waren, komisches Cowboy-Duo mit Banjos im Melbourne der 20er Jahre, oder zehn Jahre später in Berlin als Billie & Belinda Drags, damals als Hitler an die Macht kam. Sie sitzen allesamt da mit all ihren alten Programmen eines ausgelebten Lebens im Showbusiness, und die Wände sind voll von ihren alten Plakaten, und sie kennen sich alle und kennen mindestens eine gute Story, wie jeder Einzelne von ihnen, an einem besonderen Abend, als der Herzog von Edinburgh unter dem Publikum war, die Show abgezogen hat.

Der Bezirk ist voll von alten Veteranen aus dem Showgeschäft. Man sieht sie nicht auf der Straße, so wie man die Nutten oder Bullen sieht, aber sie sind da, und es gibt Tausende von ihnen. Die meisten haben schon von ihrem zwölften Lebensjahr an all ihre Energie, ihr ganzes Leben für einen bestimmten Trick eingesetzt: eine Drehung der Hand bei einer Recknummer, einen zweiminütigen kombinierten Slalom und Salto mit Musik, das Talent, einem betrunkenen Mann vorzugaukeln, man könne die Frau so hypnotisieren, dass sie auf eine Entfernung von zwanzig Metern eine Uhr in seiner Tasche vor sich »sehen« könne. Plötzlich ist es vorbei, es geht nicht mehr, sie sind zu alt, und das Fernsehen hält die Leute zu Hause, und im Hintergrund hören sie die Stimme des Herrn und Managers singen

Kleiner Gigolo
Armer Gigolo
Denk nicht an vergang'ne Zeiten

und auch wenn sie es sich vorher selbst hätten sagen können, und auch wenn ihre Eltern es ihnen sicherlich vorausgesagt haben, trifft es sie trotzdem überraschend.

Ich hatte keine große Lust, mit Magic zu sprechen. Ich ging ins Café Rosenknospe und bestellte ein kaltes Bier gegen die Wärme draußen und all den Whisky von Ole Koch.

In der Rosenknospe wird Billard gespielt. Zurzeit waren gerade zwei Haie dabei, bei zwei provinziell aussehenden Geschäftsleuten abzukassieren, wahrscheinlich irgendwelche Abteilungsleiter aus Ringkøbing oder Viborg, die wegen wichtiger Verhandlungen für ihre wichtigen Firmen gerade in der Stadt waren.

Ich bewunderte das Spiel der Haie. Sie waren gerade zu dem Punkt gelangt, wo sie die kleinen Fische ein paar Mal hatten gewinnen lassen und das Glück sich jetzt zu ihren eigenen Gunsten wenden ließen; sie taten nicht so, als ob sie nicht spielen könnten, sondern als ob sie nur unglaubliches Glück hätten. Sie machten das mit großer Fingerfertigkeit. Auch sie waren Artisten.

Am Tisch neben mir saß ein Trio, das sich sehr lautstark stritt. Es dauerte nicht lange, bis ich wusste, worum es ging. Zwei Damen und ein Mann – ein Mann, an dem niemand was Besonderes gefunden haben würde, in einem schmuddeligen Overall, mit ölverschmierten und dreckigen Händen, die ein Glas umfassten, das abwechselnd schnell gefüllt und geleert wurde, und mit einer leicht fettigen, dauernd qualmenden Cecil. Seiner Visage nach zu urteilen sah es aus, als ob er Boxer gewesen war und niemals einen Kampf gewonnen hatte. Er blickte völlig gleichgültig drein, während die beiden Damen sich gegenseitig anschnauzten.

Draußen im Pissoir stand an die Wand geschrieben:

Die Vögel fliegen
Die Fische schwimmen
Die Menschen lügen
Die Menschen träumen

Gar nicht so unwahr, könnte man sagen.

Als ich wieder rauskam, wurde mir bewusst, wie spät – oder vielmehr, wie früh – es geworden war.

Als ob das was zu bedeuten hatte. Aber es hatte einmal etwas bedeutet, damals, als es jemanden gab, zu dem man nach Hause ging, und so ein »einmal« reicht aus, dass es einem für immer irgendwo im Körper sitzt, wie ein Nerv im Fleisch hängt.

Ich verließ das Café Rosenknospe wieder. Magic war von der Straße verschwunden, was auch immer er da getan hatte. Ich ging gleich nach Hause zu meiner bescheidenen Wohnung. Es war 9 Uhr morgens. Der richtige Zeitpunkt aufzustehen.

Ich hatte es genau andersrum vor: ins Bett zu gehen. Zwischendurch hat man bloß das Bedürfnis, ein paar Jahre zu *schlafen*. Das ist natürlich unmöglich, aber wie die meisten Unmöglichkeiten ein hübscher Gedanke.

Ich habe Menschen gekannt, besonders Frauen, die wirklich so *schliefen*, wie es Kinder und Tiere tun, und die nach zwölf Stunden mit rosaroten Wangen und großen fried- und freudvollen Augen aufwachten und sangen, während sie ihre Zähne mit der Zahnbürste bearbeiteten.

Ich bin vielen Menschen begegnet, die die unterschiedlichsten Sachen durchgemacht haben. Man kann nicht erwarten, das alles *selbst* zu erleben.

Unterwegs kam ich an einer Telefonzelle vorbei, und sofort kam mir der Gedanke, Helle anzurufen. Voll genug dazu war ich gerade.

Ich rufe Helle immer nur dann an, wenn ich voll bin, mit einer besonderen Vorliebe für die Gelegenheiten, bei denen ich kein einwandfreies Dänisch mehr sprechen kann und ungefähr mit einem Baby vergleichbar bin, das neue Windeln haben muss. Oft spielt sie dann die Hauptrolle in *The Life & Times of Florence Nightingale*. Manchmal entscheidet sie sich stattdessen dafür, Mata Hari zu spielen und aus mir alles über mein »einsames Leben« herauszulocken, nicht, um meine Geheimnisse an den Warschauer Pakt zu verkaufen, sondern um mich zu »verstehen«. Zwischendurch ist sie ab und zu eine Königin in »Alice im Wunderland« und will mir nur den Kopf abschlagen. Glücklicherweise ist es bei ihr ein weiter Schritt vom Wort zur Tat, dann ist die schlimmste Aggression in der Regel ein Telefonhörer, der schroff und bestimmt aufgelegt wird und die Verbindung zu der Bar in der Gegend abbricht, von der aus ich angeboten hatte, in anderthalb Stunden mit dem Taxi bei ihr zu sein.

Ich weiß, ich halte viel von ihr. Ich weiß auch, dass sie immer von mir enttäuscht sein wird.

Also nützt es nichts.

Trotzdem suche ich sie einmal in der Woche auf, meist um Mitternacht. Es ist vielleicht nur eine Gewohnheit, wer weiß. Aber wenn man alles zusammennimmt und die noch übrig gebliebenen Knöpfe am Mantel nachzählt, so ist es doch ein begrenzter und kleiner Kreis von Mitmenschen, mit denen man verheiratet gewesen ist.

Gerade als ich vor der Telefonzelle stand, sah ich den Wagen der Müllabfuhr um die Ecke biegen, und die beiden Müllmänner unserer Gegend – Petersen und Clausen – bewegten sich auf den Hinterhof, drei Treppenhäuser vor meinem, zu, um den Mist der Woche einzusammeln. Der Anblick machte mich fast nüchtern, und ich entschloss mich, Helle dieses eine Mal zu verschonen.

Es war viel zu warm und ein viel, viel zu grelles Blau in dem Licht. Kopenhagen kann morgens so infam *blau* sein, wie das Meer.

Ich hätte nie geglaubt, dass es gelingen würde, aber ich schaffte es bis nach Haus.

17

In ein Inferno.

Ich musste der Mann im Zentrum geworden sein, der gesellschaftliche Mittelpunkt, den alle vermissten.

Im Flur auf dem Fußboden lagen ganze drei Telegramme, und als ich sie aufhob und hineingehen wollte, hörte ich schon das Telefon heftig läuten.

Das ging mir auf die Nerven. Ich ließ es durchläuten, bis ich die Telegramme gelesen hatte. Mit Telegrammen ist es eine verdammte Sache.

Das erste war von Ehlers. Es lautete: »UMGEHEND ANRUFEN WEGEN VORIGER NACHT.«

Das zweite war von Otzen. Da stand: »SOFORT ANRUFEN – MEINE SOFORT.«

Das dritte war von Helle. Sie erzählte mir darin, dass Leute vom BLADET und die Polizei bei ihr gewesen seien, weil sie mich suchten. Dass ich mich bei ihr verstecken könnte, bot sie mir nicht an.

Wieder klingelte das Telefon.

Ich bin ein Feigling. Ich nahm ab.

Otzen sagte, er hätte den halben Tag lang versucht, mich zu erreichen. Er sagte, ich wäre ein verdammter Idiot, und ich sollte beim BLADET reinschauen, *jetzt*. Er wollte mit mir sprechen. Sofort!

»Mir geht's nicht gut«, sagte ich. »Ich kann heute später noch vorbeikommen.«

Otzen erklärte mir sorgfältig, wie viel Relevanz er meinem Befinden beimessen würde. Dann erklärte er mir mit der gleichen Gründlichkeit, dass ich ein kompletter Idiot wäre. Ich hätte nicht nur Jens davon abgebracht, über den Saxogade-Mord zu schreiben, ich hätte den Job selbst übernommen, und jetzt war der zweite Mord geschehen, und wir hätten über diese Sache nichts anderes als Agentur-Meldungen von Ritzau. Ehrlich, was zum Teufel sollte das bedeuten?

Ich sagte, man würde viel zu viel über Mord und Totschlag in den Zeitungen schreiben.

Otzen lief Amok, nahe dem Schlaganfall, aber er musste ja auch schon lange versucht haben anzurufen. Entweder käme ich umgehend in die Redaktion oder ich würde gefeuert, ratterte er runter.

Ich war gerade in der schwärzesten Morgenkater-Stimmung, wie ich so das Licht durch meine Fenster hereinkriechen sah, das mir mit ungewünschter Deutlichkeit all den Staub und Dreck zeigte, in dem ich lebte. Ich *konnte* nicht anders antworten als dass ich mich dann eben als gefeuert betrachtete.

Dann knallte ich den Hörer auf die Gabel.

Das Telefon schellte dreimal, bevor er wieder aufgab.

Ich war mir keiner Schuld bewusst, selbst wenn ich ein dummer Junge und ein schlechter Journalist gewesen wäre. Mir tat es kein bisschen Leid. Ich war ganz einfach erleichtert. Ich hatte in zehn Sekunden zwanzig Kilo abgenommen. Ich war ein Ballon.

Aber für jemanden, der kein Journalist gewesen ist, ist das vielleicht nicht so leicht zu verstehen.

Es ist ein Leben, das bloß immer von einem Tag zum anderen geht, oder richtiger: von Redaktionsschluss zu Redaktionsschluss, denn jeder Tag richtet sich nach dem Redaktionsschluss, alles ist *vor* oder *nach* Redaktionsschluss.

Zuerst die Story: *Etwas* ist passiert. Also etwas Recherche, mit den Leuten reden, was war denn da geschehen? Dann ein wenig Perspektive: Was bedeutet es, für den oder für den – für Frau Larsen in Nørrebro, für die Wettbewerbsfähigkeit des Handelskonzerns Ø.K. in Fernost, für die Eishockey-Mannschaft von Brøndby Strand?

Und dann: Wie entwickelt die Sache sich weiter? Was kann noch geschehen?

Und dann ist der Redaktionsschluss da. Du bist oft Zeuge der Explosion eines ganzen Lebens gewesen, eines Konkurses, einer Festnahme, eines Mordes, einer Hochzeit, eines Einmal-im-Leben-Triumphs eines dänischen Landesmeisters. Und jedes Mal nur, um dir dann so schnell wie möglich und so präzis formulierend wie nur denkbar sämtliche Bilder aus den Augen und dem Gehirn zu wringen, um sie vor Redaktionsschluss durch eine Schreibmaschinen-Tastatur aus grinsenden, weißen Schädelknochen zu jagen.

In der Tat, ein harter Job. »Man lernt viele Menschen kennen«, wie die Leute so banal und ganz richtig sagen – aber immer verlässt man sie eine Stunde später wieder. Vielleicht sieht man sich wieder, vielleicht auch nicht. Vielleicht hat man zu der Zeit Krach miteinander aufgrund von etwas, was man nicht wusste oder an das man in der Hast nicht dachte, oder weil die Frau des Mannes, den man mal interviewt hatte, mit einem der Kollegen von einem Streit hatte.

Die wenigsten Journalisten können das auf Dauer aushalten. Sie sind im Alltag das, was die Spione in der Politik sind, und wie für die Spione ist es auch für die Journalisten eines Tages zu viel. Viele von ihnen werden Alkoholiker, die versuchen, sich eine positive Lebenseinstellung zu bewahren, oder Gespenster, die routinehaft und ständig mit der Kaffeetasse in der Hand zwischen Telefonen und Fernschreibern und hin und her wandern. Die Schlimmsten sind die, die den ganzen Tag rund um die Uhr in der Redaktion verbringen, besonders diejenigen, die in der Kantine über den Bierdosen hängen. Langsam, aber sicher hören sie auf, Storys zu wittern und sie zu schreiben, sie erzählen stattdessen die alten Geschichten einem immer kleiner werden Publikum unter ständig bescheidenerem Beifall. Ein sanfter dänischer Tod.

Das war nicht mein Problem. Nicht mehr. Es reichte. Zeig mir die innerste und tiefste Trauer oder Freude eines Menschen, und ich werde seine Schmerzen sofort als Ein-, Zwei- oder Dreispalter taxieren, die sich für die Titelseite, die Rubrik »Freie Aussprache« oder die Klatschspalte eignen. Das ist es, was der Job aus einem macht.

Okay, andere kommen nicht billiger davon. Alle Jobs hinterlassen Wunden, Wunden, die daher rühren, dass man an einem einzigen verwundbaren Punkt in allzu intensiven Kontakt mit der Realität kommt.

Aber *ich* war jetzt frei. Ich war gefeuert. Ich hatte jedenfalls einige Tausend gut und immer noch einige Tausend zu Hause. Ich konnte leicht einen Monat lang zurechtkommen. Kommt Zeit, kommt Rat, ich summte fröhlich vor mich hin.

Ich fühlte mich so erleichtert, dass ich mich entschloss, ein paar Stunden aufzubleiben und dann loszugehen, um das kleine Missverständnis zwischen Ehlers und mir wegen voriger Nacht auszuräumen. Um ganz reinen Tisch zu machen.

18

Ich setzte mich hin und sah aus dem Fenster. Keine besonders produktive Beschäftigung, aber ich hatte keine bessere. Im Leben eines jeden Menschen gibt es Momente, wo die Stunden zu Sekunden werden, aber es gibt auch die umgekehrten Fälle, bei denen jede Zehntelsekunde zu einem Meer von Zeit wird.

So war es jetzt. Es geschah absolut nichts, weder in mir noch mit mir. Draußen gingen die Leute zur Arbeit, die Geschäfte verkauften Waren, Fahrräder wurden aus den Fahrradschuppen geholt, Autos hupten, Verkehrsampeln wechselten die Farben – und ich glotzte nur so.

Die Hitze stieg gewaltig herauf wie das Brausen einer unterirdischen Warmwasseranlage oder einer heißen isländischen Quelle. Es wurde heißer und heißer. Es war der Hochsommer, der jetzt begann. In vierzehn Tage würden alle über ihn reden, und die Metereologen würden ihn als »den heißesten Sommer seit zwanzig Jahren« bezeichnen, auch wenn gewisse ältere Menschen dies bestreiten und auf einen anderen Sommer in den 50er Jahren verweisen würden.

Jedenfalls war es der Sommer, in dem die Hitze überall hineinkroch, der Sommer, als die Hitze sich über alle und alles breitete, der Eine und Einzige Tropische Sommer in Dänemark, und im Laufe eines Tages wurden alle Kopenhagener zu Südländern und flippten wie in den Charterferien herum.

Das alles wusste ich an diesem Morgen nicht,

aber ich konnte es spüren, ich spürte, wie das große Tier Hitze mich dösig machte – in harter Konkurrenz mit dem Schlafmangel, dem Whisky und dem Hasch. Meine Augen waren zu Rollos aus Blei geworden, und ich saß da und nickte vor mich hin, während ich aus dem Fenster auf die Straße sah, die ich mein ganzes Leben lang gekannt und in der ich mehrere Jahre gewohnt hatte – und die ich offenbar trotzdem kaum noch wiedererkennen konnte.

Ich war müde. *Sehr* müde.

Dann läutete das Telefon. Es war Helle.

»In was bist du da bloß reingeraten?«, fragte sie. »Wo bist du gewesen? Was will die Polizei? Sie haben nach dir gefragt.«

Viele Fragen auf einmal. Ich erklärte ihr ganz kurz, um was es ging.

»Du hast nicht geschlafen?«, sagte sie nach einem Satz. Geschiedene Frauen kennen die Stimme und die Stimmungen von einem zu gut.

»Ich bin auf dem Weg zur Polizei«, sagte ich.

»Kommst du nachher nicht rüber?«, fragte sie mit eben der Mischung aus Sympathie, Verständnis und Liebe in der Stimme, die sie so haarsträubend oft hat.

»Hast du nicht schon genug wegen mir durchgemacht?«, fragte ich.

»Dir geht's nicht gut, das kann ich hören.«

»Es ist meine eigene Schuld.«

»Das glaube ich gern, aber davon wird es nicht besser.«

»Nein. Ich bin auch gefeuert worden.«

»Warum?«

»Ich hab's satt.«

»So, wie du mich satt hattest?«

»Nein. Viel mehr satt. Außerdem warst du es, die *mich* satt hatte.«

»Das ist jetzt scheißegal. Kommst du?«

»Ich weiß es nicht. Ich ruf dich an.«

»Okay.«

Sie legte auf. Kluges Mädchen.

Eine Sekunde später, oder zwei, klingelte es an der Tür. Ich ging nicht hinaus. Es klingelte wieder, und diesmal lange. Dann war ein Schaben zu hören – die Wände sind dünn wie Papier – und ein Rums im Briefschlitz und Füße, die sich nach unten entfernten. Die Post konnte das so früh nicht sein. Ich ging raus in den Flur. Es war ein Telegramm. Es war vom BLADET.

Da stand: LETZTE CHANCE: RUF SOFORT AN ODER ES IST VORBEI. OTZEN.

Ich warf es in den Papierkorb. Es *war* vorbei.

Es war gegen 10 Uhr. Ich konnte genauso gut, so wie vor zwei Tagen, runter zu Ronnie gehen und meinen Kaffee trinken, bevor ich zur Polizei ging und mich meldete.

Ich weiß nicht, ob es mich belebte, mir kam es vor, als ob mein ganzer Körper aus Gummi wäre. Der Kaffee prickelte bis ins Bein.

Ich sah in die Zeitungen. Das BLADET hatte wieder nur eine Agenturmeldung, hatte aber dann einen Leitartikel dazugesetzt, in dem man eine gründliche Untersuchung der Morde in der Saxogade forderte.

»Zwei ältere Menschen im selben Haus sind innerhalb von wenigen Tagen ums Leben gebracht worden, und die Polizei kann nur mitteilen, dass sie noch keine Spur hat. Es ist an der Zeit, dass die Bürger größere Effizienz bei der Arbeit fordern. Unter diesen Umständen kann sich kein Kopenhagener sicher fühlen.«

Ganz richtig, aber wer hätte das jemals gekonnt – in Kopenhagen oder sonst wo?

Rosenbaum war in sämtlichen Zeitungen dreimal so viel Platz eingeräumt worden wie kürzlich Christensen. Eine einzige Zeitung, natürlich Dagens Dokument, hatte einen von Rosenbaums Jugendfreunden gefunden – er hatte sich bestimmt selbst gemeldet –, der berichtete, dass der Verstorbene ein schweres Leben voll harter Arbeit gehabt und ein einsames Dasein geführt hatte. »Er war so etwas wie ein Original«, erklärte der Freund.

In ein paar Tagen würden die Illustrierten an der Reihe sein, und dann würden sie über Christensen und Rosenbaum genug ausgegraben haben, um sich vergilbte Fotos von ihrer Kindtaufe zu besorgen, mit einem stolzen Vater und einer Mutter mit einer Träne auf der Wange.

Und noch eine Woche später würde es eine Messerstecherei unter Gastarbeitern in Albertslund geben, und die ganze Affäre würde vergessen sein. Andere Geschichten würden die Zeitungen füllen, und drinnen in der Kantine vom BLADET würde man Storys über mich erzählen, wie ich einer Sache auf die Spur gekommen war, nichts getan und mich dann selbst gefeuert hatte.

Ich könnte genauso gut die Kasse vom BLADET anrufen und mir mein Guthaben auszahlen lassen.

Ich rief über Ronnie's Telefon das Sekretariat an, gab meinen Namen an, sagte, ich wäre gefeuert worden, tat so, als ob ich die Neugier in den unschuldigen Fragen des Abteilungsleiters nicht bemerkte, und bat kurz und bündig, mir mein Guthaben zur endgültigen Abrechnung zu schicken. Das war's. Wie viel ich doch geregelt bekam!

Genau wie neulich ging ich zur Polizeiwache. Diesmal widmete man mir etwas mehr Aufmerksamkeit. Der Krankenkassensekretär vom letzten Mal stand sofort auf, und wenn er mir auch nicht die zauberhafte Holzbank zum Sitzen anbot, so ging er doch direkt hinein zu Ehlers. Eine Sekunde später kam Ehlers. Wir gingen in sein Büro.

Seine Augen waren klein und rot, genauso klein und rot wie meine. Er hatte auch nicht viel Schlaf, dafür aber weniger Whisky gekriegt.

»Sie verbrachten also die Nacht im Hotel Capital mit der Bewohnerin des dritten Stocks?«, begann er ohne Umschweife.

»Ja«, sagte ich. Eine sehr präzise Antwort. Klar und alles abdeckend.

»Wann bekamen Sie heraus, wer sie ist?«

Gestern Abend waren wir zum Du übergangen, erinnerte ich mich, aber – wie gewonnen, so zerronnen. Es klang auch bei weitem nicht so offiziell.

»Kurz bevor wir uns gestern Nachmittag trafen.«

»Wo sind Sie den ganzen Abend gewesen?«

»Mit ihrem Typen zusammen.«

»Ihr Typ?«

»Er ist Koch und Klavierspieler im Hotel Capital. Netter Kerl. Hat einen guten Schluck.«

»Einen guten Schluck? Alkoholiker?«

»Fröhlicher Bursche. Musikalisch.«

»Dann habt Ihr also dagesessen und die ganze Nacht Musik gehört?«

»Sozusagen.«

»Sind Sie sich darüber im Klaren, dass ich Sie festnehmen könnte?«

»Für was?«

»Zurückhaltung wichtiger Informationen.«

»Ist das eine wichtige Information?«

»Es könnte eine sein.«

»Wenn Sie meinen, mein Sexualleben sei von Bedeutung für die Morde an den beiden älteren Herren ...«

»Erzählen Sie mir von dem Abend.«

»Da gibt's nicht viel zu erzählen. Ich ging in die Pinte. Später war ich besoffen. Einer Ihrer eigenen Leute hat mich gesehen. Ich traf das Mädchen. Wir gingen zusammen aufs Hotelzimmer, danach bin ich eingeschlafen. Das ist alles.«

»Das ist alles?«

»Ja.«

»Sie sehen gar nicht gut aus.«

»Zum Teufel, ich bin nicht bei der Zeitschrift des Vegetarierverbandes angestellt.«

»Sie können sich zusauen, wie Sie wollen.«

»Danke.«

»Sie sind nicht besonders hilfsbereit.«

»Ich habe nicht viel Hilfe anzubieten. Ich gebe gern zu, dass es idiotisch ist, aber ich bin nicht der erste Mensch, der in betrunkenem Zustand eine Affäre gehabt hat, und ich werde auch nicht der letzte sein. Ich kann zwar darüber weinen, wenn Sie darauf Wert legen, aber es ist verdammt heiß und es würde nichts ändern.«

»Sie sind zynisch.«

»Ganz im Gegenteil. Ich habe mich gerade selbst gefeuert.«

»Warum?«

»Ich weiß es nicht.«

»Sie sind müde?«

»Sehr.«

»Ich könnte Sie sehr gut hierbehalten, aber ich glaube nicht, dass das viel Sinn hätte.«

»Woher wussten Sie, wo ich die Nacht verbracht hatte?«

»Wir sind routinemäßig in allen Hotels gewesen, um zu untersuchen, ob man dort etwas Verdächtiges gehört oder gesehen oder in der Mordnacht unerwartete Gäste gehabt hätte. Wir haben Kopien der Gästelisten bekommen. Der Portier erkannte Sie wieder, hier aus dem Viertel. Und außerdem erzählte es uns das Mädchen.«

»Das Mädchen?«

»Ja, sie ist hier. Sie kam gestern Abend und bat um Polizeischutz. Sie wagte sich nicht nach Hause. Sie war davon überzeugt, dass sie das nächste Mal dran wäre. Es hatte sie nicht unbeeindruckt gelassen, dass die Leute in ihrem Haus zur Zeit sehr schnell sterben. Sie ist den ganzen Tag zur Ausnüchterung gewesen. Sie ist rauschgiftsüchtig, und sie war ziemlich high, als sie kam. Jetzt liegt sie da und jammert und will gern nach Haus – sicher zu einem Schuss. Sie hat uns gebeten, ihren Freund zu holen. Wir haben es auch versucht, aber er ist weg.«

»Weg?«

»Abgehauen, oder auf Sauftour. Wer weiß?«

»Haben Sie *ihn* nicht verdächtigt?«

»Nicht speziell. Aber er ist weg.«

Dann fiel mir ein, über was wir gestern beim Abendessen gesprochen hatten.

»Haben Sie das mit ›dem Dünnen‹ – pardon, dem Hai – untersucht?«, fragte ich.

»Das Haus gehört dem Hotel Capital, antwortete Ehlers lakonisch.«

»Was?«

»Das Capital ist Eigentümer des Hauses.«

»Wem gehört dann das Capital?«

»Auf dem Papier Manuel Thomsen, genannt der Schwarze Manuel – Inhaber eines ›intimen Filmclubs‹ im Gasværksvej.«

»Die rechte Hand ›des Dünnen‹!«

»Richtig.«

»Ja, aber dann ...«

»Ja, aber *was*?«

»Dann muss ›der Dünne‹ seine Hände mit im Spiel haben.«

»Wenn es bloß so einfach wäre!«, seufzte Ehlers. »Wissen Sie, dass wir innerhalb des letzten Jahres achtzehn Morde hier im Bezirk hatten? Zwölf davon sind aufgeklärt, sechs nicht. Von den zwölf aufgeklärten Fällen geschahen sieben in Häusern, die direkt oder indirekt ›dem Dünnen‹ gehören. Man kann dem Hauswirt keine Vorwürfe machen, dass die Mieter sich gegenseitig erschießen oder dass Fremde kommen und die Mieter erschießen.«

»Es muss da einen Zusammenhang geben.«

»Den würde ich gerne schwarz auf weiß haben. Ich kann nicht hinausstürzen und Leute des Mordes beschuldigen, weil sie an Leute vermieten, die getötet werden.«

»Gibt's nichts Neues?«, fragte ich höflich.

»Es gibt keine Spur. Wenn Sie nur die Stimme finden könnten, die Sie in der Nacht damals angerufen hat!«

»Hätt ich bloß kein Wort davon gesagt.«

»Sie sind müde und kaputt.«

»Quatsch, ich tue überhaupt nichts. Ich bin nur müde und betrunken und fühle mich schlecht.«

»Warum gehen Sie nicht nach Hause und schlafen sich aus?«

»Ich dachte, ich sollte festgenommen werden.«

»Das werden sie nicht. Das wäre zu teuer für die Gesellschaft.«

»Was?«, sagte ich wieder.

»Zu teuer. Nicht allein, dass sie im Gefängnis verpflegt und gekleidet werden müssten, sondern es würden auch mindestens zwei Barkeeper ihre Arbeit verlieren, und wir haben in diesem Land genug Arbeitslosigkeit.«

Ich stand langsam auf.

»Sie sind frei«, sagte Ehlers, »– wenn Sie das Wort kennen. Sie dürfen die Stadt nicht ohne vorherigen Bescheid an uns verlassen. Das ist alles. Wenn Sie ihre mysteriöse Stimme wiedererkennen, rufen Sie mich an. Wenn Sie zufällig auf etwas stoßen oder etwas hören sollten, rufen Sie an. Ansonsten – ja, rein privat würde ich Ihnen zu ein wenig mehr Vorsicht mit den Flaschen raten.«

»Ich habe nicht viele andere Vergnügungen.«

»Nein, das habe ich bemerkt.«

Sein Ton war kalt. Ich erhob mich, um wieder hinaus in die Hitze zu gehen, raus in die Kopenhagener Sauna.

»Ihre Gattin ist eine großartige Frau«, fügte er hinzu, so wie ganz nebenbei konversierend.

»Ich bin nicht verheiratet.«

»Ihre geschiedene. Wir haben mit ihr gesprochen. Sie macht sich große Sorgen um Sie.«

»Sie hat ein gutes Herz.«

»Darin machen Sie ihr wohl kaum Konkurrenz?«

»Ich tue ihr nichts Gutes.«

»Da haben Sie sicher Recht. Auf Wiedersehen.«

Seine kleinen roten Augen machten sich wieder über einen Stoß offiziell aussehender Papiere her.

Ich ging langsam in Richtung nach Hause, schwer wie ein Wagenheber und gleichzeitig leicht wie ein Ballon. Ich war an einem Albtraum beteiligt, aber physisch war ich vollkommen frei. Ich war nicht festgenommen worden. Ich konnte Mittag essen. Ich konnte Billard spielen. Ich konnte ins Kino gehen. Ich konnte eine Spaziertour in den Wald unternehmen.

Ich konnte auch nach Hause ins Bett gehen.

Damit fing ich an: Ich ging nach Hause. Da lag ein Telegramm auf dem Boden des Flurs. Der Telegrammbote musste mich und meinen vierten Stock ohne Aufzug allmählich zur Hölle wünschen. Der Text war ergreifend einfach: IDIOT STOP OTZEN.

Ich legte mich auf meine Matratze. Zwei alte Menschen waren tot. Ein netter Typ war abgehauen. Sein Mädchen hatte Angst und war bei der Polizei eingeschlossen. Ich war gefeuert. Ich war ganz allein in der Welt.

Die Hitze stieg und stieg, außen wie innen. Ich zog mich ganz aus und legte mich ohne Bettzeug hin – genauso nackt, wie ich mich fühlte.

Draußen in der Stadt waren die Leute sicher unterwegs zu Waldspaziergängen mit Picknickkörben und kleinen Kindern auf dem Arm.

Sollten sie doch. Ich machte mich an meinen harten Job – auszuschlafen. Den Gedanken, zu Helle zu gehen, gab ich auf. Sie hatte genug. Ich war ein freier Mann, das hatte der Polizeiinspektor selbst gesagt. Ich hatte meine Freiheit.

Und Freiheit ist – wie ein recht gutes Lied, *Me & My Bobby McGee*, vor ein paar Jahren besagte – nur ein anderes Wort für: Man hat nichts zu verlieren.

Zweiter Teil

19

Ich schlief nicht gut, aber doch wenigstens ein paar Stunden. Es war bereits wieder Abend, als ich aufwachte. Ich fühlte mich schwach. Mir war schwindelig, alle Glieder schmerzten, und in meinem Kopf hörte es sich an, als ob sich ein halbes Dutzend Chinesen über das eine oder andere nicht einig wären und sich in einem fort gegenseitig beschimpften.

Ich schüttete mir kaltes Wasser ins Gesicht, was in jedem Fall drei bis vier von ihnen ausrottete, und setzte Kaffee auf.

Nachdem ich mir das Gesicht noch einmal nass gemacht hatte, betrachtete ich mich im Spiegel. Ich sah noch halbwegs passabel aus, besonders bei diskreter Beleuchtung,

Mit meiner Wohnung war nicht viel Staat zu machen, egal wie man sie beleuchtete.

Ich öffnete das Fenster. Die Welt schien sich zusammengerollt und keine aktuellen Pläne zu haben, sich wieder auszuweiten. Trotz der Hitze, die immer noch über der Straße hing – wie ein Rest von Parfüm, das nach einem Ballabend immer noch in der Luft schwebt –, schien alles stillzustehen.

Es gab keinen Grund, dazusitzen und nachzudenken, das half nichts. Nichts half bei irgendwas. Ich ging aus.

Die Stadt war ruhig. Die Polizei fuhr in den Straßen herum. Nicht nur die schwarz-weißen Wagen mit der blauen Blinkleuchte, sondern auch viele von den zivilen. Die Polizei hat sich heutzutage ziemlich spezialisiert. Es gibt Bullen für Wirtschaftsdelikte, Bullen für Mordfälle, Bullen für Prostitution, Bullen für Unruhen.

Und Vesterbro ist eine Gegend, wo sie wirklich alle was zu tun kriegen.

Um die Ecke zur Oehlenschlägersgade sah ich Bent E. Bent E steht gleichzeitig für Bente, denn das ist der Name, unter dem er sich seinen Kunden meistens vorstellt.

Bent E begann als Transvestit aus Spaß an der Sache. Aber schon als er nur einige wenige Male in Frauenkleidern ausgegangen war, hatte er das gleiche erlebt wie so manche Mädchen im Nachtleben der Stadt: dass den geilen Böcken der Schwanz sozusagen ständig aus der Hose hängt, und sie immer bereitstehen, schreiend allen Röcken nachzujagen.

Bent E hatte es zu seinem Lebensstil gemacht. Er war als Dame vollkommen, und sein Trick war, den einen oder anderen dazu zu bewegen, »mit nach Hause« zu gehen. Wenn sie dann mit nach Hause *kamen* – »nach Hause« war selbstverständlich ein Hotel, wo sie Bent E kannten –, zückte er das Küchenmesser und drückte sein Bedauern aus über die Klagen ihrer Frauen bezüglich ihres veränderten Aussehens, wenn sie nach Haus kämen – falls sie nicht freiwillig bereit wären, ihm eine gewisse Summe zu leihen.

Sie waren dazu immer bereit. Und sie erstatteten später auch nie Anzeige.

Bent E wollte gerade die Hüften schwingen, als er sah, dass ich es war.

»Hej«, sagte er.

»Hej«, sagte ich. »*Bist* du gekommen?«

Ein simpler Witz, gebe ich zu, aber er stand genau unter dem leuchtenden Neonschild, das die ganze Nacht lang sagte »Komm zu Jesus«. Drinnen war die Golgatha-Mission, deren Mitglieder – kleine, dünne, ältere Damen und Herren mit Gebetbüchern in den Innentaschen – Nacht für Nacht durch die Straßen liefen und nach bestem Können versuchten, alle zu befreien, jedermann, von was auch immer und vielleicht am meisten einander. Ihr üblicher Slogan, den sie halb mit keckem Märtyrerstolz, halb ängstlich verkündeten – als ob sie sicherheitshalber das Gesicht deckten, falls man sie schlagen würde –, war, Jesus versteht dich. Die Antworten darauf waren sehr unterschiedlich.

Bent E ignorierte meinen Witz.

»Ich war auf dem Weg zu dir«, sagte er. »Ich habe eine Nachricht.«

Langsam wickelte er einen kleinen, dreckigen Zettel aus seinem Persianer-Pelz vom Flohmarkt, seiner Arbeitskleidung. Es war so einer, wie man ihn in Bars benutzt, ein kleiner Zettel von einem Reklameblock für Jägermeister.

Da stand, in Blockbuchstaben: Komm. Capital. Zimmer 102. Ole.

Und darunter noch einmal, in großen Buchstaben: KOMM!

»Wann hast du den bekommen?«, fragte ich.

»Vor fünf Minuten. Ich war gerade in der Bar im Capital, um zu sehen, ob es für mich was abzustauben gäbe, und da steckte ihn der Kellner mir zu und sagte, er wäre von Ole; er würde sich ein bisschen vor den Bullen verstecken, und ich sollte ihn dir so schnell wie möglich geben, aber ich dürfte ihn nicht in deinen Briefkasten werfen, wenn du nicht zu Hause wärst, du müsstest ihn persönlich kriegen – und ich sollte dich bitten, ihn danach wegzuwerfen.«

Als ich mir eine Zigarette anzündete, mit dem Feuerzeug den kleinen Zettel sorgfältig zu weißer Asche verbrannte und diese auf dem Bürgersteig austrat, kam ich mir wie eine Person in einem der Jungenbücher aus meiner Kindheit vor.

Ich sagte Bent E Gute Nacht, wünschte ihm gute Jagd und ging mehr konzentriert als eigentlich stimuliert rüber zum Hotel Capital.

20

Das Hotel Capital sah anders aus als sonst.

Es war nicht nur die tropische Hitze, am meisten lag es an den letzten Tagen. Es war die Nacht mit Hanne auf Zimmer Nr. 107. Es war die Nacht gestern mit Ole. Es war Ehlers' Information, dass der Schwarze Manuel der Besitzer war.

Jahrelang war man hier in ein ganz gewöhnliches Hotel in einer lichtscheuen Nebenstraße eingekehrt, hatte mit anderen Geschöpfen Gottes geredet und ein wenig getrunken, mit demselben gleichgültigen und einfältigen Recht, wie Lämmer Seite an Seite auf der Wiese stehen und Gras rupfen (habe ich selbst im Fernsehen gesehen) – und plötzlich ist der Ort kriminell, sogar für einen selber infiziert, und es riecht eigentümlich.

Ich klopfte an die Tür von Nr. 102, erhielt als Antwort ein »Komm rein!« und trat ein.

Ole saß halb, halb lag er auf dem Bett, das eine Bein auf der Bettdecke und das andere über den Rand des Bettes baumelnd. Der Aschenbecher auf dem kleinen Nachttisch war voller Zigarettenkippen, aber das Zimmer war nicht voll geräuchert, da das Fenster offen stand und den Vesterbroer Abend mit all seiner ganzen milden Wärme hereinfließen ließ. Es würde eine schöne Nacht werden, um sich zu verlieben, eine schöne Nacht, um sich darin zu verlieren.

Ole Koch sah sehr verloren aus. Der fröhliche, rundliche Klavierspieler war verschwunden. Er konnte schwerlich viele Kilo an einem Tag verloren haben, aber trotzdem war etwas geschehen, das ihn dünner machte, verwüsteter, bleich. Er war grau im Gesicht.

Ich nickte ihm zu und sagte, dass ich seinen Bescheid bekommen hätte, und dankte ihm für neulich. Er nahm eine Flasche Whisky vom Nachttisch, schenkte mir ein Glas ein und legte dann ohne weiteres los ... Zuerst langsam und zögernd, danach mit zunehmender Kontrolle über seine Worte.

Was er gerne wissen wollte – und nach gestern Nacht kannten wir uns ja gut genug, dass er meinte, er könne sich die Frage erlauben, nicht –, also er wollte gern wissen, was eigentlich passiert war.

Seine Augen standen weit aus den Höhlen, wie Küken, die dabei waren, das Ei zu verlassen.

Es zeigte sich, dass er meinte, was geschehen war, seit wir uns am Morgen getrennt hatten.

Er hatte nicht gewusst, dass Rosenbaum ermordet worden war. Er war direkt nach Haus gegangen, hatte aufgeschlossen und Hanne nicht gefunden, war runtergegangen und wäre auf Rosenbaums Etage im Treppenlicht beinahe auf einen Bullen gestoßen. Er war so eben noch vorbeigeschlüpft. Er war nach draußen verschwunden und war wieder rüber ins Capital gegangen. Der Mann am Empfang hatte ihm von dem Mord erzählt, der Mann am Empfang *sah alles*. (Plötzlich lag ein bebender Unterton in seiner Stimme) ... Er und der Mann am Empfang waren Freunde. Er war seitdem auf Zimmer 102 gewesen. Was zum Teufel ging hier vor? Ob ich etwas wüsste?

Ich überlegte, wie viel ich ihm erzählen durfte. Inzwischen griff ich zum Glas.

»Ach, übrigens«, sagte er dann, »das mit Hanne neulich, denk nicht drüber nach, falls du es tust – sie ist nun mal so, wir sind aneinander gewöhnt. Das ist schon okay, wenn sie Bock auf einen Typen hat. Wir leben von einem Tag zum anderen.«

Ich leerte mein Glas und war sehr erleichtert. Ich hätte es wissen sollen, dass ich zu Ole Koch frei von der Leber weg sprechen konnte, meinem Freund Ole Koch.

Ich erzählte Ole, dass, ja Rosenbaum war also *auch* erschossen worden, ich hatte von der Polizei am Morgen Schelte bezogen, sie hatte aber nichts getan, und Hanne war in Polizeigewahrsam, nachdem sie sich selbst gemeldet hatte, und Ehlers suchte nach *ihm*.

Ole brummte.

»Ich hab's mir gedacht«, murmelte er gutmütig.

»Zum Teufel«, sagte ich: »Melde dich! Raff dich

auf! Du bist es doch nicht, der nachts rumläuft und alte Männer zusammenschießt, du stehst doch mehr auf eine Portion Hasch und ein Klavier. Melde dich bei ihnen, Ehlers ist nicht dumm, und bring es hinter dich, los?«

»Zu teuer«, sagte er.

Ich gab zu, dass ich da nicht ganz mitkam.

»Aber ich war es«, sagte Ole. »Ich war dabei. Ich war mit im Ring, verstehst du? Wenn ich das erzähle, verlasse ich mich auf dich. Also, ich war mit im Ring.«

Ich begriff immer noch nicht, aber allmählich brachte Ole es fertig, die Sache einigermaßen klar darzustellen.

Als er als Schizophrener aus der Abteilung 7 rausgekommen war, hatten ihm nicht gerade die Türen zu neuen Jobs offen gestanden, und es gab nur wenige und geringfügige Angebote. Er war in den Drogenhandel geraten, nur das übliche Kleinzeug mit ein bisschen Hasch. In die richtigen Kneipen kommen, sich an die Toilettentür stellen und sagen: »Brauchst du ein wenig Hasch, Mann? Das ist guter Stoff« – und hoffen, einen Fünfer pro Gramm zu verdienen.

Auf diese Weise war er einem Typen namens Erik begegnet, der für einen anderen Typen arbeitete und der ihn ausgefragt hatte, was er verkaufte und für wie viel. Erik hatte ihn anscheinend ein paar Mal vorher gesehen. Erik schlug ihm vor, an einem der nächsten Tage mit zu einem von Eriks Freunden zu gehen, der ihm vielleicht einen einträglicheren Job beschaffen könnte.

Ein paar Tage später war er zu Eriks Freund gekommen, zufälligerweise im Hotel Capital, und hatte seinen jetzigen Job als Koch bekommen, als Klavierspieler – und Zwischenhändler; oder besser gesagt, Transportarbeiter. Kurier.

»Eriks Freund« – Ole nannte immer noch nicht den Namen – erhielt regelmäßig Ware (Ole spezifizierte sie nicht), und da Eriks Freund beschattet wurde, wurde die Ware vom Capital in Oles Wohnung geschleust, auf die diskreteste Weise der Welt, wenn er mit Abfall, Plastiktüten und Privatsachen kam und ging.

Da geht viel Heroin rein, in diese Einkaufstüten vom Supermarkt Irma, solche, die mit moderner Kunst bedruckt sind.

Ich verstand. Ich bin verschiedenen Leuten begegnet, die in die Psychiatrie eingeliefert worden waren und die nach ihrer Entlassung nicht mal so einen Job gekriegt hatten.

Ich erzählte ihm, dass Ehlers ihren dritten Stock zwar zum »Rauschgiftnest« abgestempelt hatte, aber wenn er meinte, es wären nur Junkies und keine Dealer – und davon hatte er kein Wort gesagt –, dann gab es keinen Grund, nicht Flagge zu zeigen und mit der Polizei zu reden. Hanne hatte es ja wohl kaum ausgeplappert.

»Nein«, sagte er. »Sie weiß praktisch nichts davon, sie war nur froh, dass wir immer Stoff hatten. Nein, sie würde nichts davon erzählen, höchstens, dass ich ihn ranschaffte, und ich könnte einfach sagen, ich hätte ihn mir hier in den Bars der Umgebung besorgt. Nein, das ist es nicht. Es sind die Morde, die mir Angst machen.«

Langsam und mit Nachdruck jedes Wort betonend fügte er hinzu:

»Verstehst du – und jetzt, wo er tot ist, kann ich

es ja sagen, aber du darfst es nicht den Bullen weitererzählen, hörst du – der, den ich als ›Eriks Freund‹ bezeichnet habe, das war – *Rosenbaum*!«

Und dann erzählte er, wie Rosenbaum »die Ware« bezogen hatte. Es war so einfach. Über den Hof und nach Hause, und dann auf dem Wege rein zu Rosenbaum. Er war nie in Rosenbaums Wohnung gewesen, er hatte die Ware an der Tür abgeliefert. Von Quittungen war nie die Rede gewesen. Niemand hatte sich beschwert.

Aber Ole hatte in den drei Monaten, in denen er den Job hatte und für sich und Hanne Stoff besorgte, während er gleichzeitig ohne überwältigende Schizophrenie das Klavier und die Kocherei betreute, natürlich ab und zu darüber nachgedacht, in welcher Verbindung Rosenbaum zum Capital stand. Es gab da keinen Zusammenhang zwischen dieser alten Tunte und einem führenden Nuttenhotel.

Aber er wusste, wer seinen Gehaltsscheck unterschrieb. Das tat Manuel Thomsen. Manuel war sowohl sein als auch Rosenbaums Chef, ungeachtet dessen, wer wen anstellte. Erst als er dann erfahren hatte, dass Rosenbaum tot war, hatte er sich selbst gefragt: War es Manuel, der Rosenbaum aus dem Weg geräumt hatte?

Und *wenn* es so war, wer könnte dann der Nächste sein?

Er?

Wir saßen in Manuels Hotel. Ich fragte Ole, ob er nicht abhauen wollte, wir könnten zu mir nach Hause gehen.

»Nein, in der ganzen Gegend gibt es Bullen«, sagte er. »Der Mann am Empfang wird mich schon verstecken. Er schickt mir Essen rauf. Wir sind Freunde.«

Da ging mir ein kleines Licht auf: »Das ist Erik, nicht?«, fragte ich.

Ole schaffte es nicht zu antworten.

Im selben Moment ging die Tür auf.

21

Was zum T…«, sagte ich.

Ich wollte »Was zum Teufel« sagen, aber es gelang mir nicht.

Ein blendender Lichtkegel fiel durch die offene Tür herein, durch das Zimmer, über den Nachttisch mit der Flasche und den Gläsern, den halb liegenden Ole Koch und mich auf dem einzigen Stuhl.

Das Licht blendete die Augen.

Ich erhob mich unwillkürlich, halb blind, und als ob man damit rechnen konnte, erhielt ich im selben Moment einen Schlag in den Nacken. Jedenfalls spürte ich, dass es plötzlich im Nacken wehtat, es gab einen sonderbar dröhnenden Laut – und alles verschwand vor mir, als die Beine wegsackten und sich weigerten, meinen Körper noch länger zu tragen.

Als ich erwachte, dauerte es lange, bevor ich die Augen öffnen konnte. Das Zimmer war dunkel, aber der Schimmer des Straßenlichts reichte aus, um mich zurechtfinden zu können. In einem düsteren, vielfarbigen Licht, von Neonreklame-Schildern durch die dreckige Fensterscheibe hereingeworfen, sah ich mich um.

Ole Koch lag über das Bett hingestreckt. Mein erster Gedanke war, dass er die gleiche Medizin bekommen hatte wie ich und bloß noch nicht wieder aufgewacht war.

Leider war es nicht so.

Er war tot. Ich habe zwar an keinem Erste-Hilfe-Kurs teilgenommen, aber wie er da so quer über das Bett hingestreckt dalag, ohne sich zu bewegen und ohne zu atmen, war ich mir sicher, dass er tot war.

Es war kein besonders schöner Anblick. Nicht bezzsonders zzschön, echote es dröhnend und verzerrt in meinem böse zugerichteten Kopf.

Ich war auch nicht besonders hübsch. Aber ich lebte wenigstens noch. Den Beweis dafür lieferte ich, indem ich mich umgehend neben der Leiche erbrach.

So weit mir bekannt, ist Erbrechen nicht nachzuweisen und kann – anders als z. B. Fingerabdrücke – niemanden mit juristischer Beweiskraft überführen. Oder vielleicht doch? Darüber dachte ich nach, während ich dastand, bis mir bewusst wurde, dass ich so sehr schwankte, dass ich mich lieber hinsetzen sollte.

Es dauerte fast eine schmerzvolle halbe Stunde, bis ich alles klar vor mir sah. Sie hatten Ole Koch ermordet – wer auch immer »sie« sein mochten. Ein netter Kerl, ein fröhlicher Kerl, ein Bursche, der Klavier spielte und ganz schön Dampf machte, der aber niemandem je etwas getan hatte und auch nie getan hätte. Ihn hatten sie erschossen, und jetzt lag er da und würde nie mehr seine Lieblingsmelodien spielen.

Vielleicht war es gar nicht so dumm von Hanne gewesen, zur Polizei in Schutzhaft zu gehen. Vielleicht sollte ich auch hingehen und mich in eine

Zelle setzen. Vielleicht wären wir alle am sichersten, wenn die eine Hälfte der Bevölkerung die Gefängnisse füllen würde, um in Frieden Musik hören zu können, während die andere draußen rumballerte. Vielleicht …

Was jetzt?

»Sollte ich die Polizei anrufen, zum Gott weiß wievielten Mal? Ich, der gute alte Freund der Polizei, bester Lieferant frischer Leichen und mysteriöser Anrufe in der Stadt?«

Und sollte ich vom Capital aus anrufen? Wenn da mehrere Personen mit Pistolen auf den Gängen herumliefen, war dies kaum der richtige Ort.

Ich fühlte mich grau und schüttelte mich wie ein alter dünner Baum im Herbststurm. Erster Stock tot, zweiter Stock tot, dritter Stock tot … Es ähnelte allmählich einem grausamen Kinderreim-Spiel. Jetzt war in dem halben Haus in der Saxogade nur noch das leere vierte Stockwerk und die verstohlene Pinte im Erdgeschoss übrig.

Und jetzt war auch noch das Verbindungsglied zwischen dem Haus und dem Capital im Capital gestorben.

Mich hatten sie nicht getötet. Ich war sicherlich zu ungefährlich. Für sie, wie auch für Ehlers, der nicht einen Mann opfern würde, um mich zu beschatten.

Aber wenn Ole erschossen worden war, weil er zu viel wusste – und warum sonst? –, dann war ich jetzt derjenige, der zu viel wusste.

Ich blieb eine Zeit lang ohne mich zu rühren auf dem Stuhl sitzen. Dann stand ich auf.

Ich ging langsam und leise hinaus, durch den leeren Gang, nachdem ich die Tür sorgsam geschlossen hatte. Ich ging am Empfang vorbei, und der

Mann dort war verschwunden. Keine Menschenseele befand sich in dem Raum. Ich trat hinaus auf die Straße und spürte die Kühle der Abendluft direkt auf der Haut. Ich war noch nie so liebkost worden.

Es war 22.00 Uhr.

Ich ging direkt rüber zur Polizeiwache.

In den Straßen ergoss sich wie immer ein Strom von Menschen, wie jeden Abend pufften und schubsten sich kleine Haufen in die Hotels, Pinten oder Kinos und aus ihnen heraus, wie immer hingen die alten Penner, Vagabunden und Tagelöhner auf den Treppenstufen und sahen sich um. Ein Szenarium, an dem man normalerweise seine Freude hat, eine farbenfrohe, menschliche Szenerie, aber jetzt kam einem die Fülle wie eine zitternde, verdichtete Gefahr vor, als ob jede einzelne Figur, die im Halbdunkel vorbeiging, diejenige sein konnte, die Ole Koch vor ein paar Stunden erschossen hatte, als ob jeder derjenige sein konnte, der in ein paar Stunden – oder *jetzt* – mich erschießen konnte.

Ich sollte wohl lieber aufpassen.

Ich wollte nämlich gern am Leben bleiben. Sehr gern, wie mir bewusst wurde.

So was wird einem sehr klar, wenn man gerade einen schnellen und brutalen Tod miterlebt hat. Sicherlich jedes Mal, wenn man einen Todesfall miterlebt. Meine Erfahrung auf dem Gebiet war begrenzt, zeigte aber deutlich zunehmende Tendenz.

22

Auf der Polizeiwache am Halmtorvet, die mir allmählich zu meinem zweiten Zuhause geworden war, hatte man den Hausherrn gewechselt. Nicht mehr Brille nahm abends Anzeigen und Meldungen entgegen, es war jetzt ein leicht dümmlich aussehender junger Mann. Er sah so aus, als ob er in seiner Freizeit Tennis spielen und Jolly Cola in Hellerup Havn trinken würde.

Ich sagte, ich würde gern einen Mord melden.

Er sah mich steif an und fragte höflich, wen ich ermordet hätte.

Ich erklärte ihm, dass ich niemanden ermordet hätte, dass ich aber Zeuge eines Mordes gewesen wäre und guten Grund zu der Annahme hätte, dass dieser mit den zwei anderen in der Saxogade 28 B in Verbindung stände.

Nachdem er das gehörte hatte, wagte er es nicht, mich allein im Vorzimmer zurückzulassen. Er schleppte mich denselben Gang entlang, wo auch Ehlers sein Büro hatte, rein zu einem gewissen Oberwachtmeister Marcussen.

Marcussen war schon älter und mager und hatte stark gelichtetes Haar. Seine Augen glichen denen eines schleimigen, toten Fisches. Er war in jeglicher Hinsicht völlig unbeweglich.

Ich erzählte ihm in wenigen Worten meine Geschichte, und er betrachtete eingehend meine Beule, als ob er diese für einen wichtigen Beweis hielt. Als ich fertig war, lehnte er sich einen Augenblick lang grübelnd zurück. Dann rief er über das Haustelefon an und ordnete das umgehende Erscheinen von ein paar Mann an – »Nein, *nicht* Bendtsen!«, sagte er mit entschiedener Stimme ins Telefon. Er hielt offenbar nicht viel von Bendtsen.

Der nächste Telefonanruf galt einem Wagen, der sofort bereitstehen sollte. Der dritte war an Ehlers gerichtet, privat, und es dauerte einige Minuten, bis die Verbindung da war. Ich konnte mir Ehlers vorstellen, wie er in den Telefonhörer fluchte.

»So ist nun mal der Job«, sagte Marcussen, als er wieder auflegte. »Er hat eine Stunde geschlafen.«

»Dafür hat er freiwillig geschlafen«, sagte ich, wobei ich vorsichtig meinen Hinterkopf befühlte.

Marcussen hatte Ehlers gebeten, umgehend zu kommen. Er stand auf, zog einen Mantel über und ging hinaus zu den Leuten.

»Frandsen!«, schrie er quer durch den Gang.

Frandsen kam.

Frandsen war dick, gewichtig und ähnelte der Karikatur eines altmodischen Polizisten auf einer Ansichtskarte, mit Schnurrbart und Bierbauch.

Frandsen erhielt Order, bei mir zu warten, bis Ehlers käme. Marcussen ging hinüber zum Hotel Capital, in seinen Augen lag ein besorgter Ausdruck.

Ich steckte mir eine Zigarette an und wartete. Es war mir ziemlich klar, dass es nicht leicht werden würde.

Das wurde es auch nicht.

Als Ehlers erschien, glich er einer Gewitterwolke. Sein Bart war zerzaust, er war mürrisch. Er schickte Frandsen hinaus und fragte mich, was das alles zu bedeuten hätte.

Ich erzählte die ganze Geschichte noch einmal. Ich sagte, ich hätte einen Bescheid bekommen, im Capital, Zimmer 102 vorbeizuschauen, und aus

Rücksicht auf Bent E sagte ich, dass der Bescheid durch den Briefschlitz in meine Wohnung gelangt wäre.

Ehlers grunzte und bat mich, zur Sache zu kommen.

Ich erzählte ihm, was Ole mir erzählt hatte – und was dann geschehen war.

Als ich fast fertig war, klingelte das Telefon auf seinem Tisch. Ich konnte Marcussens Stimme durch die Leitung zischen hören. Die einzelnen Worte konnte ich nicht unterscheiden.

Plötzlich hörte ich nichts mehr.

Als ich wieder aufwachte, stand Ehlers da und schüttete mir Wasser über den Kopf. Wie im Schlaf griff ich nach vorn, bekam seinen Schreibtisch zu fassen, wurde wieder klarer im Kopf und zündete mir eine Zigarette an. Er sah mich gleichzeitig besorgt und aggressiv an.

»Das war ein harter Schlag, das da«, sagte er, und deutete auf meinen Kopf.

Ich nickte.

»Wir sind gezwungen, diesmal einen formellen Bericht zu schreiben«, sagte Ehlers, »und der wird knallhart. Sie sind der einzige Zeuge. Sie können sich als Verdächtiger betrachten.«

Nicht genug damit. Er ging sofort noch einen Schritt weiter.

»Ihre ganze Geschichte ist völlig unwahrscheinlich«, sagte er müde. »Es gibt niemanden, der sie bestätigen kann. Und Sie waren der Letzte, der ihn lebend gesehen hat.«

Ich deutete auf meinen Hinterkopf.

»Man hat schon von Leuten gehört, die sich selbst niedergeschlagen haben«, sagte Ehlers.

Ich war müde und fühlte mich krank. Ich gab keine Antwort, machte ihn aber darauf aufmerksam, dass man schon von Bullen gehört habe, die so stupide wären, dass man sie ins Krankenhaus stecken müsste.

Ehlers antwortete nicht. Stattdessen stand er auf, führte ein paar Telefonate und machte verschiedenen Spezialisten Beine, forderte einen medizinischen Experten an, einen Spezialisten für Fingerabdrücke und einen richterlichen Durchsuchungsbefehl für das Hotel Capital. Gegen meinen Willen war ich von der mächtigen Maschine fasziniert, die er mit den Fingern per Telefon bedienen konnte.

Als er aufstand, um selbst wegzugehen, rief er nach Marcussens Lieblings-Aversion Bendtsen und forderte ihn auf, mich einem genauen Verhör zu unterziehen. Er dürfte mich nicht eher gehen lassen, bis er Näheres erfahren habe. Ehlers setzte ihn mit wenigen Worten von der Sache in Kenntnis und gab ihm einige Notizen. Dann ging er. Bendtsen setzte sich hinter dessen Schreibtisch und sah mich kurzsichtig an. Er ähnelte einem verirrten Kaplan, aber seine Fragen waren ziemlich gut. Ich musste die ganze Geschichte noch einmal erklären.

Wieder und wieder. Müde und mechanisch antwortete ich drauflos, bis mir bewusst wurde, dass er dieselben fünf, sechs Fragen immer aufs Neue wiederholte, vermutlich weil er meinte, wenn er sie nur lange genug stellte, würde ich die Antworten ändern.

Draußen wurde es heller. Ich war nahe daran, in meinem hässlichen Korbsessel zusammenzuklappen.

Bendtsen fuhr unverdrossen fort, mit einem Bleistift in der Hand und einem blauen Notizblock auf dem Tisch.

»So, Sie waren also mit Ole Schwartz nicht näher bekannt?«

»Nein, ich wusste nicht mal, dass er Schwartz hieß. Ich kannte ihn nur als Ole Koch.«

»Warum, glauben Sie, wandte er sich gerade an Sie, wie Sie erzählen?«

»Das ist schwer zu sagen, wenn man es nicht versteht. Wir waren Freunde geworden.«

»Aber Sie sagen, Sie kannten ihn nicht gut?«

»Wer kennt sich schon gut? Ich habe ihn nicht ausgefragt. Wir konnten uns gut leiden.«

»Haben Sie zusammen Drogen genommen?«

»Wir haben einen getrunken und eine Pfeife Hasch geraucht.«

»Keine harten Drogen?«

»Nein.«

»Und das sollen wir glauben?«

»Sie können ja eine Blutprobe von mir nehmen.«

Bendtsen sprang mit einem Satz auf, dass ihm die Haare um die selbstgerechte Fresse flogen. Er ging hinaus und verschloss die Tür hinter sich.

Einen Moment später *kam* eine Dame in weißem Kittel und entnahm meinem Arm eine Blutprobe, während Bendtsen hinter ihr stand und wohlwollend-aufmunternd zusah, als ob er darauf hinweisen wollte, dass er mich jetzt da hatte, wo er mich haben wollte.

Die nächste Stunde verging sehr langsam. Draußen wurde es immer heller, und auf der Straße begann sich ein bisschen Lärm zu erheben, Lärm von Leuten, die aufgestanden waren, herumrumorten,

Kaffee kochten und sich fertig machten, um zur Arbeit zu gehen, langsam. Genau so langsam wie mein Gehirn funktionierte.

Bendtsen machte mit denselben Fragen oder Varianten weiter.

»Sie haben Rosenbaum nicht gekannt?«

»Ich hatte ihn nur einmal und für wenige Minuten besucht.«

»Um Stoff zu kaufen?«

»Ich habe Ihnen erklärt, warum: um seine Stimme zu hören.«

»Diesen Telefonanruf könnten Sie selbst erfunden haben.«

»Warum? Um mich in einen Mord zu verwickeln und von der Polizei verdächtigt zu werden? Glauben Sie, es ist mein Hobby, mich in Mordsachen einzumischen?«

»Sie haben Christensen nicht gekannt?«

»Nein.«

»Sind Sie rauschgiftsüchtig?«

»Nein.«

»Warum haben Sie Ihre Stellung gekündigt?«

Sie hatten also bereits mit dem BLADET gesprochen. Ich wurde beschattet. Merkwürdig, dass sie mich nicht gesehen hatten, als ich zum Capital ging.

»Ich hatte den Journalismus satt. Warum, würden Sie sowieso nicht verstehen, falls Sie Ihren Job zwischendurch nicht selber satt haben.«

»Lassen wir meinen Job mal beiseite. Das ist ein Verhör.« Ich seufzte und sah aus dem Fenster. Drüben auf der anderen Seite des Halmtorvet waren die Transportarbeiter dabei, die großen Lastwagen mit tiefgefrorenem Fleisch zu ent- und beladen, das drinnen zerlegt und dann weitergeschickt werden sollte. Wenigstens für das eine Mal wünschte ich, dass ich es wäre, der da mit einer grünen Cecil im Maul und mit morgendlichem Raucherhusten stand und Rindfleisch und Schinkenstücke auflud. In kurzer Zeit, wenn Pause war, würden Sie reingehen und sich das morgendliche Bier genehmigen.

Ich hatte weder was zu trinken noch zu essen bekommen.

Bendtsen machte weiter, bis es draußen völlig hell war. Dann – ich musste ein paar Minuten gedöst haben – war Ehlers plötzlich zurück und sprach ruhig mit ihm, und er verschwand nach draußen. Ehlers sah todmüde aus, ihm konnte es nicht besser ergangen sein als mir. Er sah mich kurz an:

»Sie stehen weiterhin unter Verdacht. Ich weiß nicht, ob wir Sie nicht in Haft nehmen sollten.«

»Nein, hören Sie mal!«, protestierte ich. »Ich habe Ihnen alles gesagt, was ich weiß.«

»Wenn Sie nur nicht mehr wissen …«, sagte Ehlers schnarrend.

»Verdammt nochmal«, sagte ich: »Wenn das ein Verhör dritten Grades ist, dann kommen Sie endlich mit der Streckbank und der Wasserfolter, damit wir das ganze Repertoire endlich hinter uns haben. Ich habe jetzt hier die ganze Nacht gesessen und dieselben zehn Fragen jeweils zehnmal beantwortet. Was kann ich noch tun? Warum zur Hölle quälen Sie *mich*? Warum findet ihr nicht heraus, was da im Capital vor sich geht? Warum findet ihr nicht den Hintermann? Warum zum Teufel ist alles, was ihr könnt, einem armen, gichtbrüchigen Journalisten das Leben aus dem Leib zu schinden?«

»Es gibt zwei Gründe, Sie in Gewahrsam zu behalten«, sagte Ehlers langsam und methodisch, als ob er eine Gesetzesänderung vorlas. »Der eine ist, dass Sie des Verbrechens verdächtigt werden. Der andere – der den ersten nicht ausschließt –, dass es für Sie selbst gefährlich werden kann, auf freiem Fuß zu sein.« Ich hatte keine Lust, so zu tun, als ob ich nicht wüsste, was er meinte.

»Wenn sie mich hätten ermorden wollen«, sagte ich lebhaft, »hätten sie dazu die einzigartige Chance gehabt, als sie Ole Koch erschossen.«

»Das ist es, was mich misstrauisch macht«, sagte Ehlers frei heraus.

Es trat eine lange gespannte Pause ein. Ich versuchte, vom Stuhl aufzustehen. Meine Beine zitterten vor Müdigkeit und Krämpfen. Ich machte ein paar Schritte hin und her über den höchsteigenen Fußboden der Polizei.

Ehlers hatte eine grüblerische Miene aufgesetzt.

Draußen hatten jetzt die Busse zu fahren begonnen. Ich hatte stundenlang demselben Schreibtisch gegenübergesessen.

Nichts war passiert. Hier drinnen war die Welt stehen geblieben. Allmählich begann der Staub über Aktenordnern und Mappen auf den Böden der Regale hinter dem Schreibtisch zu kreisen, als das Licht durch die Fenster hereinkroch. Ansonsten war alles eine unaufhörliche Wiederholung.

»Darf ich nach Hause gehen?«, fragte ich.

»Wir müssen einen Bericht haben«, sagte Ehlers mit methodischer Gnadenlosigkeit. Er war sicherlich ein guter Beamter. Der Steuerzahler müsste eigentlich seine Freude an ihm haben. Er ackerte noch einmal sämtliche Fragen mit mir durch und legte mit einem Seufzer seinen Bleistift hin.

Das Telefon klingelte. Es war Bendtsens quäkende Stimme.

Ehlers hörte ein paar Minuten zu ohne etwas zu sagen, legte den Hörer ohne, »Auf Wiederhören« auf und blinzelte mir zu. Sein Blinzeln war so unmerkbar, dass ich mir nicht ganz sicher war, ob es nicht eine Halluzination aufgrund der Erschöpfung war, aber das gleiche Blinzeln war in seiner Stimme, als er sagte:

»Bendtsen meinte, Sie wären high gewesen. Das waren Sie aber nicht.«

»Das ist für mich nichts Neues.«

Und ich fügte hinzu:

»Ich hatte eher den Eindruck, dass Bendtsen benommen war. Zum Beispiel durch Schlaftabletten oder andere Beruhigungsmittel. Sie wissen ja, es ist als charakteristisch für Tablettenmissbrauch bekannt, dass solche Leute sich in einem fort selbst wiederholen.«

Ehlers lächelte mir melancholisch zu. Er langte nach seinem Telefon. Er bat jemanden zu kommen. Eine junge Dame, groß, schlank und schwarzhaarig, die aussah, als hätte sie die ganze Nacht in einem der Vororte in ihrem warmen und sicheren Bett oder sonstwo gelegen, nahm seinen Notizblock entgegen und ging wieder; wenige Sekunden später begann die Schreibmaschine im Büro nebenan zu klappern, hinter einer Trennwand, die so dünn war, dass es so klang wie monotoner Regen gegen eine von diesen Buden, wie man sie als Junge aus Pappe und Sperrholzkisten baut.

Wieder das Telefon. Ehlers sagte diesmal nichts außer »hm« und »ja« und »habe verstanden«, während irgendeine ruhige Stimme ihm etwas erzählte, das ihn interessierte. Dann legte er den Hörer auf und sah mich an.

»Der Bericht des Arztes bestätigt Ihre Erklärung, jedenfalls vorläufig.«

Ich fragte ihn, wie der ärztliche Bericht das konnte.

»Er ist aus einem Abstand von zwei Metern erschossen worden, mit einem Schuss direkt ins Gehirn. Da Sie einen Meter entfernt in dem Stuhl saßen, von dem Sie vornüber fielen, könnten Sie nur geschossen haben, wenn Sie einen Schritt zurückgetreten wären und danach – nachdem Sie geschossen hatten – sich selbst niedergeschlagen hätten. Sie *könnten* es getan haben, und da Sie wahrscheinlich mit demselben Revolver niedergeschlagen wurden, mit dem Schwartz erschossen wurde, *könnten* Sie den Revolver auf dem Weg hierher, um den Mord zu melden, unterwegs weggeworfen haben.«

»Bendtsen glaubte das«, antwortete ich.

»Es ist auch möglich«, sagte Ehlers »und es war Bendtsens gutes Recht. Kommen Sie mal eben hier herüber!«

Eine Sekunde lang wurde mir schwindlig. Sollte ich jetzt Prügel beziehen? Waren die Bullen so, wie man ab und zu hörte? Ich hatte bisher ziemlich wenige Bullen gekannt.

»Beugen Sie sich nach vorn!«, sagte Ehlers ruhig.

Ich tat es und bekam keinen Knüppel in den Nacken. Ich spürte nur ein paar Finger in meinem Haar wühlen, sanft und eindringlich untersuchend, wie ich es zuletzt nur gespürt hatte, als ich noch mit Helle zusammenlebte.

»Danke«, sagte Ehlers.

Ich setzte mich wieder in den Korbsessel, der mir bald ein alter Freund zu werden schien.

»Nun ja, Sie *könnten* es getan haben ...«. sagte er dann. »Sie könnten es getan haben, vorausgesetzt, Sie wären ein hervorragender Yogi oder Athlet, einer, der seinen Körper wirklich beherrscht, der einen Job in jedem Zirkus bekommen könnte, ein Virtuose, der sich selbst aus einem so flachen und schrägen Winkel von hinten schlagen und die Wirkung so genau berechnen könnte – aber ehrlich gesagt, für so gut in Form halte ich Sie nicht.«

»Aber es gibt eine andere Möglichkeit«, fuhr er fort. »Sie könnten einen Mittäter haben.«

»Ja«, sagte ich. Ich war sterbensmüde. »Ja, ich könnte davon ein Dutzend haben, ich könnte ein ganzes Korps haben, Tausende von Untergebenen, verteilt über die Großstädte in der ganzen Welt, und die warten nur auf das kleinste Zeichen von mir ... Verzeihung, aber lesen Sie bei der Polizei nicht vielleicht zu viele Kriminalromane?«

Ehlers antwortete, mit fast geschlossenen Augen: »Ist es denn unwahrscheinlicher als der Hai? – ›Der Dünne‹, wie Sie ihn nennen?«

Merkwürdig mit diesem Doppelnamen. Ehlers stand außerhalb, er war ein Beobachter des Bezirks, ein Bestrafer des Bezirks, und deshalb nannte er ›den Dünnen‹ den Hai.

Es gab nicht viel zu sagen.

Die schwarzhaarige Dame kam mit drei, vier Bögen Papier, mit Maschine beschrieben, wieder und legte sie Ehlers vor. Sie tat – auf eine äußerst diskrete und höfliche Weise – so, als ob ich überhaupt nicht anwesend wäre. Seit meiner Schulzeit war ich mir nicht mehr in dem Maß wie ein Fliegenschiss auf der Tapete vorgekommen.

Ehlers sah auf die Bögen, reichte sie mir und bat

mich zu unterschreiben. Es war das Protokoll des Verhörs. Es sah okay aus. Ich war nicht in der Stimmung, Romane zu lesen oder Kommafehler zu berichtigen, ich unterschrieb mit schöner, leicht lesbarer Schrift. Ehlers runzelte die Brauen und wünschte mir einen guten Morgen.

»Gehen Sie nach Hause und schlafen Sie sich aus!«, sagte er. »Und seien Sie vorsichtig! Ich weiß nicht, was passieren wird, aber gerade jetzt sieht es ganz so aus, als ob es eine ziemlich heiße Sache ist, nicht zuletzt für Sie. Sie sollten die nächsten paar Tage nicht allzu viel riskieren. Sie wissen, was ich meine.«

Ich wusste es. Ich stand auf, so gut ich konnte, und nahm Abschied von meinem Stuhl.

Ehlers und ich gingen hinaus auf den Gang. Als ich mich von ihm verabschiedete, konnte ich mir nicht verkneifen zu fragen: »Und wann können *Sie* nach Hause und schlafen?«

»Das weiß der Himmel!«, sagte er.

Und dann fügte er, wie nach kurzer Überlegung, hinzu: »Aber die nächste Viertelstunde wird die schlimmste.«

»Warum?«, fragte ich, schon halb aus der Tür, glücklich durch die Erwartung einer Berührung mit der frischen warmen Luft draußen, der Freiheit, die nach einem langen, langen Albtraum winkte.

»Ich muss runter und der Freundin seinen Tod mitteilen«, sagte Ehlers lakonisch.

Nur ein Schwein oder ein Heiliger hätte darauf antworten können.

Ich war keines von beiden. Ich nickte und ging hinaus auf den Halmtorvet.

23

Es war wieder ein warmer Morgen.

Meine Augen drückten, mein Gehirn pochte, meine Beine konnten mich kaum tragen und überall sah ich schon die Geier sitzen. Ich konnte das offenbar nicht aushalten. Wir Menschen sind schon schwache Geschöpfe. Eine Makrele würde sich nicht auf die mindeste Weise so beeindrucken lassen.

Trotzdem atmete ich erleichtert auf. Ich hätte nicht geglaubt, dass ich jemals wieder aus der Polizeiwache rauskommen würde.

Aber jetzt war ich hier, mitten im Straßenleben. Die Schlachtereiarbeiter machten eine Bierpause, die Nutten waren noch nicht in Gang gekommen, bis auf einzelne, die hier und da rumstanden und in den Hausfluren auf eine frühe Gelegenheit warteten.

Ich war nicht diese Gelegenheit.

Rein mechanisch führten meine Beine mich nach Hause. Ich ließ sie. Ich schloss die Haustür auf und fand drinnen im Flur einige Briefe und ein paar Zeitungen. Ich steckte sie in die Tasche und ging hinunter zu Ronnie's, ohne meine Wohnung zu betreten. Ich fühlte mich wie ein echter Sohn von Frankenstein.

Auch ein erschöpftes, untaugliches Geschöpf möchte gerne leben, so ist das Gesetz des Dschungels. Wieder brachten mich meine Beine automatisch von der Stelle – flinke Typen, diese Beine. Ich wollte Kaffee trinken. Ich bin ja so erfinderisch.

Jedenfalls würde mich niemand unten bei Ronnie erschießen.

Als ich beim Kaffee saß, bekam ich Schüttelfrost. Ich saß gerade da und sagte zu mir selbst, dass man nach so einer Nacht seinen morgendlichen Kaffee wirklich verdient habe, als mir mit schmerzhaft leuchtender Klarheit bewusst wurde, dass ich genau genommen nichts verdiente, nicht einen Scheiß. Was hatte ich jemals Gutes getan, das mich zu solch einer Selbstverständlichkeit berechtigte, so ohne weiteres vornehme südamerikanische Bohnen aus weißen Tassen zu trinken? Was hatte ich jemals *irgendjemandem* Gutes getan?

Man könnte sich freundliche Kollegen denken, die aus gegebenem Anlass behaupten würden, besonders in Verbindung mit überwältigender Sentimentalität, dass ich einen ganzen Stoß guter Artikel geschrieben hätte. Danke, danke, aber ich selbst wusste es besser. Und so was ist schnell vergessen. Die Friedhöfe sind mit Leichen von Journalisten gepflastert, die noch vor wenigen Jahren gefragt und beliebt waren.

Ein Menschenleben, bitte sehr. Geburt. Aufwachsen. Schulbesuch. Herumgammeln. Musiker auf Tournee. Frühe Ehe, die kaputtging. Wieder Rumgammeln. Reiseleiter, wie so viele andere, die das Schicksal aus der Bahn geworfen hatte. Journalist, wie so viele andere rastlose Menschen. Wieder verheiratet, mit Helle, kaputt. Zur Zeit freischaffender Zeuge von Morden im Bezirk.

35 Jahre vergeudet, gesteh es dir nur ein. Auf der anderen Seite ist das noch gar nichts, denk nur an alle diejenigen, die 70 Jahre vergeudet haben, warum solltest *du* dich da beschweren?

Nein, absolut nichts, null, das war's, was ich verdient hatte. Plus vielleicht eine bescheidene Erinnerungsmedaille aus Pappe von dankbaren Musikern, für deren Konzerte und Platten ich Geld ausgegeben hatte, bei weitem mehr Geld als die meisten.

Ronnie sah mich verwundert an. Plötzlich wurde mir klar, dass ich laut gesprochen hatte.

»Geht's dir dreckig?«, fragte er, diskret über mich gebeugt, mit der unvermeidlichen Filterzigarette im Mund.

»Tja ...«, sagte ich. »Wie man's nimmt.«

Ich dachte, ich sollte von der Sache mit Ole lieber den Mund halten.

»Du siehst aus, als ob du Urlaub nötig hättest«, sagte Ronnie.

»Zu teuer«, antwortete ich.

Ronnie verfolgte das Thema nicht weiter, und ich blätterte in meinen Zeitungen. Es gab nichts Neues. Ole würde erst am nächsten Tag in Erscheinung treten. Aber alle Journalisten würden jetzt unterwegs sein, die vom BLADET, die von unserer sozialdemokratischen, konservativen, kommunistischen und christlichen Konkurrenz, sie alle zusammen würden draußen sein, mit Notizblöcken und zuckenden Blitzlichtern.

Ich sah Ole wieder vor mir auf dem Hotelbett.

Ich schaffte es bis zur Toilette, bevor ich mich erbrach.

Noch nie hatte meine Post einen so idiotischen Eindruck auf mich gemacht. Ein alter Schulkamerad meinte, es könnte doch ganz lustig sein, wenn die ganze Klasse sich wieder mal treffen würde. Eine Versicherungsgesellschaft bat mich – in meinem eigenen Interesse – zu prüfen, ob meine Versicherungen zurzeit auch auf dem aktuellen Stand wären und meine aktuellen Bedürfnisse berücksichtigten.

Das Finanzamt hatte bei Durchsicht seiner Akten entdeckt, dass ich noch eine Summe schuldig war. Das BLADET teilte in einer Abrechnung mit, dass 4.800 Kronen »zum Abschluss unserer Rechnungsführung« auf mein Konto überwiesen würden. Jens bat mich auf einer Postkarte, baldmöglichst anzurufen.

Das war's. Das war mein Leben. Die Nachrichten des Tages. Die privaten, individuellen Fernsehnachrichten.

Ich sammelte meine Post zusammen. Ronnie und einige seiner unrasierten morgendlichen Kunden sahen mich mit einem gewissen Respekt an. Ich war trotz allem ein Mann mit mindestens fünf Briefen, ein bedeutender Mann.

Als ich nach Haus kam, lief ich Amok.

Zuerst nahm ich meine Briefe und zerriss sie, einen nach dem anderen, in halbe, Viertel-, Achtel- und Sechzehntel-Teile, kleine Fetzen, und dann warf ich all die kleinen Fetzen in eine Schüssel aus der Küche und setzte den ganzen Mist in Brand.

Frag mich nicht, warum.

Damit nicht genug. Ich schickte die Zeitungen den gleichen Weg hinterher und verwüstete dann meine Küche. Da stand ein Stapel Teller! Was zum Teufel sollte ich mit einem Stapel Teller! Wann hatte ich zuletzt einen Stapel Teller benutzt, ich, der ich immer auswärts essen ging und höchstens Gäste auf einen Whisky hatte? Waren das nicht die Teller, die Helle auf unserer Reise nach Paris gekauft hatte, auf der wir uns kennen gelernt hatten? In den Arsch mit den Tellern! Ich sah mich nach einem geeigneten Werkzeug um, einem Wurfgeschoss, das gut in der Hand lag. Mir kam die Idee – die Tassen vom gleichen Geschirr waren dafür sehr geeignet.

Ich schmetterte alle Tassen gegen alle Teller. Ich musste einem Wahnsinnigen gleichen, so wie ich dastand, mit blutunterlaufenen Augen, und Tassen gegen Teller schmetterte, während ich mich gegen die weiß gekälkte Küchenwand stützte.

Mit den Messern und Gabeln konnte ich nichts machen, die waren aus Stahl, aber ich zerschmetterte alle Gläser und alles, was ich an Schüsseln und Schalen finden konnte. Als der Scherbenhaufen allmählich so groß wurde, dass er die Hälfte des Küchenbodens bedeckte, und ich mir gerade den Küchenschrank selbst vornehmen wollte, läutete das Telefon. Ich riss es aus der Wand und schleuderte es hinüber zu dem anderen Plunder. Das stopfte ihm das Maul.

Ich sah mich nach neuen Objekten um. Ich hatte eine sinnlose Wut. Ich lief Amok, und mir war es scheißegal.

Ich schmetterte zwei Stühle gegen die Wand, warf einen Tisch um und wollte gerade die Fensterscheibe mit einem Aschenbecher zertrümmern, als ich das Bedürfnis nach einem Glimmstängel verspürte.

Ich fand einen – und dann setzte ich mich hin, vergaß alles und fing an zu *weinen*.

Ich bin es nicht gewohnt zu weinen, ich weine sonst nicht, ich habe Weinen immer als etwas angesehen, das ich einfach *nicht tat*, genau wie andere nicht rauchen oder kein Fleisch essen.

Aber *jetzt* weinte ich. Wie ein Sturzbach strömten die Tränen aus meinen Augen, runter bis auf die Hosen. Alles um mich her zerfloss. Jeder Laut von draußen hatte aufgehört, die Autos waren weg, die

Rufe über die Straße waren weg, da war nur mein eigenes Weinen, und drinnen in meinem Kopf wurde es sieben, acht Mal verstärkt und wieder ausgestrahlt.

Ich musste raus ins Badezimmer und mir ein Handtuch holen, um wieder aus den Augen sehen zu können.

Auch wenn ich nicht erwartet hatte, einen Operetten-Charmeur zu erblicken, so war ich über mein Spiegelbild doch schockiert.

Ich sah aus, als hätte ich in einer Nacht zehn Kilo verloren und als ob die Kiefer sich nach innen spannten, als ob die Haut zu groß geworden wäre. Aus den Augen, die rot und geschwollen waren, leuchtete der Wahnsinn.

Ich schüttete mir Wasser ins Gesicht, wusch mich, machte mit einer Rasur weiter, wechselte die Kleidung und sah wieder etwas normaler aus.

Dann ging ich durch die ganze Wohnung und bewunderte, was meine Zerstörungswut angerichtet hatte, ging hinaus in die Küche und holte Staubsauger, Besen und Kehrschaufel und begann langsam und sorgfältig, Glas- und Porzellanscherben, Holzstücke und Asche einzusammeln und sie in verschiedene Papier- und Plastikbeutel zu schmeißen.

Ich arbeitete lange, schweigend und verbissen, und währenddessen kam mir die Idee.

Kam ist vielleicht zu viel gesagt. Sie hatte schon in mir drin gelegen und rumort und sich die ganze Zeit vergnügt, wie ein Seehund, der sich im Bassin tummelt. Aber jetzt saß sie ganz vorn im Kopf und stellte sich mit Visitenkarte vor.

Ich wollte Oles Mörder finden!

Ich hatte keine Verpflichtungen und alle Zeit der Welt stand mir zur Verfügung. Ich hatte Ole sehr geschätzt, wenn auch nur kurze Zeit. Er hatte sicherlich seine Fehler, aber wenn man dafür erschossen werden soll, bleiben nicht viele von uns übrig.

Ich verdrängte die Idee einige Male während der Aufräumungs- und Reinigungsarbeiten. Sie kehrte treu zu mir zurück.

Ich fragte mich selbst, warum ich Detektiv spielen wollte. War es wegen der Spannung? War es, weil ich nichts anderes zu tun hatte? *War* es wegen Ole Koch? Oder war es vielleicht eher ein Gefühl, die eine oder andere Art Ehrenschuld zu begleichen, wie nach einem nächtlichen Pokerspiel, bei dem man Schulden gemacht hat und am nächsten Morgen in aller Herrgottsfrühe kommt, um zu zeigen, dass man nicht vorhatte, sich aus dem Staub zu machen?

Ich beantwortete meine eigenen Fragen in der richtigen Reihenfolge. Nein, es war nicht die Spannung, für mich ist Spannung Musik und Sex, nicht Mord. Nein, ich hatte massenhaft zu tun. Ich könnte wieder Artikel schreiben, wenn nicht für das BLADET, so doch für andere Zeitungen, es gab Möglichkeiten genug auf dem freien Markt.

Okay, die letzte Erklärung war die richtige. Es *war* Ole, und es hatte mich an der einen oder anderen Stelle in meinem Innern getroffen.

Ich habe gehört, wenn ich dann und wann mal mit den Leuten sprach, die während des Krieges und der Besatzungszeit hier im Bezirk Widerstandskämpfer gewesen waren, wie lange es bei den meisten von ihnen gedauert hatte, bis sie sich zum Widerstand entschlossen, und wie sie vor den möglichen Konsequenzen zurückschreckten, auch wegen der Familie, und wie es Hoffnung gab auf andere, friedlichere Lösungen, und wie ... Aber fast alle erzählten sie die gleiche Geschichte: Irgendetwas war geschehen, irgendetwas ganz Bestimmtes und Definitives, was sie überzeugt hatte. Einer hatte vielleicht seinen Bruder verloren, ein anderer hatte vielleicht gehört, dass sein alter Meister unter dem Verdacht der Sabotage stand – und plötzlich war die Hemmschwelle jedes Einzelnen erreicht gewesen, und der Betreffende hatte aufbegehrt. Ob diese Grenzschwelle Düppel, Vaterland, Bruder Åge oder Alter Meister hieß, war seine Sache. Die Grenze war da gewesen, und sie war ihnen quer durch Körper und Seele gegangen.

Ich glaube, ich habe das Gleiche hier und da selbst schon mal erlebt. Bei Christensen und Rosenbaum fühlte ich mich nicht mitbetroffen – in einer Großstadt geschehen jedes Jahr zahllose Morde, sie alle konnte ich in meiner knapp bemessenen Freizeit nicht betrauern.

Aber Ole, der mein Freund gewesen war und Musik geliebt hatte, Schizo-Ole, der schizo war, weil er mehr von Musik hielt als von Fließbandarbeit – Ole war meine Grenze.

Ich war sehr ruhig, als ich meinen Entschluss gefasst hatte. Ich kehrte meinen Abfall zusammen und ging damit runter in den Hinterhof – die Menge reichte für dreimal vom vierten Stock runter in den Hinterhof und wieder rauf, und dann noch in dieser Hitze, und dann musste ich auch noch den Kühlschrank wegrücken, um hinauszukommen – aber ich war trotzdem völlig kalt.

Als die Wohnung leer – aber sauber – war, zog ich

mir meine Jacke an und ging hinaus auf die Istedgade ins grelle Tageslicht, bereit, mein neues, seit vielen Jahren einziges klares Ziel zu verfolgen.

24

Ich ging wie mechanisch auf das Haus Saxogade 28 B zu.

Nirgendwo war Polizei. Offenbar hatten sie ihre Arbeit getan. In einem Haus mit lauter toten Bewohnern gibt es wohl nichts Besonderes zu bewachen.

Die Kneipe im Erdgeschoss war geschlossen. Sie hatten allerdings keinen schwarzen Trauerflor an der Tür.

Christensens und Rosenbaums Türschilder hingen schön an ihrem Platz, und beide Türen waren abgeschlossen. Als ich an die Türgriffe fasste, kamen wider Erwarten keine Bullen heraus. Niemand hatte auf der Lauer gelegen und gewartet, dass der Mörder zu dem Ort seines Verbrechens zurückkehren würde. Ich ging rauf in den dritten Stock, Berg. Wenn Ole mit Nachnamen Schwartz hieß, wie Ehlers gesagt hatte, wer war dann Berg? Hanne vielleicht? Oder jemand von den anderen, die »immer da rumhingen«?

Ich klopfte an die Tür, aber niemand antwortete. Ich drückte gegen die Tür, sie ging einfach auf.

Es war keine Menschenseele da.

Selten habe ich so nackte Räume gesehen. Als einziger Schmuck hing der Putz von den Wänden herunter; die Stühle, die herumstanden, hatten riesige, gähnende Löcher in den Polstern, die Gardinen waren zerfetzt, die Teppiche waren verschlissen wie in einem Büro in einem Arbeitsamt.

Ein Bett gab es nicht, dafür eine Sammlung verstreut herumliegender Matratzen, die meisten um einen großen niedrigen Tisch gruppiert, der wie das Zentrum der Wohnung aussah. Auf dem Tisch türmten sich leere Flaschen und volle Aschenbecher, Briefe und Comic-Hefte, Plastikbeutel und Papierzettel. Am Ende stand der Plattenspieler mit einem Lautsprecher an jeder Seite.

Die Wohnung war weitaus kleiner als die Rosenbaums. Hinter dem Zimmer war nur ein kleiner Raum, anscheinend eine Art Schlaf- und Ankleidezimmer. Über Bett, Kommode und Schrank lag Herren- und Damenkleidung wild durcheinander, die meisten Klamotten an den Säumen leicht ausgefranst. Es würde kaum was bringen, sie durchzuwühlen.

In der Küche stand ein Kühlschrank mit Konservendosen, ein paar Flaschen Bier, einigen Eiern und etwas Milch. Die Küche verriet nichts – jedenfalls nicht mehr, als dass die Leute vielleicht nicht so oft zu Hause aßen.

Nicht viel, um weiterzukommen.

Auf dem Weg hinaus sah ich einen Stapel LP's an die Wand gelehnt.

Natürlich konnte ich es nicht lassen, sie mir anzusehen.

Im gleichen Moment aber, als ich mich zu ihnen hinunterbeugte und nach links blickte, erstarrte ich zur Salzsäule.

Denn dort, hinter den Gardinen, der Straße zu, sah ich ein Paar Schuhe.

Für einen Augenblick verlor ich jedes Zeitgefühl. Ich blieb einfach nur stehen. Ich atmete nicht einmal.

Das war die alte Falle, ich hatte sie im Film gesehen. Ich versuchte, mich daran zu erinnern, wie Humphrey Bogart sich aus der Affäre gezogen hätte. Ein Paar spitze, schwarze, italienische Herrenschuhe. Wer steckte da drin? War es ein Gangster, Oles Mörder vielleicht? War es die Polizei auf Posten – nein, dann hätten sie reagiert.

Sollte ich nach vorn springen und auf einen gewaltsamen Angriff vertrauen, oder sollte ich den Gegner angreifen lassen? Sollte man überhaupt angreifen, oder könnte ich vielleicht einfach versuchen, wieder hinauszuschlüpfen – ich wurde beobachtet, zu welchem Zweck?

Während ich mit angehaltenem Atem und auf Zehenspitzen dastand, wie ein Raubtier in Lauerstellung, wurde die Sache ohne mein Dazutun entschieden. Es überkam mich ein plötzlicher, nicht zu bekämpfender Drang: der simple menschliche Drang zu husten. Das mag vielleicht banal klingen, aber Sie kennen meinen Husten nicht. Das ist ein Qualitäts-Husten. Der ist im Laufe von 20 Jahren solide und sorgsam aufgebaut worden, mit 30 Zigaretten am Tag plus unzähligen schlaflosen Nächten, Wagenladungen schwarzen Kaffees, tropfenden Morgen, der regelmäßigen Notwendigkeit zu schreien, den Hals verschleißenden Drogen und nicht wenig Whisky. Der klingt nach was, dieser Husten. Das war der, der die Mauern Jerichos zum Einsturz brachte, *nachdem* die Trompeten aufgegeben hatten, aber die Welt hat ja nie die Wahrheit über diese Geschichte erfahren.

Er brach los. Gewisse Dinge können nicht unterdrückt werden.

Der hinter der Gardine rührte sich nicht. Sie wölbte sich nicht mal ein bisschen.

Plötzlich überlegte ich, ob es möglich wäre, dass man *aufrecht stehend* tot sein könnte. Es gab ja schon so viele Leichen. Warum sollte Schwarz-Spitz-Schnauze-Schuh nicht die vierte sein?

Ich trat vor und riss die Gardine zur Seite.

Es *waren* ein Paar Schuhe.

Ganz allein.

25

Es waren dazu auch noch ein Paar niedliche und gut geputzte Schuhe.

Ich riss mich zusammen und sah mich ein wenig weiter um, ohne etwas zu finden, und als ich wieder nach draußen ging, achtete ich darauf, die Tür nicht zuzuwerfen.

Ich ging rauf in den vierten Stock, wo nichts verändert war. Die Beleuchtung funktionierte immer noch nicht, die Tür war unverändert abgeschlossen, wie zuletzt lagen lauter Werbewurfsendungen im Briefschlitz.

Es gab da etwas an dem Haus, das mich irritierte. Irgendetwas stimmte da nicht. Nicht allein die Todeshäufigkeit, sondern etwas am Gebäude. Es war ein halbes Haus, aber das allein war es nicht. Es war etwas anderes. Es waren die Gänge, die Zugänge. Ole hatte was davon gesagt. Was hatte er doch gleich gesagt? Irgendwas wie rüberlaufen oder durchlaufen vom Capital und nach Hause? »Über den Hof«, »durch den Hof«, oder so was Ähnliches?

Daran dachte ich die ganze Zeit, als ich die Treppe runterging. Es war immer noch nichts zu sehen oder zu hören, als ich durch die Briefschlitze der Wohnungen von Rosenbaum und Christensen spähte.

Dafür gab es etwas im Erdgeschoss. Während ich oben gewesen war, hatte die Kneipe geöffnet, und ein Klirren und Gepolter von Flaschen und Gläsern und Tischen und Bänken war zu hören, so als ob sie eine ganze Kompanie Soldaten bedienten oder möglicherweise eine ganz gewaltige Schlägerei im Gange war. Ich nahm aufrechte Haltung an und trat ein. Mein Freund der Barkeeper, der es als seine Lebensaufgabe betrachtete, sich um *seine* Angelegenheiten zu kümmern und sich nicht in die Dinge anderer Leute einzumischen, stand hinter der Theke und packte alles Mögliche in Kisten ein.

»Ist geschlossen?«, fragte ich.

Er sah mich streng an, so als würde er überlegen, ob er mich erwürgen oder einfach niederschlagen sollte. Dann sagte er höflich:

»Was möchten Sie haben?«

Ich bestellte einen Whisky. Der glatzköpfige Barkeeper im Café Café war ein Mann der Überraschungen.

Er schenkte mir ein, bat um 12.50 Kronen, steckte das abgezählte Geld in die Tasche und fuhr fort, Sachen einzusammeln.

»Entschuldigen Sie meine Neugier«, sagte ich, »aber sind Sie dabei zu schließen?«

»Ja«, sagte er, kurz und knapp. »Ja. Ich glaube, wir machen eine Weile dicht.«

Ich hatte keine Lust zu fragen, *warum*. Ich trank aus und bedankte mich, und der Barkeeper sagte Auf Wiedersehen.

Ich ging hinaus, direkt zur nächsten Telefonzelle, gleich gegenüber der Heilsarmee, und versuchte die Polizei anzurufen. Das Hörerkabel war abgeschnitten. In den Kopenhagener Telefonzellen sind die Kabel meistens abgeschnitten, oder die Hörer sind abgerissen. Mir ist es oft passiert, dass erst die fünfte Telefonzelle, an der ich vorbeikam, funktionierte.

Heute jedoch funktionierte schon die zweite, die in der Cafeteria an der entgegengesetzten Ecke der Istedgade, schräg gegenüber der Saxogade. Ich rief die Polizei am Halmtorvet an und verlangte Ehlers zu sprechen. Ich nannte meinen Namen und sagte nur, dass man im Café Café im Erdgeschoss des Mordhauses dabei war zusammenzupacken. Ehlers bedankte sich kurz. Mehr geschah nicht. Ich legte den Hörer auf und wartete.

Ich schlenderte ein wenig in der Sonne hin und her. Die Hitze kribbelte unter meinen Augenlidern und pulsierte auf meiner Haut. Ich hatte das Gefühl, dass etwas passieren würde, es lag etwas in der Luft.

Ich setzte mich wieder in die Cafeteria, trank Kaffee aus einem Plastikbecher und sah durch die Fensterscheiben hinaus auf die Straße.

Die Nutten waren jetzt draußen, standen nachdenklich an den Straßenecken und betrachteten ihre Strumpfbänder (soweit meine Erfahrungen reichen, sind sie heutzutage die Einzigen, die noch Strapse tragen). Die Hausfrauen waren unterwegs zum Großeinkauf, mit kleineren Kindern im Vorschulalter an der Hand oder auf den Fersen. Hier und dort trieb sich ein Handwerker mit einem Werkzeugkasten herum oder ein Bote kam auf seinem Boten-Fahrrad mit ein paar Kisten voll Waren angefahren. Ein friedlicher, normaler Vormittag, friedlich und normal für viele, sicher auch für die Kellnerin, die in der Cafeteria Kaffee ausschenkte, während sie mit einem ausgelassenen jungen Schweden herumschäkerte, mit einem *sehr* müden Schimmer ganz tief drinnen in den Augen – ihren, wohlgemerkt, nicht des Schweden.

Eine Viertelstunde später kam Ehlers mit einem mir unbekannten – aber sehr breitschultrigen – Kollegen vorbei und ging direkt zur Saxogade 28 B, hinein in den Hof.

Ich trank noch mehr Kaffee.

Wieder eine Viertelstunde später kamen sie wieder raus. Ich war nahe dran, hinauszustürzen und draufloszufragen, aber irgendetwas hielt mich zurück. Ich war kein Journalist mehr. Und der Polizei bester Freund war ich wohl auch nicht.

Während ich dasaß und Kopf oder Zahl spielte, ob ich Ehlers anrufen und fragen sollte oder nicht, kam die kleine glattfressige Ratte Kurt in die Cafeteria.

Wie gewöhnlich trug er eine geheimnisvolle Miene zur Schau, als er sich umsah.

»Hast du *das* gehört?«, fragte er.

»*Was* gehört?«, fragte ich mit vergeudetem Sarkasmus.

»Da ist heute Nacht einer im Capital erschossen worden«, sagte er.

Ich hätte diese Aussage um vieles ergänzen können. Ich begnügte mich damit zu sagen, dass ich Gerüchte dieser Art gehört hätte.

Und dann bekam ich Lust, Kurt auf den Arm zu nehmen, den stets allwissenden Kurt.

»Ja«, sagte ich. »Und das Café – in 28 B – das reimt sich sogar – schließt jetzt.«

»Was, das Schmugglernest?«, sagte Kurt, während er nach einer Zigarette tastete.

Sechsundzwanzig.

»Das Schmugglernest?«, fragte ich.

Er machte sofort dicht und glich zum Verwechseln der Frau eines Dompropstes, der bei einem Wohltätigkeitsbasar ein Wind entwichen war.

Ich ließ ihn nicht entweichen. Ich fragte ihn, was sie schmuggelten.

»Ooch, Zigaretten, Alkohol, das Übliche ...«, sagte er. »Ich hab das bloß so gehört.«

Alles, was Kurt in diesem Leben wusste, war, »was er bloß so gehört hatte«. Er hörte unglaublich viel.

»Es ist bloß die Stelle, wo sie hinliefern ...«, sagte er. »Na ja, ich muss sehen, dass ich weiterkomme. Bis dann!«

Und weg war er, welchem Ziel entgegen, mochten die Götter wissen. Es ist mir immer ein Rätsel gewesen, wovon Typen wie Kurt leben, aber das Eigentümliche daran ist, dass sie Steuerzahlungen und Sozialhilfe gleichzeitig vermeiden können.

Ich fing ihn kurz vor der Tür ab und fragte ihn, ob sie im Café Café Stoff verkauften.

»Nein, zum Teufel. Das ist ein altes Geschäft, du, mein Onkel hat mal für sie geliefert. Nein, es sind nur Zigaretten und Alkohol.«

Er brachte es fertig, dass es völlig respektabel klang, als ob es sich beinahe um eine Art Firma wie die Jütländische Getreide-und Futtermittel-Gesellschaft oder Die Dänischen Zuckerfabriken handelte. Sicherheit, Glaubwürdigkeit und unerschütterliche Stabilität. Rentengesetz.

Ich ließ ihn laufen. Ich stand in der Türöffnung und war nahe dran umzukippen. Es ging auf den Vormittag zu, und ich hatte wenig Schlaf bekommen.

Aber es begann etwas zu geschehen. Es war keine Zeit zum Schlafen.

Ich probierte etwas aus, was ich jahrelang nicht mehr versucht hatte: mir eine Dosis Speed zu kaufen, um mich wachzuhalten.

Ich nahm einen Mietwagen zu einer Stelle, die mir als Zentrum für Speed-Handel bekannt war, das Café Paradies in der Griffenfeldtsgade (clevere alte Hasen kaufen ungern Stoff in dem Viertel, wo sie wohnen). Um die Pinte herum wimmelte es wie gewöhnlich von Dealern in den engen Seitenstraßen, wo jeder einzelne von ihnen jedes graue Gässchen und jeden unansehnlichen Ausgang über die Hintertreppen kannte. Jeder von ihnen hatte einen Hund, und die Hunde bellten und schnappten, während ihre Besitzer aus den Hausfluren sprangen, um ihren grünen Marokkaner, roten Libanesen und schwarzen Pakistaner feilzubieten.

Die Dealer waren selten älter als 30, einige waren unter 20. Viele von ihnen hatten seit einem Monat nicht mehr die Kleidung gewechselt. Verschiedene hatten diese nicht mal ausgezogen gehabt. Viele von ihnen hatten ihren Stoff in den Mantel eingenäht oder in den Schuhen versteckt. Paranoide Pusher – und paranoid werden früher oder später alle Pusher, das gehört mit zum Job – verstecken ihren Stoff an den sonderbarsten Stellen. Ich kannte mal einen Pusher, der seinen Stoff auf dem Assistens-Friedhof versteckte, wo er ihn drei Gräber weiter vom Grab Hans Christan Andersens vergrub.

Aber die Paranoia war verständlich. Jederzeit konnte es eine Razzia geben, die blauen Leuchten der Polizeiwagen konnten aufblinken und der Ruf »Die Bullen« durch die Straßen schallen, und dann musste die Meute sich nach allen Seiten zerstreuen, mit dem unvermeidlichen Resultat, dass in jedem Fall ein paar dünne, verfrorene, arme Typen mit auf die Polizeiwache mussten und sowohl »das Kissen« – ihre Kasse – wie auch den Stoff einbüßten.

Während die Hintermänner sicher und behütet in den Vororten in Villen saßen, zwischen Rosensträuchern, gut beschützt von gut gekleideten und rhetorisch gewandten Anwälten.

Ich war gerade jetzt nicht am *Hasch*-Handel interessiert. Ich öffnete die Tür zum Café Paradies, wobei ich mich entschlossen von drei Hunden und zwei Pushern befreite. Der Geruch war wie gewöhnlich warm und scharf, der Rauch von Hasch zog so stark durch das Lokal, dass schon ein Atemzug reichte, um sich anzutörnen. Junkies jeder Art verkehrten hier und saßen mit vollen Pilsgläsern – ihren Alibis – vor sich da, von denen sie eins pro Stunde austranken. Jeder zweite von denen, die an den Tischen saßen, hatte kleine weiße Briefchen aus Papier, Plastikröhrchen oder Pillenschachteln überall am Körper versteckt, und zwischen ihnen sausten in einem bunten Wirrwarr ihre Schieber und Freunde und Agenten und Kunden in ihrem eigenen komplizierten Ballett hin und her.

Ich begann drüben von der Bar aus, mir einen

Überblick über die Anwesenden zu verschaffen. Es war fast immer jemand da, den man mal gekannt hatte, wenn man lange genug in der Stadt gewohnt hatte, um jemanden zu kennen. Es war fast immer einer von denen da, die einem so fremd geworden waren wie jemand, den man seit zehn Jahren nicht mehr gesehen hat.

Ich fand schnell Kontakt. Ich legte das Geld vor, erhielt ein Röhrchen Preludin und ging sofort wieder.

Auf dem Nachhauseweg wanderte ich in die stahl-blinkende Cafeteria eines Kaufhauses hinein, wo nur geschäftige Hausfrauen und schwatzende Teenager mit Einkaufstüten saßen, Kaffee tranken und Torte aßen. Hier bekam auch ich eine Tasse Kaffee, und mit der spülte ich vier Preludin runter. Ich wartete eine Viertelstunde in der Cafeteria und ging dann runter auf die Straße, mit einer neuen und andersartigen Elastizität in den Gliedern.

Ich ging runter zum Halmtorvet und bat um ein Gespräch mit Polizeiinspektor Ehlers.

Er war noch da.

Ich erzählte ihm kurz, dass ich gehört hätte, dass die Pinte im Erdgeschoss ein Schmugglernest gewesen war, und ich wollte ihm das nur für den Fall erzählen, dass er es nicht wüsste.

Ehlers brummte, nicht ohne eine gewisse müde Sympathie, wie man sie gegenüber störrischen (aber niedlichen) Kindern zeigt:

»Ich glaube, Sie haben Recht.«

Eine Sekunde lang gab es eine Pause.

»Aber«, fuhr er dann fort, wobei er nach seinen unentbehrlichen offiziellen Papieren langte, »das ist keine Erklärung für die Morde.«

»Nein«, sagte ich. »Aber ...«

»Jetzt schließen sie«, sagte Ehlers. »Sie schließen eine Zeit lang, bis sich das hier gelegt hat. Wenn sie umziehen, vergehen vielleicht zwei, drei Wochen, bevor wir ernsthaft wissen, wo sie hingezogen sind ... Wir haben es schon lange gewusst, aber es ist nicht der Wirt oder die Handlanger, die wir haben wollen, es ist der Mann, der dahinter steckt. Ihr Journalisten behauptet immer, wir würden stets nur auf den Kleinen herumhacken, dabei müssen wir oft die Kleinen beschützen, in der Hoffnung, die Großen zu fangen. Das tun wir auch in diesem Fall.«

»Ich glaube, das Ganze ist an irgendeiner Stelle im Hotel Capital versteckt«, sagte ich.

»Die können wir nicht kriegen.«

»Ja aber zum Teufel«, sagte ich. »Wir haben das Haus, das Capital, wo ein Mord geschieht, und auf der anderen Seite des Hinterhofes das Haus 28 B, wo zwei Morde geschehen. Und es gibt Stoff im Capital, und es gibt Alkoholschmuggel gegenüber. Woran zum Teufel liegt es ...«

»Ja«, unterbrach Ehlers: »Woran zum Teufel liegt es, dass es nicht ein einziges Bordell gibt?«

Dieses eine Mal hatte er mir das Wort aus dem Munde genommen.

»Jedes zweite Treppenhaus hier im Bezirk sieht danach aus«, sagte er langsam und wohl überlegt, als ob er mit seiner Hand wie ein Schullehrer mit einem unsichtbaren Zeigestock wippte. »Wir nehmen regelmäßig eine ganze Reihe von Menschen wegen Mittäterschaft an dem einen oder anderen Vergehen fest, aber nie können wir ihre Hintermänner fassen, und das ist es, was wir versuchen. Das erfordert *Beweise*, nichts anderes, nur *Beweise*. Und weil wir Bullen sind, müssen wir an die Beweise auf vollkommen legale Weise rankommen. Sonst kommt Ihr Journalisten uns auf den Hals.«

Ehlers zuckte mit den Schultern und sagte dann abschließend:

»Aber vielen Dank für den Besuch. Wenn Sie was Neues hören, werden Sie ja wohl wieder kommen.«

Ich war auf dem Weg zur Tür hinaus, als ich an das letzte Mal zurückdachte, und fragte:

»Wie hat Hanne es aufgenommen?«

»Sie war nicht überrascht«, sagte Ehlers barsch, »aber sie war sehr traurig darüber. Es geht ihr nicht gut. Sie wurde ins Krankenhaus verlegt. Sie soll auf allmählichen Entzug gesetzt werden.«

Ich nickte und verabschiedete mich.

Es wurde allmählich Abend, und ich trieb mich in den Straßen herum, hin und her in denselben Straßen. In diesen Straßen waren die Morde geschehen, hier hatten sich die Opfer wie auch der Mörder oder die Mörder aufgehalten, hier hatte alles angefangen und hier musste auch die Lösung gefunden werden. Ich streifte hin und her. Ich traf Magic, Bent E und viele andere Bewohner des Bezirks.

Und während ich so hin und her streifte, wurde mir klar, wie ich weiterkommen könnte. Es war etwas nicht astrein mit dem Hotel Capital. Okay: Ich würde die Nacht im Capital verbringen.

Aber man kannte mich zu gut, um bloß ein Einzelzimmer zu bestellen. Wenn ich das täte, würde jemand etwas wittern.

Also war ich gezwungen, so zu handeln wie zuletzt mit Hanne: eine Frau zu finden, um mit ihr die Nacht zu verbringen, sodass niemand Verdacht schöpfen und etwas anderes denken würde, als dass es sich um eine kleine, simple Seitensprung-Affäre handelte. Entschuldbar und erklärlich. Ein tolles Alibi für einen selbst ernannten Schnüffler.

26

Ganz einfach. Man schnappt sich eine Frau und mietet ein Hotelzimmer, und dann schleicht man rum und entdeckt etwas. Ganz einfach, in der Theorie.

Die Praxis ist etwas anders. Wo kriegt man eine Frau her?

Geht man in die Stadt und sucht sich eine zu diesem besonderen Zweck? Ruft man seine Geschiedene an und bittet um ein wenig loyale Hilfe? Mietet man ein Callgirl, damit es natürlich wirkt?

Ich war für so was nicht in der richtigen Stimmung.

Dann kam mir der Gedanke an Barbara, meine kluge und muntere Kollegin, die schwarzhaarige, alleinstehende Barbara, bewunderte Briefkasten-Redakteurin beim BLADET, die für alle ein Rätsel war, mir aber stets eher als die Lösung eines solchen vorgekommen war. Barbara würde mir sicherlich den Gefallen tun, wenn sie konnte. Wir waren die beiden einzigen wirklichen Freunde beim BLADET gewesen, hatte ich oft gemeint.

Ich rief an. Sie *war* zu Hause und hatte die Nacht frei. Ich verabredete mich mit ihr am Hauptbahnhof.

Als ich Barbara sah, wurde ich ganz ruhig. Sie war groß, schwarz, schlank, in Rot gekleidet mit schwarzem Mantel, perfekt. Sie würde bei jedem Vertrauen wecken, egal wie idiotisch das Vorhaben auch sein sollte.

Bevor ich zum Sprechen ansetzen konnte, hatte sie begonnen:

»Beim BLADET summt es wie in einem Bienenkorb. Was zum Teufel hast du Otzen gesagt? Stimmt es, dass du in einen Mord verwickelt bist? *Hast* du ganz gekündigt? Warum hast du mir nichts gesagt?«

Nein, warum hatte ich ihr nichts gesagt? Sie war mein bester Freund.

»Das Ganze ist so verdammt schnell gegangen«, sagte ich. »Aber du, hör mal, ... Wollen wir uns nicht irgendwo reinsetzen ...?«

Und »irgendwo drinnen« – mit der verdammten Ironie des Daseins quer über die Straße, drinnen in einem sommerlich überfüllten Tivoli – erzählte ich ihr alles oder fast alles, schließend mit meinem Verdacht gegen das Hotel Capital und mit dem Wunsch, diesem im Laufe der Nacht hinter die Fassade zu schauen.

Sie lachte und schlug mir vor, mit der Polizei zu sprechen.

Ich gab ihr genau und präzise Rechenschaft darüber ab, wie viele Gespräche ich jeden Tag mit der Polizei geführt hatte.

Sie schüttelte den Kopf und sagte: »Okay ... Ich habe frei, und es macht vielleicht mehr Spaß als Fernsehen. Übrigens bist du total übergeschnappt. Und mich dann noch auf so eine schlitzohrige Art verführen wollen!«

Das Letztere war Spaß. Wir waren wie Bruder und Schwester. Diese Art von Beziehungen entsteht manchmal ganz von selbst.

Wir aßen und nahmen ein paar Drinks, um uns für die Nacht zu rüsten, und während um uns her die alten Damen mit den Tivoli-Dauerkarten huschten, und vorbeigehende Ausländer wehende Wortfetzen englischer, deutscher, französischer und japanischer Konversation durch die Abendluft mit sich trugen, saßen wir da und sahen zu, wie die bunten Lichter angingen und das Feuerwerk vorbereitet wurde, während wir darauf warteten, eine Nacht im Hotel Capital zu verbringen.

Einen kurzen Augenblick lang kam mir unterwegs der Gedanke, dass ich einen Revolver hätte dabeihaben sollen – als ob ich den überhaupt würde benutzen können.

Am Empfang sah ich mich gründlich um. Der, den ich für Oles »Freund« hielt, war nicht da. Es war ein neues Gesicht, ein älterer Herr mit Hosenträgern und einem Zigarillo-Stumpen im Mund. Er sah aus, als ob er aus einem Familienalbum mit Bildern von Großvaters unanständiger Paris-Reise herausgetreten wäre. Er nahm den Stumpen aus dem Mund und wohlwollend meine Bestellung entgegen, während er der rot-schwarzen Barbara lange hinterhersah und mir zublinzelte, in Anerkennung meines wahrlich guten Geschmacks.

Währenddessen studierte ich das Schlüsselbrett und die Postfächer hinter seiner Schulter. Die Nummern gingen von 101 bis 109, das war der erste Stock, der, den ich kannte. Dann von 201 bis 209, und dann von 301 bis 309. Also bis zum dritten Stock. Der vierte war offenbar leer, genau wie im

Haus in der Saxogade. Unglaublich, dass es hier in der Gegend so viele leere vierte Stockwerke gab.

Die meisten Zimmer schienen belegt zu sein, jedenfalls hingen dort keine Schlüssel.

Ich bekam 107, das, wo ich zusammen mit Hanne gewesen war. Jedenfalls nicht 102.

Wir gingen rauf.

Mitternacht war gerade vorbei, und Barbara setzte sich auf das Bett und las eine Sammlung englischer Frauenlyrik (genau die Art von Dingen, die man von ihr erwarten konnte), während sie missbilligend den Mangel an Komfort im Zimmer betrachtete und laut seufzte. So schlimm war es nun auch wieder nicht, ich hatte jedenfalls welche gesehen – und drin gewohnt –, die weitaus schlechter waren. Sie lehnte sich zurück und las.

Ich trat auf den Gang hinaus, ging ganz ruhig den Korridor entlang, ohne irgendetwas zu hören, bog zur Treppe ab und ging durch die zweite Etage, mit dem gleichen Ergebnis, worauf ich dieselbe Prozedur in der dritten wiederholte. Jede von ihnen war gleich konstruiert: neun Zimmer unterschiedlicher Größe, je vier und fünf auf jeder Seite verteilt, zwei extra Badezimmer für die Zimmer ohne Bad, ein Putzraum auf jeder Etage, eine »Personal«-Tür und die gleiche unsaubere grau-grüne Tapete und die gleichen roten Läufer.

Als ich dann wieder vom Korridor aus in den dritten Stock ging – er war genauso auffallend ruhig wie die beiden anderen, anscheinend menschenverlassen, abgesehen von einem erregten Stöhnen und Bettenknarren in 306 – hörte ich laute, dumpfe Schläge über meinem Kopf. Bang, bumm machte es, wie wenn man schwere Dinge verrückt, große, schwere Sachen, die jede halbe Minute denselben regelmäßigen Laut hervorrufen, wie wenn man Kisten stapelt – ja, genau so. Kisten.

Ich ging zum vierten Stock hinauf. Es gab da nur eine Tür. Licht drang durch sie heraus. Eine Stimme fluchte leise, aber sonst sagte niemand etwas. Ich hatte keine Ahnung, wie viele oder wer sie waren.

Ich lehnte mich auf halbem Weg zwischen drittem und viertem Stock an die Wand, damit ich ungesehen in den dritten verschwinden könnte.

Ich wartete lange und hörte mehrere schabende Geräusche, aber sie wurden schwächer und schwächer, als ob die Arbeitenden sich jetzt am genau entgegengesetzten Ende des großen Raums befanden. Das Licht unter der Türritze verschwand. Entweder waren sie jetzt in einem anderen Raum oder sie saßen im Dunkeln. Letzteres war kaum wahrscheinlich.

Ich fasste vorsichtig an den Türgriff. Es war abgeschlossen.

Ich blieb noch eine Viertelstunde stehen, tat so, als ob ich im dritten Stock wohnte und auf der Treppe eine Zigarette rauchte, weil ich nicht schlafen konnte.

Nichts geschah.

Nicht ein Laut. Kein Licht. Und niemand kam raus.

Ich ging wieder runter auf 107. Barbara hatte sich ganz nüchtern für die Nacht fertig gemacht und saß in einem niedlichen Pyjama mit gelben Blumen da; sie glich einem Fotomodell in einer Illustrierten. Sie las immer noch.

Auch hier war nichts geschehen.

Und es gab rauf und runter nur die eine Treppe,

so viel hatte ich festgestellt. Wer auch immer in den vierten Stock raufmusste, war gezwungen, dieselbe Treppe zu benutzen, die ich bewacht hatte. Und die Küchentreppe führte nur vom Erdgeschoss in den kleinen Hinterhof raus, wo sich der Abfall und die leeren Flaschen des Hotels stapelten.

Ich setzte mich hin. Was war das noch gleich, das sich vor kurzem in meinem Kopf festgesetzt hatte, das mit Ole, der mit seinem Stoff »über den Hof« ging. »Über den Hof«? Wenn keine Küchentreppe da war? Ja, aber dann – ja natürlich! Idiot, ich Idiot, Mensch, so teuflisch einleuchtend.

Natürlich, wie immer in diesen halbalten Häusern waren auch hier die Giebel zusammengebaut. Natürlich gab es einen Durchgang vom Capital zu dem ›halben Haus‹ über den Dachboden, das erklärte alles. Von einem leeren vierten Stock an der einen Stelle zu einem leeren vierten Stock an der anderen, und an beiden Stellen gehören einem die drei unteren Etagen, und man weiß, wer dort wohnt. Natürlich. Sinnenbetörend einfach. Nur auf diese Art und Weise ergab es einen Zusammenhang, und deshalb musste es so sein.

Alles war völlig einleuchtend. »Über den Hof« – das veränderte das Ganze.

Es war immer noch niemand heruntergekommen. Zwei Stunden waren vergangen, seit wir gekommen waren.

Ich stieß Barbara sanft an und weckte sie aus ihrem Halbschlaf.

»Lass uns jetzt bloß von hier wegkommen«, sagte ich. »Es gibt keinen Grund dafür, hier hängenzubleiben. Du kannst einen Wagen nach Hause nehmen.«

»Soll ich wirklich auf meine Nacht mit dir verzichten?«, gähnte sie. »Es ist so sinnenbetörend und spannend, dein Alibi zu sein.«

»Es ist für eine gute Sache«, sagte ich.

»Du hast wirklich deine Gewohnheiten geändert«, antwortete sie.

So schäkerten wir friedlich, während sie wieder rot und schwarz wurde; wir packten zusammen, gingen runter und legten den Zimmerschlüssel auf den Tresen. Im Empfang war es leer, und alles sah überhaupt leer aus, obwohl gerade jetzt um zwei, drei Uhr viele Zimmer für eine schnelle kleine Nacht-Nummer zu vermieten gewesen wären.

Sehr merkwürdiges Hotel.

Ziemlich leere Straße draußen. Als ob die Leute früher als man meinen sollte nach Hause gegangen wären.

Ein wenig Lärm aus den Nachtkneipen. Und unter einer gelben Türleuchte um die Ecke zur Istedgade eine Gestalt, die an einem Briefkasten stand und sich vertraulich an diesen lehnte:

Unser beider guter und verständnisvoller Kollege Jens.

27

Ich fasste Barbara hart am Arm und zog sie in einen Nachtkiosk kurz vor der Straßenecke hinein, wo ich sie quer durch das Lokal führte, weg von der Theke, ganz in die hinterste Ecke mit Comic-Heften und pornografischen Zeitschriften, bevor ich flüsterte:

»Jens steht an der Ecke und wartet.«

»Jens?!«, fragte sie. »*Der* Jens? Unser Jens?«

»Genau der«, sagte ich. »Einerseits ist er's nicht wert, dass man ihm begegnet, andererseits ist es nicht gerade geschickt, wenn er *uns* hier um Mitternacht sieht, er wird daraus fünf Jahre lang Storys machen, und außerdem will ich höchst ungern mit ihm reden.«

»Ich auch nicht«, sagte Barbara.

»Wir kaufen uns eine Schachtel Zigaretten und gehen ins Café 18. Das ist nur zwei, drei Blocks zurück«, schlug ich vor. »Vom 18 können wir den anderen Weg herum zur Istedgade gehen oder stattdessen die Vesterbrogade hinunter.«

»Er wird *dich* zu fassen kriegen, wenn du nach Hause gehst.«

»Dann tue ich einfach so, als ob ich betrunken wäre, und bitte ihn, übermorgen anzurufen, nicht zu früh. Ich bin nicht mehr beim BLADET angestellt. Ich bin nicht verpflichtet, kleinen Tintenklecksern gegenüber höflich zu sein.«

»Ha, gefeuert oder nicht, du selber bist und bleibst Journalist. Für immer. Du bist immer Journalist gewesen ...«, sagte Barbara rätselvoll.

Es war keine Zeit, über so was nachzudenken. Wir schlichen uns wieder aus dem Kiosk, verschwanden planmäßig mit dem Rücken zu Jens die Straße hinauf und betraten verstohlen das Café 18. Café 18 war ein führendes Nuttenlokal. Wenn Taxifahrer draußen am Flughafen ausländische Kunden bekamen, die den Fahrer fragten, wo sie »ein Mädchen kriegen könnten«, fuhren neun von zehn Fahrern sie zum Café 18 mit den zerschlissenen Samtportieren, Plüschsesseln und dem Nachtpianisten. Das

Café 18 hatte früher Café Orientale, Café Mystique, Café Blue Heaven und Café Casablanca geheißen. Gott weiß, wie es wieder auf den Boden der Tatsachen und zu dem Namen »18« gekommen war.

Man sah sich ein wenig neugierig nach uns um, als wir eintraten. Das Café 18 ist ein Ort, wo die Leute allein hineingehen und paarweise herauskommen.

Wir fanden eine kleine Nische und bestellten Whisky, während der Nachtpianist auf sein Klavier einprügelte. Als er mit der Präzision eines Geiers mit den Fingern auf die Tastatur herunterstieß und *I Cover the Water Front* intonierte, erinnerte er mich mit all seinem Enthusiasmus an Ole, auch wenn er – schlank und selbstgefällig – ein ganz anderer Typ war.

Ich sah Barbara an, straffte meinen Rücken, trank aus und winkte dem Kellner. So ist das Leben. Der Pianist greift in die Tasten und schlägt ernsthaft seine Klauen hinein, und dann beginnen wir alle zusammen von vorn: bestellen noch einen Drink, zählen das Geld, überprüfen die Prioritäten der Nacht und des Augenblicks und widmen dem morgigen Tag einen freundlichen Gedanken.

Der Pianist brachte es fertig, dass ein paar ältere Herren die Tanzfläche betraten, zusammen mit ein paar der lokalen Damen, die während der letzten Stunde »Champagner« getrunken hatten. Sie würden sich noch wünschen, dass Opa den Krummsäbel etwas schneller hochkriegte, damit sie mit ihrem Job beginnen konnten, aber so unterschiedlich waren nun mal die Bedingungen. Draußen auf der Straße kostete eine Nummer zweihundert, dann aber auch an Ort und Stelle und nicht länger als eine halbe Stunde, alles inklusive. Hier drinnen machte es einen Tausender, dafür vergingen aber drei Stunden damit, so zu tun, als ob man sich zufällig traf und spontan zusammen eine Flasche Champagner (30 Min.) im Plüschsessel genoss, um später ein Tänzchen zu wagen und hingerissen zu sein (45 Min.), bevor man ging, begleitet von dem wohlwollend müden Lächeln des Barkeepers und seinem extra Nicken zu dem Mädchen, das er morgen fragen würde, »wie es gelaufen war«.

»Ich kann nicht verstehen, dass du hier in diesem Viertel leben kannst …«, sagte Barbara.

Barbara wohnte in Ordrup, zusammen mit einem großen Hund, dem Gesang von Vögeln um die Ohren und grünen Wäldern mit kleinen Restaurants der gehobenen Klasse mit Entenleberpastetenmus.

»Manchmal versteh ich es selber nicht«, sagte ich bescheiden.

Das war völlig gelogen. Ich habe immer gewusst, warum. Weil ich in ein Viertel wie dieses hingehöre, in einen total beschissenen Bezirk. Es ist ein schönes Gefühl, wenn man nicht von allem wegläuft.

Aber das zu erklären, würde zu lange dauern.

»Sollen wir abhauen?«, fragte ich.

Wir traten hinaus in die immer noch warme Luft der Nacht.

Wir gingen ein paar Schritte hinunter, bis wir vor dem Hotel Capital waren. Von dort aus sahen wir Jens, der immer noch in der gleichen Stellung dastand.

»Was zum Teufel macht er dort?«, flüsterte ich irritiert.

»Er muss einen Tipp bekommen haben, und zwar einen guten«, sagte Barbara. »Komm mit hier entlang.«

Als ob *sie* fünf Jahre lang Fremdenführerin gewesen wäre, übernahm sie die Führung und nahm mich, mit festem Griff am Arm, wieder den entgegengesetzten Weg mit, auf die Vesterbrogade zu.

Ich rechnete damit, dass sie rauf zum Vesterbros Torv wollte, um ein Taxi zu bekommen, aber stattdessen ging sie mit mir direkt über den Gl. Kongevej zum Sheraton Hotel.

»Was hast du vor?«, fragte ich friedlich.

»Komm jetzt!«, antwortete sie, und ihre Stimme hatte den Klang keinen Widerspruch duldender Autorität.

Ich kam mit. Wir gingen ins Sheraton hinein, in die Bar. Sie bestellte zwei doppelte Whisky zu einem unverschämten Preis – für den gleichen Whisky, der als doppelter im Sterncafé 20 Kronen und im Café 18,30 Kronen kostet, nehmen sie im Sheraton 50 Kronen, dafür sind die Eiswürfel vornehmer geformt und die Weste des Barkeepers ist sauberer – und sagte, sie käme gleich wieder.

Währenddessen trank ich meinen Whisky und dachte darüber nach, warum ich spät in der Nacht immer an den sonderbarsten Orten landete, und ob ich mein letztes Geld dafür investieren sollte, einen Astrologen aufzusuchen, um ein genaues Horoskop zu bekommen, das mir erklärte, *warum*. Es würde trotz allem irgendwie tröstlich sein zu wissen, dass die ausschließliche Ursache dafür eine Konstellation war, derzufolge der Skorpion in einem gewissen Spannungsverhältnis zum Widder im 10. Haus stand.

Barbara kam wieder, in genau den gleichen Farben wie die Bar im Sheraton. Ich glaubte beinahe, sie wäre eine Relief an der Wand.

»Wir wohnen auf 507«, sagte sie und klimperte mit einem großen Schlüssel am Finger. »Jetzt *will* ich schlafen. Ich hab keine Lust, nach Hause zu gehen. Ich muss morgen zeitig zum BLADET und den Briefkasten schreiben. Und hier gibt es jedenfalls ein sauberes Bett und ein ordentliches Badezimmer, und für dich ist es gesund, mal was Neues auszuprobieren!«

Ich war viel zu müde, um zu protestieren.

Wir nahmen den Aufzug und gingen ins Bett.

Sie gehörte nicht mir, ich nicht ihr. Wir liebten uns nicht. Aber auf die eine oder andere Weise verstanden wir uns.

Wir lagen da wie Tiere. Tiere, die in der Nacht daliegen, Tiere, die *jetzt* daliegen und das Morgen nicht kennen. Betrunkene menschliche Tiere, die jedoch genug Kultur und Zivilisation besaßen, ein Zimmer mit hübschem Badezimmer in einem Luxushotel zu mieten, anstatt sich einfach ins Gras umfallen zu lassen.

Wir bumsten nicht, wir *schliefen zusammen* auf die tierischste Art. Obwohl ich tief schlief, war ich mir die ganze Zeit ihrer Atemzüge bewusst, und das war beruhigend. Es war wie ein klares Titelseiten-Dementi all der Morde und all des Mistes, der einen draußen umgab.

Ich weiß nicht, wie viel Zeit vergangen war, aber als ich aufwachte, war ich immer noch das Tier, das eingeschlafen war, und das Tier tat, was Tiere in einer solchen Situation tun: Es beugte sich über sie, kroch auf sie und in sie hinein. Und sie schlief weiter und reagierte ihrerseits ganz wie ein Tier: machte Platz. Wieder und wieder.

Seit fünf Jahren kannten wir uns. Fünf Mal warf ich mich auf sie und spürte die Geschmeidigkeit ihres Körpers, seine Weichheit, seine pantherartige Stärke.

Danach fiel ich wieder in Schlaf.

Sie weckte mich und sagte, es wäre zehn Uhr, sie müsste zum BLADET.

Frauen haben dieses Talent, immer aufzuwachen.

Ohne ein Wort zu sagen, sahen wir uns im Vormittagslicht an. Ohne ein Wort, aber mit großer Zärtlichkeit. Als wir durch die Straßen gingen, hielten wir uns an der Hand, wir traten in eine bleiche Morgen-Kneipe und tranken ein kaltes Bier in einer ähnlich still stehenden, schwülen Luft wie der, die in der Nacht in unser Hotelzimmer gedrungen war.

Wir trennten uns am Vesterbros Torv, sagten Hand in Hand Auf Wiedersehen, fühlten gleichzeitig, dass wir uns küssen müssten, und taten es. Wir umschlangen uns und fühlten beide die Gewissheit, dass wir uns auf diese Weise nie mehr sehen würden.

Dann, nachdem ich mich nach dem letzten Winken umgedreht hatte und mich entfernte, hörte ich, wie sie hinter mir hergelaufen kam. Ich wusste es, auch wenn ich ihr den Rücken zukehrte.

»Da ist nur eine Sache, die ich dir erzählen wollte«, sagte sie. »Ich glaube, Jens ist wegen dieser Geschichte da hinter dir her. Damit du aber nicht was missverstehst, muss ich dir erzählen, dass Jens und ich uns in letzter Zeit näher gekommen waren – wie man so schön sagt.«

Ich war so verblüfft, dass ich fast zur Salzsäule erstarrte. Der Gedanke war völlig idiotisch.

»*Du* – und Jens?«, brach es aus mir heraus.

»Ja«, sagte Barbara mit ihrer charakteristischen kühlen Klarheit. »Allein und stark zu sein ist nicht immer ein Vergnügen. Jens war sehr hartnäckig. Ich weiß nicht, es war wohl so was wie ein Experiment. Es war nur einmal, ich konnte ihn faktisch nicht ertragen, er verursachte mir Kälteschauer, sein Körper war kalt wie eine Kröte. Aber wir aßen ein paar Mal zusammen zu Mittag, und ich versuchte, ein einigermaßen passendes Ende zu finden – du weißt, um nicht zu viel Ärger beim BLADET zu kriegen.«

Ich wusste, was sie meinte. Interne Eifersucht macht jede Zeitung kaputt, genau wie jede Band und jedes Theater.

»Es ist vorbei«, sagte sie. »In Wirklichkeit war es schon vorbei, bevor es überhaupt begann. Es war reine Langeweile. Aber ich war der Meinung, dass du es wissen solltest. Ich bin sicher, dass du von ihm hören wirst.«

Ich dankte ihr geistesabwesend, und sie ging zum BLADET, um sich um ihren Briefkasten zu kümmern, der, wie die Verlagsleitung behauptet, jeden Mittwoch und Samstag die Hälfte unserer Auflage verkaufen hilft.

Barbara war eine sehr ehrliche Frau. Auch vor ihr habe ich sehr ehrliche Frauen gekannt.

Und je mehr ich kenne, desto mehr ziehe ich die leicht verlogenen vor. Es sind diese ehrbewussten, ehrlichen Menschen, die uns anderen das Dasein so verdammt schwer und vieldeutig machen.

28

Als ich »zu Hause« war, fühlte ich mich genau so wie eine Spielfigur beim Mensch-ärgere-dich-nicht, die zigmal auf dem Spielfeld hin und her geschoben worden ist und endlich ihr Zielfeld mit der eigenen Farbe, ihr »Zuhause«, erreicht und *fertig ist.*

Ich sammelte die Post auf und ging in die Küche, um mir Kaffee zu kochen, bis ich merkte, dass ich ja keine Tassen mehr hatte.

Aber wir leben ja im zwanzigsten Jahrhundert. Ich genoss meinen Plastikbecher-Nescafé, während ich die Zeitung las.

Das BLADET hatte nicht gerade wenig aus Oles Geschichte herausgeschlagen. Er war auf der Titelseite, und im Innenteil der Zeitung wurde er in einer längeren Reportage – von Jens – als »ein junger Mann« beschrieben, »dem das Leben sich von seiner härtesten Seite gezeigt hatte«. Jens vergoss auf dieser Seite eine Menge Schleim, ich dagegen wurde überhaupt nicht erwähnt, da stand nur, dass »gleichzeitig ein Freund von Ole Schwartz niedergeschlagen worden war«. Es war nett von Ehlers, dass er so diskret gewesen war. *Falls* es das BLADET nicht selbst gewesen war – es war ja trotz allem nur wenige Tage her, dass ich noch Mitarbeiter gewesen war, und von den Lesern erinnerten sich sieben vielleicht immer noch an meinen Namen.

Aber, nein: Auch in den anderen Zeitungen war meine Teilnahme an den Feierlichkeiten nicht erwähnt, und immer noch rief die Affäre ein geringeres Echo in der Presse hervor als ich eigentlich erwartet hatte. Es handelte sich überhaupt nicht um Saxogade 28 B, die generelle Überschrift war »Mysteriöser Hotelmord«. Das Hotel Capital war allerdings mit richtigem Namen erwähnt.

Allen Zeitungen gegenüber hatte Ehlers – zweifellos mit Pokerface – im Namen der Polizeibehörden verlautbaren lassen, dass die Polizei verschiedene Spuren verfolgte, dass man innerhalb der nächsten Tage eine vollständige Aufklärung erwartete und dass man in der Zwischenzeit von jedermann Informationen begrüßen würde, die mehr Licht in Ole Schwartz' eigentümlichen Todesfall bringen könnten.

Die konservative Zeitung brachte zugleich einen Kommentar, aus dem hervorging, wie Ole Schwartz' Tragödie nur ein weiteres Resultat der neuen, missverstandenen, liberalisierenden Tendenz war, mental geschädigte Internierte zu früh zu entlassen. Es sollte anscheinend bedeuten, dass sie dadurch bloß ermordet wurden.

Ich musste wohl besser Ehlers über die Ereignisse der Nacht Bericht erstatten. Ich griff nach meinem leicht verwüsteten Telefon, befestigte es am Anschluss in der Wand, bekam einen leichten Stoß, merkte aber, dass es funktionierte, und wählte die Nummer der Polizei. Ich bekam ihn sofort zu sprechen, und ohne überflüssiges Gequatsche sagte ich:

»Ich bin mir sicher, dass es einen Durchgang zwischen dem vierten Stock über dem Hotel Capital und dem vierten, leer stehenden Stock in der Saxogade 28 B gibt. Das muss der Schmuggelweg sein.«

Ich erzählte ihm von den Männern, die in der Nacht bei Licht Kisten verrückt, das Licht gelöscht und zwei Stunden lang nichts von sich hatten hören lassen.

»Danke«, sagte er kurz. »Ich werde das untersuchen.«

In der morgendlichen Post befand sich nichts Besonderes. Außer der Rechnung für die Miete und einer Aufforderung zur Unterstützung des Kinderhilfstages bestand sie aus einem Telegramm: RUF SOFORT AN. JENS.

Ich bewahrte nur die Mietrechnung auf.

Dann rief Barbara an »Hallo, Honey«, sagte sie. »Denk dir, ich bin heute Vormittag auf dem Weg zum BLADET *zweimal* angegrabscht worden – das erste Mal von einem Schweden, das zweite Mal von einem Deutschen. Was für ein Viertel! Aber du warst ja heute Morgen ganz schön feurig – das stand dir gut!«

»Hej«, sagte ich.

»Ich wollte dir sagen, dass ich versucht habe, unsere Archive nach den Stellen durchzustöbern, von denen du gestern sprachst, und nach den Menschen, die du erwähnt hast. Ich habe von allem, was wir haben, Kopien angefordert. Ich ruf dich später an, falls was Interessantes dabei ist. Wenn du nicht zu Hause bist, dann ruf mich bis Mitternacht hier beim BLADET an. Bis dann.«

Ich konnte es direkt vor mir sehen: Das war heute ein Zuhause-Tag, musste es werden, ein Tag, an dem ich nicht auf Tour sein und versacken würde, ein Tag, an dem ich am Telefon sitzen und mit einem kühlen Drink in meinem Sessel Nachrichten hören würde. Es schien mir ein guter Plan zu sein.

Ich hörte mir ein paar Platten mit Country & Western an, und allmählich, als die Sonne sich durch die Fenster auf die Strohteppiche warf und die Stahlgitarren im ganzen Raum zu zerschmelzen begannen, ging es mir richtig gut.

Dann läutete wieder das Telefon. Es war Helle.

»Ich mache mir Sorgen um dich.«

»Das ist nett von dir.«

So kurz könnten wir es gemacht haben, es war, wie es war, aber es dauerte eine Viertelstunde, um so weit zu kommen. Je besser man die Leute kennt, desto schwerer ist es, mit ihnen eine klare Sprache zu sprechen.

Außerdem wusste sie, wie es mir ging, wenn ich Country & Western spielen ließ.

Fünf Minuten danach rief Barbara wieder an, mitten in *Sweet Dreams*. Sie summte einen Moment lang mit, dann sagte sie:

»Nichts Neues, fürchte ich. Ich habe die Häuser überprüft. Das Capital gehört der Firma Capital GmbH, Direktor Manuel Thomsen, und die Saxogade 28 B der Capital Invest GmbH, Direktor Manuel Thomsen.«

»Ja, der ›Schwarze Manuel‹«, sagte ich. »Das sagt Ehlers auch. Er sagt auch, dass das nichts beweist.«

»Warte einen Moment, Honey«, sagte Barbara. »Da ist noch was. Eine GmbH muss mindestens drei Vorstandsmitglieder haben. Und das ist bei beiden der Fall.«

»Wer?«, fragte ich, den Block bereits auf dem Knie.

»Direktor Manuel Thomsen, Gasværksvej 15, 1656 Kopenhagen V...«

»Sein Intim-Club«, brummte ich.

»Nein«, sagte Barbara, »ist das ein Intim-Club? Erstaunlich, worüber du alles Bescheid weißt! Ich hoffe, du wirst mich mal dahin mitnehmen.«

»Wer sind die anderen?«, fragte ich.
»Frau Emilie Thomsen, ebenda«, erklärte Barbara. »Und Revisor Thorkild Bomholtz.«
»Danke«, sagte ich.
»Nichts zu danken. Ruf später an. Sonst rufe ich an. Tschüs!«, sagte Barbara geschäftig. Sie war sicher gerade mitten bei ihrer Arbeit an einer Briefkasten-Doppelseite.
Es vergingen zwei Minuten, dann läutete das Telefon wiederum.
Diesmal stoppte ich den Plattenspieler.
Es war Ehlers.
»Ich hoffe«, sagte er, »Sie haben gesehen, dass wir Sie aus der Sache rausgehalten haben, was das Hotel Capital angeht.«
»Dafür bin ich Ihnen dankbar«, warf ich ein.
Das war nicht mal gelogen.
»Aber trotzdem«, fuhr Ehlers unbeeindruckt fort, »trotzdem sind wir den ganzen Tag lang von einer bestimmten Zeitung, Ihrer eigenen, mit Telefonanrufen bombardiert worden, und von einem einzelnen Journalisten – einem gewissen Herrn Jens Lund. Und dieser Jens Lund tut so, als ob er eine Menge darüber weiß, was geschehen ist.«
Natürlich. Jens trieb sich im Viertel herum. Er rief die Polizei an. Er sah sich um. Er sammelte Getratsche zusammen. Er »sammelte Stoff«.
Ich fragte Ehlers, ob es eine Passage zwischen dem Capital und Saxogade 28 B gebe.
»Es gab eine, und es gibt sie noch«, antwortete er lakonisch. »Ich habe den Inhaber des Hotel Capital, Manuel Thomsen, zu einem Verhör bestellt. Er war nicht da, aber er soll sich sofort melden. Es gibt einen großen Dachboden über dem Hof zwischen den

Häusern. Die Wohnungen auf beiden Seiten stehen leer. Der Staub zeigt, dass dort regelmäßig große Sachen hin und her geschoben worden sind, aber sonst nichts, und seitens des Hotels behauptet man, dass man dort oben ein Lager hatte, das aber jetzt in den Keller verlegt worden ist. Da ist nichts zu finden. Wenn da was gewesen ist, so ist es sicher in der Nacht, in der Sie dort waren, entfernt worden.«

»Es kann sein«, fügte er hinzu, »dass Sie als Zeuge gegen Manuel Thomsen bestellt werden – um zu bestätigen, dass Sie gestern Nacht oben auf dem Dachboden Menschen gehört haben.«

»Okay«, sagte ich, und wir trennten uns ohne Tränen.

Ich legte den Hörer auf und steckte mir eine Zigarette an.

Kaum hatte ich sie zum Glühen gebracht und den ersten Zug getan, als es an der Tür schellte.

Ich erstarrte und hielt den Atem an. Ich hatte kein richtiges Zutrauen zu dieser Tür. Gewöhnlich bekomme ich nämlich keine Gäste.

Es schellte wieder.

»Mach auf!«, schrie eine Stimme.

Sie war verstellt, verzerrt, verdreht, aber ich erkannte sie dennoch wieder.

Es war die Stimme von Jens.

29

Es gab kaum eine Stimme, die ich weniger gern wiedererkannt hätte. Ich fluchte heftig und herzhaft, sagte all die bösen Schimpfworte, die ich kannte, jeweils dreimal, und ging dann raus, um die Tür aufzumachen.

Jens *trat* nicht herein. Er taumelte, er schwankte, er *fiel* vornüber. Erst als ich ihn packte, sah ich, dass seine grau-blaue Jacke rot von Blut war.

»Ich bin angeschossen worden«, japste er. »Ich bin hier raufgeflüchtet. Wurde auf der Straße getroffen. Ruf die Polizei an. Hol den Rettungswagen.«

Ich war ein wahrer Gentleman. Ich sagte kein böses Wort zu Jens. Ich legte ihn auf mein Bett, und so effizient wie ein Anwaltssekretär mit 15.000 im Monat rief ich Ehlers an und bat ihn, sofort für ärztlichen Beistand zu sorgen, wobei ich hervorhob, dass Redakteur Jens Lund nach einem Mordversuch in meiner Wohnung Asyl gesucht habe.

Sobald Jens hörte, dass die Nachricht abgesetzt war, schien er sich etwas zu beruhigen. Er jammerte immer noch, und das Blut sickerte in einem dünnen Rinnsal seine Jacke hinunter. Die war sowieso schon hässlich genug.

»Ich bin gleich unten an der Ecke angeschossen worden«, sagte er. »Ich hielt heute Nacht Wache da unten, unten beim Capital, deswegen wohl. Ich hatte eine Spur. In der Nacht ging ich nach Hause, aber als ich dann zurückkam, müssen sie mich wiedererkannt haben.«

Er hustete.

Ich benutzte die Gelegenheit, um ihm eine Frage zu stellen:

»Hast du was rausgefunden?«

»Ja«, sagte Jens. Er spuckte auf den Fußboden.

»Was?«

»Manuel Thomsen ist der Besitzer vom Hotel Capital.«

»Das wissen wir alle schon.«

»Wisst ihr dann auch alle, mit wem der, der vorige Nacht starb, zusammenwohnte?«

»Von wem sprichst du?«

»Ole Schwartz, der Koch, der ermordet wurde ...«

»Ich habe deinen Nachruf gelesen.«

»Schwartz hatte eine Freundin, eine gewisse Hanne Berg ...«

Gut, gut, Hanne *war* mit Berg identisch.

»Und Hanne Berg ist die Tochter von ...«

Jens röchelte hohl. Ich wusste sehr wohl, dass er nicht sterben würde, alles nur Show von ihm. Es sind Leute wie Ole Koch, die sterben, nicht solche wie Jens. Die werden mindestens 60 Jahre alt und bekommen den Ritterkreuz-Orden für loyalen Umgang mit dem Königshaus, ungeachtet dessen, was sonst noch in der Welt geschieht.

»Tochter von wem?«, fragte ich geduldig.

»Die Tochter vom ›Dünnen‹. ›Der Dünne‹ heißt Victor Valentin, und den Namen tragen seine jetzigen Kinder, aber sie ist die Tochter aus einer Affäre vor seiner ersten Ehe, die vor über zwanzig Jahren aufgelöst wurde. Sie wurde zur Adoption nach Vejle weggeben, es gab eine Menge Gerede darüber ...«

Meine Stimme klang wie in einem Spezialeffekt-Echoraum, als ich ihn fragte, woher er das wüsste.

»Erkannte sie wieder … Hab sie mal vor langer Zeit gekannt … Ich bin selbst aus Vejle, sind zusammen zur Schule gegangen …«

Seine Stimme versagte, als er das sagte. Ich hörte nur die letzten Silben, irgendwas mit »… Bakke-Schule« und III X B.

Entweder wurde er ohnmächtig oder er fiel in Schlaf.

An meiner aktiven Tür schellte es. Drei Bullen, angeführt von Ehlers, und zwei bebrillte junge Männer in strahlend weißen Kitteln.

Ich führte sie hinein. Ehlers sah sich kurz und neugierig um, ohne eine Miene zu verziehen. Die beiden anderen Bullen stellten sich in die Türöffnung und blieben abwartend stehen, bewegungslos wie Statuen, die Hände hinter dem Rücken verschränkt. Die beiden Weißkittel gingen zu Jens hin.

Die Stille war bedrückend. Ich benutzte die Gelegenheit, Ehlers in das einzuweihen, was Jens mir erzählt hatte.

Er zog eine grimmige Grimasse und fragte, ob er mein Telefon benutzen könnte.

Im selben Augenblick bat mich einer der Weißkittel zu helfen, Jens aufzurichten, und so konnte ich nicht hören, worum es bei Ehlers Telefonat ging. Er kam wieder herein, gerade als Jens zwischen den schmächtigen, aber soliden Schultern der beiden Krankenhelfer untergebracht war.

»Nun?«, sagte Ehlers.

»Ohnmächtig«, sagte der eine von ihnen, der ein kleines bisschen größer als der andere war. »Ohnmächtig, und Blutverlust, wird aber morgen wieder in Ordnung sein. Ein Revolverschuss. Ziemlich nahe dran, aber nicht nahe genug.«

»Okay«, sagte Ehlers. »Niemand darf das Zimmer betreten!«

Sie nickten stumm und trugen Jens hinaus, die Treppen runter.

Die beiden Mitarbeiter von Ehlers standen immer noch steif wie Säulen da.

Ehlers ging zu ihnen hin. Auf dem Weg drehte er sich zu mir um und sagte, verzerrt, als ob er einen Tabakkrümel zwischen den Lippen ausspuckte: »Hätten wir das bloß gewusst!«

»Gewusst was?«

»Dass sie die Tochter des Hais ist«, antwortete er. »Sie wurde vor einer Stunde auf freien Fuß gesetzt. Sie wollte nicht länger in der Klinik bleiben, und wir hatten kein Recht, sie zurückzuhalten.«

»Die Arme!«, sagte ich unwillkürlich.

»Was meinen Sie damit?«, fragte Ehlers scharf.

»Dass sie die einzige noch lebende Bewohnerin von Saxogade 28 B ist. Das wird ein ziemlich ruhiges Mittsommerfest im Hinterhof werden.«

Ehlers blickte barsch und zugeknöpft drein. Er sah aus wie ein Mann, der so viel abgekriegt hatte, wie er ertragen konnte – und der, bevor er das zugeben würde, trotzdem eher noch mehr auf sich nehmen wollte.

»Wenn Sie was von ihr hören, dann sagen Sie Bescheid ...«, sagte er. »Auf Wiedersehen.«

Er und seine Adjutanten gingen.

Aber mit meiner Gemütlichkeit war es aus, und mein seltenes Vergnügen, nur so zu Hause dazusitzen und auf mich selbst aufzupassen, war in Atome zersplittert. Da war im wahrsten Sinne des Wortes Blut auf der Matratze.

Dann rief Barbara an.

»Hey, Honey«, fing sie munter an. »Gibt's was Neues?«

Ich erzählte ihr von Jens' Schicksal.

»Das muss ich hier in der Redaktion erzählen«, sagte sie.

»Lass es sein«, bat ich. »Sprich in jedem Fall zuerst mit Polizeiinspektor Ehlers.«

»Otzen *muss* es erfahren«, meinte sie. »Jens war ja aus beruflichen Gründen unterwegs. Er sollte die Story heute Nachmittag hier abliefern.«

Und mit langsamer, schnarrender Betonung, einzeln buchstabierend wie einer der langsamsten und schleppendsten Zehn-Wörter-in-der-Stunde-Provinz-Fernsehnachrichten-Sprecher, sagte sie:

»Er sollte ein Feature über den ›Hintergrund für die Morde im Istedgade-Viertel‹ für die Samstagsausgabe schreiben. Sie haben zwei Seiten für ihn freigehalten.«

»Er dürfte kaum in der Lage sein, die zu schreiben.«

»Sie sind einkalkuliert. Willst *du* sie schreiben?«

»Dann wäre ich lieber Fernsehkritiker beim Nærumer Tagesanzeiger. Sag ihnen, sie können es vergessen. Die Medizinmänner glauben nicht, dass er in den nächsten 24 Stunden zu sich kommt.«

»Findest du vielleicht, dass das ein Verlust ist?«

»Du solltest deinen früheren Liebhabern gegenüber nicht so gehässig sein. Wenn du heute so was über *ihn* sagst, was wirst du dann in einer Woche über *mich* sagen?«

Sie legte schnell auf. Sie war wunderbar gewesen,

an dem Abend, in der Nacht – und am Morgen. Ein Wunder von einem Körper, einer Frau und einem Kumpel. Es gab nicht viele Frauen, die ich so sehr respektierte.

Doch, Helle vielleicht. Vielleicht würde ich Helle genauso sehr respektieren. Wenn wir nicht verheiratet gewesen wären. Solche Dinge sind es, die das allgemeine menschliche Vertrauen zerstören.

Weiter war ich nicht gekommen, als sie wieder anrief.

»Hör zu«, sagte sie »ich glaube, es ist an der Zeit, dass wir diese Sachen über Herrn Manuel Thomsen untersuchen.«

»Recherchiere über ihn!«, sagte ich.

»Im Archiv tun sie, was sie können«, sagte sie, »aber jetzt hör mal zu: Ich hab da eine gute Idee. Heute Abend lädst du mich zur Live-Show in seinem Club im Gasværksvej ein, und dann werden wir sehen, was wir rauskriegen können. Wir können genauso gut selbst nachforschen.«

»*Wir?*«, sagte ich.

»Ich fühle mich persönlich betroffen«, sagte Barbara. »Da gibt es anscheinend eine Verbrecherbande in der Stadt, die sich vorgenommen hat, alle meine Liebhaber auszurotten.«

»Viele Frauen würden dich darum beneiden«, sagte ich, und das war nicht nur so dahergesagt. »Daraus ergeben sich für dich mehr neue Möglichkeiten als für die meisten.«

»Ich bin ein sentimentaler Mensch«, antwortete Barbara.

Wir verabredeten uns für 22 Uhr bei mir, um dann die seelengefährdende und verderbte Live-Show des Schwarzen Manuel zu besuchen. Barbara wollte alles mitbringen, was sie und das Archiv in der Zwischenzeit über Manuel und verwandte Themen herausgefunden hatten.

Aus dem einen oder anderen Grund fühlte ich mich danach verpflichtet, Jens' Blut von meiner Matratze abzuscheuern. Dazu brauchte ich eine geschlagene halbe Stunde, und es sah so aus, als ob es mir nur zum Teil gelingen würde.

Trotzdem versuchte ich es. Ich legte Pink Floyd auf, und es fing an zu wirken, das heißt, die Stadt draußen hatte zu fließen begonnen, der Verkehrslärm hatte begonnen, wie das Mittelmeer am Nachmittag zu klingen, meine 60-Watt-Leuchtbirnen an der Decke waren dabei, sich in eine Sonne zu transformieren, und die Welt weitete sich und fühlte sich an wie ein nasser Schoß. Das lag zum Teil an Pink Floyd, das wusste ich, aber die Hitze und Barbara hatten auch ihren Anteil an dem Ergebnis.

Dann, gerade als ich auf *The Dark Side of the Moon* war und die ganze Wirklichkeit sich aufzulösen begann, läutete das Telefon wiederum, und als ich, 2500 Lichtjahre entfernt, den Hörer abnahm, sagte eine merkwürdig bekannte Stimme:

»Hier ist Hanne. Du musst mir helfen. Ich steh unten an der Ecke. Ich komm gleich rauf.«

30

So ist es halt nun mal. Da können Wochen vergehen, wo keine Menschenseele einen sehen will, und plötzlich ist dein bescheidener Wohnsitz

»in« geworden, ein Ort, wo man wegen verwundeter Journalisten wie auch hinterlassener Witwen vorbeischaut.

Es war 17.30 Uhr, das konnte ich von der Straße her hören, der starke Verkehr hatte aufgehört. Aus den vielen engen Treppenhäusern um mich herum fingen gerade die Abendessen an zu duften. Frikadellen, Kartoffeln und Schweinekoteletts kämpften darum, sich durch die Fenster hinaus und runter in die heiß gewürzte Luft der Straße zu schleichen.

Zwei Minuten später war Hanne da. Ich machte auf und stutzte einen Augenblick. Sie war kleiner, als ich sie in Erinnerung hatte, sie war ein kleines Mädchen, ein Mädelchen, schwarzhaarig, mit Schmollmund. Sie sah ganz verloren aus und begann sofort mit Erklärungen, als ob es wichtig war, *alles* zu sagen, wie ein manisch veranlagter Mensch:

»Ich verreise jetzt. Mein Zug geht in einer halben Stunde vom Hauptbahnhof, ich habe die Fahrkarte schon gekauft, siehst du!«

»Wo fährst du hin?«

»Ich habe Angst. Ich fahr nach Vejle. Meine Eltern wohnen in Vejle. Sie haben da ein Haus. Ich kann bei ihnen wohnen. Sie waren damals nicht begeistert, als ich nach Kopenhagen ging. Sie werden froh sein, dass ich zurückkomme – und dass ich darüber hinaus nicht schwanger bin!«

Letzteres setzte sie mit einem Anflug von Humor hinzu.

»Du hast Angst?«, sagte ich, während ich ihr eine Zigarette gab.

»Ja. Ich wusste, es würde was passieren, ich wusste bloß nicht, was. Ich wusste, dass zwischen Ole und dem Rosenbaum was im Busch war, und als *der* dann ermordet wurde, bekam ich's mit der Angst zu tun, verlor den Kopf. Ich ging zur Polizei, um sicher zu sein. Es war vielleicht meine Schuld, dass Ole erschossen wurde, glaube ich.«

»Wie meinst du das?«

»Weil ich den Kopf verlor und zur Polizei lief. *Sie* haben wohl geglaubt, dass ich gequatscht hätte und alles wüsste, und dann haben sie vielleicht aus dem Grund Ole erschossen.«

Das ergab für mich keinen Sinn. Aber es gab etwas anderes, was mir am Herzen lag. Jens und Ehlers hatten gesagt, sie wäre die Tochter ›des Dünnen‹.

Ich fragte sie geradeheraus.

»Meinen Vater habe ich nie gesehen, und meine Mutter ist tot. Ich habe immer bei den Bergs gelebt, die mich in Vejle adoptierten. Sie sind Lehrer. Sie sind meine Eltern. Mir ist es völlig egal, wer mit wem gebumst hat und dass ich dabei herausgekommen bin, *sie* haben sich jedenfalls um mich gekümmert. *Sie* interessieren sich dafür, wie's mir geht, das haben andere nie getan.«

»Oh, ich hasse das hier!«, sagte sie mit Nachdruck. »Hier ist alles so *schlecht*. Wie könnt ihr hier leben? Wie *könnt* ihr, du – und – und Ole – und alle die anderen?«

»Tja«, sagte ich. »Tja.«

Ich blickte aus dem Fenster hinaus auf die Istedgade und sah, wie sich die Leute in kleinen Haufen an den Straßenecken versammelten, sah die Gruppen neugieriger Touristen die Straße entlangtreiben, auf der Suche nach einem passenden Abendessen (später würden sie andere Wünsche haben, aber der Abend war ja noch jung), und sah die Inhaber der Geschäfte ihre Warenständer draußen einsammeln und die Bürgersteige fegen, bevor sie die Türen verschlossen und zu *ihrem* Abendessen nach Hause gingen.

Hier und da eilte ein Kind den Treppenaufgang hoch, herbeigerufen von der Stimme der Mutter. »Kai – wir wollen *essen*!« Hier und da wühlte ein Penner in einem Container herum.

»Tja«, sagte ich »ich wohne halt hier.«

Es war nicht das, was ich hatte sagen wollen, es hatte keine besondere Bedeutung, aber es klang trotzdem so, als ob es das Richtigste war, was gesagt werden konnte.

Hanne griff den Faden wieder auf.

»Ich will weg!«, sagte sie. »Nix mehr. In Vejle komme ich schnell vom Stoff los. Das hier ist zu hart. Armer Ole!«

Ich konnte nur nicken.

»So toll hab ich ihn gar nicht geliebt«, sagte sie naiv ehrlich, »aber er war ein guter Kumpel, er war wirklich in Ordnung.«

Dann schnaufte sie einmal und sah auf die Uhr.

»Ich muss sehen, dass ich wegkomme. Ich habe einen Platz im Intercity.«

»Ich komme mit bis zum Hauptbahnhof.«

»Das brauchst du doch nicht.«

»Mach ich gerne.«

Ich zog mir die Jacke an, und wir gingen auf die Straße. Ich fasste sie um die Schulter, ich wusste nicht, warum, es kam mir einfach passend vor. Die Hitze brachte einen zum Schmelzen, aber es war ein leichter, frischer Wind aufgekommen, der über sie hinwegblies und die Stadt unglaublich attraktiv machte, wie die Umarmung einer Frau, die gerade in ihrem Element gewesen war.

Ich folgte Hanne auf den Bahnsteig, gab ihr einen Kuss auf die Wange und winkte ihr zum Abschied zu. Es war das Letzte, was ich von ihr sah, und so ist es offenbar. Wir hatten eine Nacht zusammen verbracht, und jetzt war ich fast beruhigt, sie im Intercity auf dem Weg nach 7100 Vejle und zu ihren Eltern zu wissen. So gab es also doch einen überlebenden Bewohner von Saxogade 28 B!

Als sie abgefahren war, schlenderte ich langsam die Straße entlang zurück, die Hände in den Taschen, nachdem ich das übliche Kleingeld an die üblichen Gauner verloren hatte, die am Hauptbahnhof stehen und jeden überfallen, der blöd genug aussieht, um ihre zweifelhaften Geschichten zu glauben, dass sie ein bisschen was »für eine Tasse Kaffee« brauchten (obwohl jeder sehen kann, dass es zum Teufel kein Kaffee ist, was sie trinken), oder ihre veralteten Anekdoten, sie hätten ihr Portemonnaie verloren und müssten nach Hause nach Roskilde.

Ich ging so vor mich hin, wobei ich mit mir selbst brabbelte. Ich wollte nicht an Hanne denken. Ich hatte das widerliche Gefühl, das man kriegt, wenn man meint, zu nichts nütze gewesen zu sein, das Schlimmste, was man sich überhaupt vorstellen kann. Armes Mädchen kommt in die große, gefährliche Stadt, gerät in Drogenkreise, wohnt plötzlich in Gangsterhöhle, schöpft Verdacht, weiß aber nichts, findet Typen, der Typ stirbt. Armes Mädchen wieder nach Hause in die Provinz und zu den alten Schulkameraden, und vielleicht heiratet sie in einem Jahr ihre alte Flamme, den Bäckerssohn, der nie erfahren wird, wie sie einen Teil ihrer Jugend in einer Drogenhöhle in der Saxogade verbracht hat.

Unter anderem auch eine Nacht (sicherlich als unbedeutende Episode), in der sie in angetörntem Zustand mit einem ebenfalls stark berauschten Journalisten in einem berüchtigten Hotel ins Bett ging, der sie später zum Hauptbahnhof begleitete, während er an alle möglichen anderen Dinge dachte.

Sie hatte nichts anderes als ihre Handtasche bei sich gehabt. Ihre Sachen in der Saxogade zu holen, dazu hatte sie offenbar keine Lust oder keinen Mut gehabt.

Wenn ich wenigstens so clever gewesen wäre, nach der Adresse ihrer Eltern in Vejle zu fragen, dann hätte ich ihre Sachen dahin schicken können – anstatt sie nur gebumst und gesehen zu haben, wie ihr Freund erschossen wurde.

Ich ging an diesem friedlichen Sommerabend um das Haus Saxogade 28 B herum. Das Haus war tot. Kein einziger Laut, nicht die Spur eines Duftes von Abendessen, wie er sich durch alle umliegenden Häuser und Straßen ausbreitete, kein Zeichen von Leben.

Das Erdgeschoss, die Pinte, dunkel und geschlossen. Erster, zweiter, dritter Stock, dunkel und geschlossen. Vierter ...

War es Einbildung oder war da ein schwaches Licht in der vierten Etage, ein Licht, das mehr dem Leuchtkegel einer Taschenlampe als einer Deckenlampe ähnelte? War da jemand?

Ich wollte schon raufgehen, überlegte es mir aber und ging quer über die Straße in die nächste Pinte, das Café Femmeren. Es war das erste Mal, dass ich da drin war. Die Kneipen hier draußen sind so zahlreich, dass selbst ein alter Schluckspecht wie ich immer wieder neue Lokalitäten entdeckt.

Ich öffnete die Tür und trat ein. Im Türeingang

stand ein großer, breitschultriger Mann, mit Armen wie Eisenkolben und Fäusten wie Schaufelblätter.

»Ah, *du* bist es!«, sagte er.

Ich kannte ihn nicht, aber es war schwer, ihm zu widersprechen. Ich nickte.

Einen Augenblick später hatte ich eine geballte Faust in der Magengrube, dass ich mich zusammenkrümmte und fast vornüber fiel. Ich landete unbequem – aber glücklich – auf einem Stuhl vor mir.

Eine Frau kreischte. Der Hüne lachte. Zwei Männer und ein Barkeeper mit Schürze kamen angelaufen, packten den Riesenkerl, drehten ihm die Arme auf den Rücken und hielten ihn fest.

»Ganz ruhig, Aage«, sagte der Barkeeper. »Das ist einer von unseren Freunden.« Die beiden anderen, schäbig aussehende Herren in sehr verschlissenen Anzügen und mit entsprechendem Teint, schlenderten mit Aage ins Nebenzimmer, der hinter mir her schielte.

Während ich meine Jacke abbürstete, sagte der Barkeeper:

»Sie müssen entschuldigen, Herr ... Aage ist nicht immer ganz normal. Er war Meisterboxer, verstehen Sie, aber es ging schief, weil er zu viel trank. Er wartet immer noch auf seinen Endkampf in der dänischen Meisterschaft, und manchmal, wenn jemand reinkommt, glaubt er, es wäre so weit ... Er wohnt im Sozialheim in der Absalonsgade, aber meistens ist er hier ...«

»Er schlägt aber ganz schön zu«, sagte ich, immer noch stöhnend.

»Setzen Sie sich doch hin, Herr ... Entschuldigung ... Ich geb einen aus ... auf Kosten des Hauses ...«

Ich fand eine Telefonzelle draußen bei den Toiletten. Während ich die Münze hineinwarf, hörte ich, wie hinter der Tür mit dem »Damen«-Schild zwei Nutten standen und sich die Nase puderten. Sie unterhielten sich darüber, ob die zwei Typen, die sie drinnen sitzen hatten, nicht für ein Abendessen und eine Übernachtung in einem schönen Hotel gut waren. Sie schienen zu dem Schluss zu kommen, dass die Typen es wären. »Geschäftsleute!«, sagte die eine, und ich konnte ihre Anerkennung für die Kompetenz für Bargeld in ihrer Stimme hören. Ich gab mir selbst das Versprechen, mir ihre Galane anzusehen, wenn ich wieder reingehen würde.

Bevor die Damen herauskamen, rief ich die Telefon-Nachrichten und die Zeitauskunft an. Ich hatte das Gefühl, dass das »Femmeren« nicht der richtige Ort war, von wo aus man die Polizei anrufen sollte.

Ehlers war nicht im Hause, oder richtiger gesagt: Er war zu Hause.

Ich ging wieder rein an die Bar und trank mein Bier weiter. Der Meisterboxer saß, anscheinend friedlich, mit seinen Freunden zusammen, und die beiden Damen von der Toilette saßen hinter einem Pfeiler in Gesellschaft von zwei pomadisierten Herren in den Fünfzigern, deren Frauen zweifellos glaubten, sie seien auf einem wichtigen Kongress, der sehr wichtig »für die Firma« wäre. Oder die Ehefrauen hatten – wenn es dieser Typ von Ehe war – heute Abend vielleicht Herrenbesuch.

Als ich ging, stand der Meisterboxer für einen Moment auf, als ob er erneut in mir seinen Finalgegner erkannte, sank aber schnell auf seinen Stuhl zurück, als seine Nebenleute ihn am Arm ergriffen. Seine Augen leuchteten merkwürdig.

31

Barbara war pünktlich. Sie kam in meinen bescheidenen Flur *hereingesegelt*, dass ich das Gefühl hatte, ich hätte mir wenigstens einen roten Läufer für den Empfang leihen sollen. Sie entledigte sich ihres Mantels mit der üblichen Eleganz, sah sich mit einem Ausdruck unterdrückten Ekels um, zwang sich, über meine unorthodoxe Haushaltsführung hinwegzusehen, und sagte munter konversierend:

»Gibt's was Neues?«

Ich schüttelte den Kopf. Es gab keinen Grund, ihr von Hanne zu erzählen.

Sie hatte es nicht leicht gehabt. Noch mehr »Böses« hatte sie nicht verdient.

Natürlich würden sie sie früher oder später in Vejle finden, aber zu der Zeit war sie dann hoffentlich ruhiger, und letzten Endes gab es nichts, auf das man sie festnageln konnte. Die Tochter eines Verbrechers zu sein, ist kein Verbrechen.

»Aber *ich* habe was Neues«, sagte Barbara resolut. »Bietest du deinen Gästen nie einen Drink an?«

Ich tat es. Sie sagte:

»Ich habe weitere Informationen über Manuel Thomsen. Du wirst es vom Inhaber einer Live-Show nicht glauben, aber Thomsen ist Oberst!«

»Oberst?«

»Ehemaliger. Verabschiedet. Sogenannter ›Oberst a. D.‹. Niemand will sagen, warum, aber er hat jedenfalls eine Karriere im Heer hinter sich.«

»Das ist sicher ein ausgezeichneter Ausbildungsplatz für einen Gangster.«

»Und er hat Jura studiert. Er schaffte es bis zum Zwischenexamen.«

»Nicht mehr?«

»Nein. Und er und Victor Valentin – ›der Dünne‹ – sind Schulkameraden gewesen.«

»Das wusste ich. Weißt *du*, wie die Polizei ›den Dünnen‹ nennt?«

»Nein.«

»In ihrer Sprache heißt er der Hai.«

»Hm.«

Selbstverständlich stand Barbara zuerst auf und sagte: »Wollen wir los?«

»Sollen wir's nicht lieber aufgeben?«

»Bist du verrückt? Oder bist du nur darauf aus, mich in dem Loch hier flachzulegen?«

»Ich kann nur nicht sehen, was für uns dabei herauskommen soll.«

»Wir können ein bisschen rumschnüffeln.«

»Okay, schnüffeln wir.«

Wir schnüffelten. Wie ein paar schnuppernde Köter streiften wir los, raus aus dem Treppenhaus, durch die Istedgade und runter zum Gasværksvej, wo Manuels Etablissement, das *Top Cat*, mit einer schwarzen Katze mit rotem Hut aus Neon blinkte. Die Katze hatte einen rosa BH an, der manchmal heruntergIitt. Es sah sehr gewagt aus.

Wir gingen zum Eingang, der aus einer sehr dünnen Holztür bestand, umgeben von imitiertem Marmor, der die tausendjährige Tradition des Etablissements veranschaulichen sollte. Die Tür bot folgende Speisekarte an: »Intercourse/Sado-Maso/Spanking/Bizarre/Children/Lesbian/Animals«.

Das Eintrittsgeld wurde, wie im Kino, von einer Frau kassiert, die in einem Glaskäfig saß, mitten in einer imponierenden Wand aus schäbigem, watteartigem rosa Samt. Die Höhe des Eintrittsgeldes war Schwindel erregend.

»Das ist schamlos«, sagte ich zu Barbara, als ich meine letzten Geldscheine aus den Taschen kramte und sie bei der Dame ablieferte. Sie hatte ein besonders ausdrucksloses Gesicht und gehörte zu der Art von Damen, die man sonst als Aufsicht in Bordellen oder öffentlichen Toiletten sieht, mit einem Gesicht wie aus Granit gehauen.

Wir gingen durch den Eingang, der in rosa gehalten war, und traten durch einen violettfarbenen Vorhang in einen Raum, wo es schummrige Kino-Beleuchtung und eine Filmvorführung gab. Ein Dutzend Gesichter ließ sich unten im Saal erahnen, sie reichten aus, diesen halb zu füllen. Ein junger Ausländer mit dunklem, pomadisiertem Haar kam herauf, stierte ungläubig Barbara an und steckte mir mit einem wohlwollenden Händedruck etwas zu. Wir setzten uns in die hinterste Reihe.

»Was hat er dir gegeben?«, fragte Barbara.

Ich öffnete die Hand und fand eine Karte, die mir diskrete Intim-Massage für dynamische Gentlemen in der Internationalen Massage Clinique versprach. Auf der anderen Seite der Visitenkarte des Instituts war eine vollbusige nackte Frau abgebildet. Die Adresse war Gasværksvej 13 – das Nachbarhaus.

Barbara murmelte so was wie, sie käme sich in dem Milieu hier sonderbar vor, wie eine Außenseiterin.

Der Film handelte von einer Stewardess, die auf einem Flughafen arbeitete, wo es anscheinend ihr Job war, die Frachtmarken auf den Koffern zu kontrollieren; der Job wurde aber nie zu Ende geführt, und niemand wusste, wohin die Koffer gelangten, denn jedes Mal, wenn sie in den Kofferraum ging, kam ein neuer Pilot und nahm sie, abwechselnd von vorn, von hinten und von der Seite. Letzteres wirkte etwas unwahrscheinlich, und es flimmerte auch besonders stark. Nichtsdestoweniger ertönten kleine befreite Laute rund umher von den Zuschauerplätzen.

Barbara gefiel es nicht. Sie packte mich am Arm und flüsterte » Komm, lass uns gehen«.

»Noch nicht.«

»Was hast du vor?«

»Wenn wir schon mal hier sind, können wir uns doch ein bisschen umsehen. Warte ein paar Minuten hier, ich versuche kurz, ein bisschen herumzustöbern.«

»*Hier* warte ich nicht – zwischen *diesen* Affen!«

»Okay, dann geh raus, und wir treffen uns in einer Stunde irgendwo.«

»Okay, ich warte. Falls nötig, kann ich ja immer noch schreien. Lass es nicht zu lange dauern!«

»Nein. Tschüs.«

Ich schlenderte unbekümmert hinaus. Draußen, in dem kleinen Gang, aus dem wir gekommen waren, war ein grüner Pfeil, der den Gang entlang zu einem blauen Schild mit dem Wort »Bar« wies. Das ist immer ein guter Ausgangspunkt.

Die Bar war aus Kunststoff und maß höchstens zwei Meter, war aber für ihre Größe außerordentlich gut sortiert. Für jeden Herrn gab es zwei Damen, was in Bars ungewöhnlich ist, wenn nicht gerade das der Zweck ist. Das kackgelbe Licht hob die starke Schminke und grellroten Lippen und Fingernägel der Damen so wenig schmeichelhaft hervor, wie es nur möglich sein *kann*, wenn niemand sich vorher Gedanken über die Beleuchtung gemacht hat.

Nicht, dass etwa die Herren etwas Besonderes ausstrahlten, das Eindruck machte. Sie gehörten zu dem Typ, der diese Art von verkommenen Bordellen meistens heimsuchte. Sie halten sich alle für was Feineres als die gewöhnlichen Kunden.

Unter den Mädchen waren ein paar Gesichter, die ich hier und da schon auf der Straße gesehen hatte.

Neue Pfeile am Ende der kleinen Bar wiesen entlang einem weiteren Korridor im gleichen rosa Samt den Weg zu den Toiletten. Ich schlug diesen Weg ein. Die Damentoilette kam zuerst, aber weil die ja vermutlich auch am fleißigsten besucht wurde, war nichts Unpassendes daran. Dahinter machte der Korridor einen Knick. Hier lag der Filmvorführ-Raum, in den ich von hinten hineinschaute. Ich sah einen fetten Mann mit Halbglatze und mit einem Dutzend Filmspulen neben sich dasitzen, während das kleine Rad weiterrollte.

Vom Film selbst konnte ich nichts sehen, aber das Tonband mit seinem »Aaah-ooh-uuoogh-jaaahh!« machte klar, dass jemand gerade zum Orgasmus kam.

Auf der anderen Seite lag die Herrentoilette, und gleich hinter ihr gab es einen weiteren Knick mit wiederum zwei Türen auf jeder Seite – das reine Labyrinth. Auf der einen Tür stand »Privat«.

Auf der anderen Tür stand nichts.

Ich drückte die Klinke herunter und versuchte, die Tür zu öffnen. Sie war verschlossen, sie war außerordentlich sorgfältig verschlossen.

Das war die »Privat«-Tür nicht. Sie öffnete sich hinter mir.

»Suchen Sie etwas?«, fragte eine Stimme. Es war eine der nüchternsten Bargeld-Stimmen, die ich je gehört hatte. In ihrem Ton lag etwas, das klar machte, dass sie sich nur wohl fühlte, wenn es um Kronen und Øre oder Kilo und Gramm ging, so etwa. Es war keine Stimme, die gern gemütlich und formlos plaudern wollte. Es war eine Stimme, die auf eine klare Frage eine klare Antwort forderte.

Ich drehte mich um. Die Stimme gehörte einem großen, breitschultrigen, ziemlich massigen Herrn um die 60. Ich war mir sicher, dass musste Manuel sein – der Schwarze Manuel. Er *glich* einem Oberst. Er war in Schwarz gekleidet, und mit seinem weißen Schnäuzer hatte er sicherlich schon bei manchen fälschlicherweise den Eindruck von Ehrenhaftigkeit und Ehrwürdigkeit erweckt.

»Ich habe die Toilette gesucht«, sagte ich.

Der Herr blickte mich einen Moment lang scharf an. »Sie sind zu weit gegangen«, sagte er dann, akkurat, ohne ein Wort zu viel. »Sie müssen den Korridor entlang zurück.«

Ich bedankte mich und drehte mich um.

»Die Beschilderung ist eigentlich recht deutlich«, fügte er vorwurfsvoll hinzu, wie ein Verkehrspolizist.

Er ging nicht eher ins Zimmer zurück, bis ich verschwand. Als ich um die Ecke gebogen war, benutzte ich die besonderen Winkel des Korridors, um noch einen Blick auf ihn zu werfen; er stand immer noch wartend in der Türöffnung, die er mit seinem großen Körper völlig ausfüllte. Er würde sich kaum vom Fleck rühren, bevor ich nicht ganz verschwunden war.

Ich öffnete besonders geräuschvoll die Tür zur Herrentoilette, als ob ich mich bloß verlaufen hätte, weil ich ein wenig angetrunken war (das weckt an solchen Orten stets Vertrauen, denn je voller du bist, desto mehr können sie dir abknöpfen), steckte mir eine Zigarette an, rasselte mit ein paar Wasserhähnen, knüllte etwas Toilettenpapier zusammen und ging durch die Bar zurück zum Kino.

Sie zeigten gerade einen Film mit einigen Krankenschwestern, ein paar Patienten mit Gipsbein und aufgehängten Armen sowie einigen jüngeren Ärzten, die anscheinend gerade eine Orgie im Operationssaal feierten. Das erste Bild, das sich mir bot, zeigte eine Krankenschwester, die, zwischen zwei Gipsbeinen postiert, dabei war, einem der Patienten einen zu blasen, während der Arzt ihr von hinten einen improvisierten Einlauf verpasste.

Als ich mich setzte, sprang Barbara einen halben Meter zur Seite.

»Ich mag das hier nicht«, flüsterte sie.

»Ich auch nicht«, sagte ich. »Wartest du eben noch zehn Minuten, damit ich mir noch die andere Seite des Etablissements ansehen kann?«

»Mach, so schnell du kannst«, sagte sie.

Ich schlich mich nach rechts hinaus, einen Rundbogengang hinter dem Kinosaal entlang. Noch nie war ich in einem so kleinen Vergnügungspark mit so vielen Korridoren gewesen. Auf der rechten Seite war offenbar alles Mögliche im Gange. Es gab kleine, geschlossene Zimmer, und aus allen erklangen Laute, und in allen waren Menschen, und es brauchte nicht viel Fantasie, um zu verstehen, wie und warum die Menschen in den Zimmern diese Laute ausstießen. Schwere Atemzüge durch rosa Samtkorridore. Ganz klar, ein Bordell.

Sechs Zimmer dieser Art, über den Gang verteilt;

ansonsten war der Gang dann durch eine besonders schwere Tür mit Vorhängeschloss geschlossen. Hinter dieser war anscheinend nichts. Ich glaubte, Stimmen zu hören, aber sie konnten genauso gut aus den kleinen Separées kommen, wo sich die Spitzen der Wirtschaft tummelten.

Ich ging wieder zu Barbara hinein. Wir konnten jetzt gehen. Jetzt wussten wir, was es mit diesem Ort auf sich hatte, und es war nichts Überraschendes daran. Einfach nur das, was man sich mit einer gewöhnlichen, mittelmäßigen, beschissenen Fantasie vorstellen konnte.

Wir traten wieder auf die Straße hinaus. Die durch den Benzin- und Sonnendunst eigentlich nicht gerade überwältigend frische Luft, wirkte jetzt auf die Haut wie ein kühles Bad.

»Was jetzt?«, fragte Barbara.

Es ist das Recht und Privileg der Frauen, diese Art Fragen zu stellen, und es ist – frag mich nicht, warum, *ich* habe das Manuskript nicht geschrieben – die verdammte Pflicht der Männer, sie zu beantworten. Ich schlug vor, zu Ho Ling Fung rüberzugehen und zu Abend zu essen.

Ho Ling Fung blickte nur einmal kurz auf und passte sich dann meiner Damen-Bekanntschaft an, machte tiefe Bücklinge vor uns beiden und war mir gegenüber so untertänig, als ob er der Dame zeigen wollte, welch herausragende Autorität und Persönlichkeit ich war. Echter asiatischer Judo.

»Hast du irgendwelche guten Ideen?«, fragte Barbara mich mitten bei der Chow-Tai-Suppe.

Ich war ehrlich. Ich gab zu, ich hätte keine.

Barbara sagte: »Ich will mal eben nachhören, wie es Jens geht.«

Eine Sekunde lang schämte ich mich, nicht selbst daran gedacht zu haben. Sicher, Jens war ein eingebildeter Affe, aber auch eingebildete Affen sind Geschöpfe Gottes.

Barbara ging raus und telefonierte, während Ho bereits wohlwollend über das ganze gelbe, runde Gesicht strahlte, als ob er mich zur bevorstehenden Hochzeit beglückwünschen wollte und meinem guten Geschmack in allerhöchstem Maß Beifall zollte.

Ho freute sich sicherlich schon – auf höchst *gentlemenlike'er* Ebene –, meine Enkel als Kunden begrüßen zu können.

Als Barbara zurückkam, war sie ganz still.

»Er hat noch nichts gesagt, aber er wird durchkommen«, sagte sie.

»Hast du mit dem Krankenhaus gesprochen?«

»Nein, mit dem BLADET. Sie haben einen Mann im Krankenhaus postiert, für den Fall, dass Jens wieder zu sich kommt ...«

Sie sah meine Grimasse.

»Du kennst doch die Branche, du Heuchler. Natürlich haben sie einen Mann auf ihn angesetzt, und er ist bereits im Bett fotografiert worden, mit Verband und in bewusstlosem Zustand. Morgen ist er ein Held. Der mutige Mitarbeiter vom BLADET ...«

»Herrlich«, brummte ich, »herrlich ... Sonst noch was?«

»Das BLADET plant für morgen zwei große Artikel, außer dem über Jens«, antwortete Barbara, »sagte jedenfalls das Redaktionssekretariat, du weißt, wie so was gehen kann ... Der eine ist über Ihre Majestät die Königin, die gestern Nachmittag auf der Pferderennbahn in Klampenborg eine neue Zuschauertribüne eingeweiht hat. In dem anderen wird über ein junges Mädchen berichtet, das heute Abend – während *wir* bei der Live-Show waren – im Intercity ermordet wurde.«

»Wie *hieß* sie?«

»Das wissen sie nicht, sie hatte keine Ausweispapiere bei sich, nur eine Handtasche mit etwas Kleingeld und eine Fahrkarte für eine einfache Fahrt nach Vejle.«

32

Ich wusste sofort, dass es Hanne war. Natürlich, es *musste* Hanne sein, »Arme Hanne, Arme Hanne«, wie es in einem Kinderlied über ein Mädchen hieß, das damals sicher erfroren war, als meine Eltern Kinder waren. Die arme Hanne war tot, wie die im Lied.

Es *könnte* zehn junge Frauen gegeben haben, die mit dem Intercity nach Vejle wollten – außer den zehn, die nach Odense wollten, den zehn nach Fredericia und den fünfzehn nach Arhus. Und trotzdem war ich mir ganz unangemessen sicher. Natürlich war es Hanne. Sie hatten Hanne ermordet.

Jetzt war die Arbeit getan. Saxogade 28 B war vollkommen ausgerottet, wie ein Haus im Warschauer Juden-Ghetto nach einem Bombenangriff während des Zweiten Weltkriegs – nichts war übrig geblieben. Vier Tote, lauter Tote, ganz oben eine leere Etage und ganz unten eine geschlossene, namenlose Pinte. Schluss, fertig. Ein großes schwarzes Kreuz an der Tür.

Barbara sah mich scharf an.

»Na ja, das sind also die Neuigkeiten des Tages«, sagte ich. »Was hast du heute Morgen in deinem Briefkasten gefunden?«

»Das Übliche«, sagte Barbara schulterzuckend. »Frauen, die anfragen, ob sie nicht ihre Männer verlassen sollen, weil die sie brutal behandeln, und denen ich sage, sie sollen es tun. Rubrik: ›Unterdrückung in der Ehe‹. Interessiert dich das?«

Das war nicht der Fall. Ich dachte daran, dass *sie* Hanne zum Hauptbahnhof gefolgt sein mussten – wie sollten sie sonst ihre Zugverbindung gekannt haben, falls sie nicht gerade einen Mann am Fahrkartenschalter gehabt hatten –, und wenn sie sie bis runter zum Bahnsteig beschattet hatten – dann hatten sie auch mich gesehen, als ich sie begleitete.

Und wenn es bei ihren Morden überhaupt einen Zusammenhang gab, so würden sie sich daran erinnern, dass der, der Hanne zum Bahnsteig 8 begleitet hatte, derselbe war, der mit Ole zusammengesessen und gesprochen hatte, als sie ihn erschossen.

Und wenn sie in diese Richtung weiterdachten, würden sie wohl darauf kommen, dass es bei den Typen, die die Opfer sich, kurz bevor sie geschlachtet wurden, als Begleiter aussuchten, eine gewisse Tendenz zur Wiederholung gab.

Mir kam es vor, als ob es sehr warm bei Ho Ling Fung war.

»Möchte bloß wissen, wann Jens wieder aufwacht«, sagte Barbara.

Ich wachte auf.

»Möchte bloß wissen, wann *überhaupt jemand* aufwacht.« Mir schien es plötzlich, als ob alle tot waren, alle, Christensen, Rosenbaum, Ole, Hanne, Jens,

Ho, Barbara, ich selbst – wir alle waren tot, ha ha, es war nur eine Komödie, es ist nur Theater, kleines Kind, in Kürze stehen sie alle wieder auf, und es geht ihnen gut, es ist ein Film, ein Buch, wir spielen das nur ...

Aber es war nicht nur einfach ein Spiel, das wir spielten. Und vier von den Puppen würden nie wieder aufstehen.

Warum? Die Zeit würde es zeigen. Hoffentlich würde die Zeit eine ganze Menge zeigen.

Es wäre jedenfalls verdammt nett von ihr, wenn sie dabei ein bisschen helfen würde.

»Ich muss sehen, dass ich nach Hause komme«, sagte Barbara und fummelte an ihrer Tasche herum. Es war eine niedliche Tasche, eine richtig feminine Damentasche mit Borten und Stickereien, in schwarz auf weiß. Eleganter als die von Hanne, die nur ihre Fahrkarte und den Rest ihres Kleingelds enthielt. »Arme Hanne, Arme Hanne«.

Wir zahlten, nahmen wohlwollend Ho's blumenreiche Abschiedsgrüße entgegen und traten hinaus auf die Straße, die aufgeheizt war wie ein Ofen. Nicht nur wir empfanden es als drückend, man konnte es auch den Leuten ansehen, die vorbeigingen: Die Hitze hatte es zu weit getrieben. Nicht ein Mensch in der Stadt würde heute Abend in der Lage sein, seine Geschlechtsorgane ihrer Bestimmung entsprechend zu gebrauchen, und die Orchester, Barkeeper, Schauspieler, ja sogar die Nutten auf ihren unterschiedlichen Schauplätzen würden ihre Nummern ein bisschen schleppender und langsamer abziehen als gewöhnlich. Das Tempo der Stadt war eindeutig heruntergesetzt.

Wir trennten uns an der Taxi-Station am Vesterbros Torv. Ich winkte ihr nach und machte mich auf den Heimweg.

Ich ging nach Hause und legte mich auf mein einsames Bett. Ich legte mich so zurecht, dass ich sorgfältig jeden einzelnen der Albträume genießen konnte, aus denen meine Träume üblicherweise bestehen.

33

Der Morgen danach war noch heißer, und ich möchte meinen, etwa die Hälfte der Einwohner Kopenhagens wachten aus einem Albtraum auf. Mein eigener handelte von einem Besuch im Wachsfigurenkabinett, wo ich – nachdem ich zahllose weltberühmte Persönlichkeiten gesehen hatte, von Napoleon über Joe Louis bis zu den Beatles – plötzlich in eine enge, kleine Nische kam, in der vier Figuren ausgestellt waren. Ich erkannte nur Ole und Hanne wieder, aber ich wusste ganz genau, wer die beiden anderen waren. Im Traum lief ich schreiend aus der Nische weg. In Wirklichkeit war es der Wecker, der schrie, aber bei der Hitze mussten selbst Glas und Metall das Recht haben zu schreien. Das Bettlaken klebte vor Schweiß am Körper. Die Weltklima-Uhr hatte sich einmal gedreht, und die Sahara und Kopenhagen hatten die Temperaturen getauscht.

Die Zeitungen boten eine eigentümliche Lektüre, aber das gehörte wohl mit zu der Hitze. Wenn ein wirklich tropischer Sommer in eine nordeuropäische Stadt kommt, *muss* diese Stadt Amok laufen.

Auch von der Tagespresse kann man nicht erwarten, dass sie in der gewohnten Weise funktioniert.

Hanne waren nur kurze Notizen von Korrespondenten in Jütland gewidmet worden. Da stand, sie wäre erschossen worden. Offenbar war für Untersuchungen nicht genug Zeit gewesen, es gab nichts, was sie mit den Vesterbro-Morden in Zusammenhang brachte. Ein Foto von ihr war abgebildet. Es war so grob gerastert und ungenau, dass nicht mal ihre alte Mutter sie wiedererkannt hätte. Es musste sich um ein inoffizielles Amateurfoto handeln, das wohl irgendein fotobegeisterter Gymnasiast auf dem Bahnsteig gemacht hatte, bevor die Polizei erschienen war.

Hanne war nach der Überfahrt mit der Fähre Korsør-Nyborg aufgefunden worden. Kurz vor Odense war einer der braun-uniformierten Zugkellner ins Abteil hineingegangen, er hatte ihr Kaffee, Bier, Würstchen oder Brot von seinem Rollwagen verkaufen wollen. Erst hatte er geglaubt, sie würde schlafen, aber sie saß in einer so verkrümmten Haltung da, dass er dachte, sie könnte vielleicht krank sein.

»Ich dachte bei mir, es könnte z. B. eine Epileptikerin sein«, sagte Zugkellner Andersen. Andersen schien ein aufgeweckter Typ zu sein. Er war ausgebildeter Samariter und hatte es mit künstlicher Beatmung versucht, trotz der Schusswunde. Die saß genau in der Brust. Der Mörder musste ihr direkt gegenübergesessen haben, meinte die Polizei.

Aber keiner der Schaffner hatte andere Personen im Abteil gesehen, sie hatten bloß eine korrekte Fahrkarte für einfache Fahrt Kopenhagen-Vejle abgeknipst; es waren nicht viele Fahrgäste im Zug *vor*

Korsør gewesen, wo ein Kongress mit drei Sonderwagen angekoppelt worden war und es plötzlich genug zu tun gegeben hätte.

»Am späten gestrigen Abend kam die Untersuchungskommission der Kriminalpolizei an. In der Nacht wurden sämtliche Fahrkarten auf dieser Strecke untersucht ...«, schlossen die Zeitungen im Großen und Ganzen gleichlautend. Es war aber eine Belohnung für die Identifizierung der getöteten Frau ausgesetzt worden – besondere Kennzeichen: 160 cm groß, dunkelhaarig, vollschlank und etwa 30 Jahre alt –, und die Polizei wollte gern Kontakt mit der Familie und mit Freunden der Verstorbenen aufnehmen, wie überhaupt mit jedem, der Auskunft geben konnte.

In allen Zeitungen aber war die Affäre natürlich völlig vom Gastbesuch Ihrer Majestät der Königin auf der Pferderennbahn in Klampenborg überschattet. Ihre Majestät hatte verschiedenen Pferden die Hufe geschüttelt, hatte unzählige Blumensträuße entgegengenommen, und ein älterer Terrorist mit schwarzem Bart und einer roten Fahne hatte versucht, auf sie zu schießen. Später jedoch, nachdem er unter Kontrolle war, von vier Sicherheitsbeamten mit Pistolen und Bajonetten niedergerungen und gefesselt, hatte sich gezeigt, dass die einzige Waffe, die er besaß, eine Wasserpistole aus Plastik war – und die war, wie eine Zeitung mit einem aufgeweckten Mitarbeiter bemerkte, noch nicht mal mit Wasser gefüllt gewesen.

Natürlich musste ein solches Ereignis das Hauptinteresse des Tages auf sich ziehen. Aber morgen, wenn sie herausfanden, wer Hanne war, und das würden sie, sobald sie bessere Fotos bekämen, würde die Hölle los sein, und vier Saxogade-28-B-Bewohner würden Seite an Seite als »Bewohner des Hauses des Todes« vorgestellt werden. Es würde schwer werden, die Wohnungen in den nächsten Monaten wieder zu vermieten.

Das BLADET war besonders auf dem Laufenden. Es gab ein großes Foto von Unserem Mutigen Mitarbeiter Jens Lund – es war einige Jahre alt und zeigte ihn, wie er als Pionier des Journalismus auf eine 14-tägige harte Safari zog, um dem Geist der Entwicklungshilfe-Arbeit und der Stimme der Wildnis nachzuspüren. (Er hatte die ganzen 14 Tage in einem Luxushotel in Nairobi verbracht, und dank dieser Art und Weise, an die Aufgabe heranzugehen, sah er auf dem Foto auch entsprechend gut gekleidet, sonnengebräunt und glatt rasiert aus.) Unser Mutiger Mitarbeiter hatte in der Nacht das Bewusstsein wiedererlangt. Unser Mutiger Mitarbeiter hatte seit mehreren Tagen daran gearbeitet, in gewisse mysteriöse Affären im kriminellen Milieu von Vesterbro einzudringen, und wir dürfen vermuten, dass er Tatsachen auf die Spur gekommen ist, die sich als gefährlich herausstellen könnten – vielleicht nicht nur für das Gangstermilieu, sondern auf längere Sicht auch für die Polizei, deren Aufgabe es eigentlich war, selbst die Spuren zu finden, die aber den Mord-Massakern machtlos gegenüberstand, deren Zeugen wir in letzter Zeit gerade in diesem Viertel geworden sind.

Jens war natürlich auf der Titelseite, die er sich hübsch mit Ihrer Majestät teilte, und der Kommentar hechelte das Thema ordentlich durch. Der Vesterbro-Terror war »eine Bedrohung für jeden Bürger dieses Landes!«, erklärte das BLADET. »Die Polizei ist weit über die Grenze dessen hinaus, wo man noch Verständnis für die Saumseligkeit aufbringen kann!«

Aber es war nichts konkret Fassbares daran. Es gab nichts, wo man nachbohren konnte, solange man Hanne nicht finden konnte und nicht wusste, dass Hanne die Leiche war, der ein Zweispalter auf Seite 16 gewidmet war. Das Leben ist manchmal ironisch. Manchmal ist man sehr allein, nur weil man so über seinen Zeitungen hockt, die Geschichten kennt und die Fäden miteinander verknüpfen kann.

Ich rief Ehlers an.

»Gut, dass Sie anrufen«, sagte er. »Manuel Thomsen kommt am Vormittag her. Ich möchte Sie bitten, mir zuerst eine Erklärung zu Protokoll zu geben, eine erschöpfende Erklärung, die es wert ist, vorgezeigt zu werden. Können Sie rüberkommen?«

»Natürlich«, sagte ich. »Aber ich wollte eigentlich was anderes. Haben Sie die Zeitungen gelesen?«

Er brummte.

»Haben Sie von der dunkelhaarigen, vollschlanken, etwa 30-jährigen jungen Frau gelesen, die im Intercity nach Vejle unterwegs in Odense tot aufgefunden wurde? Ich glaube, es handelt sich dabei um Hanne Berg.«

»*Was?*«

»Die Beschreibung passt auf sie. Sie verschwand gestern Abend. Sie hatte große Angst. Sie könnte versucht haben abzuhauen, und jemand wollte nicht riskieren, dass sie mehr wusste, als tatsächlich der Fall war. Das ist nur eine Vermutung von mir, aber ich meine schon, dass sie das untersuchen sollten ... Die Zeitungen haben nur schlechte Amateurfotos, aber sie *könnte* es sein – und die Beschreibung passt verdammt gut.«

»Es gibt viele dunkle, vollschlanke, 30-jährige Frauen«, sagte Ehlers. »Aber ich werde darauf achten. Kommen Sie in etwa einer Stunde vorbei?«

»Si, si, Senor.«

Und noch einmal zur lieben Polizeiwache.

34

Ehlers saß wie üblich in seinem Büro. Er sah nicht schlecht, er sah entschlossen aus. Als ob das Ganze hier ein Ende haben müsste.

»Haben Sie gesehen?«, sagte er anklagend, und zeigte auf den Kommentar im BLADET über die Ineffektivität der Polizei.

Ich nickte. »Die hat's immer gegeben, ein oder zwei Mal im Jahr, diese Artikel«, sagte ich tröstend. »Und das machen sie in der ganzen Welt, ausgenommen in Moskau, wo niemand etwas über die Polizei zu sagen wagt. Ist es nicht immer wieder vorübergegangen?«

»Doch, ja«, sagte er und blickte bissig drein. »Aber das macht es trotzdem nicht leichter.«

»Haben Sie Jens Lund verhört?«, fragte ich.

Ehlers glotzte mich irritiert an. »Ja«, sagte er. »Ja, und er weiß nicht mehr als das, was wir gestern erfahren haben. Er hatte das Gefühl gehabt, dass mit dem Capital irgendetwas nicht stimmte, deshalb schlich er um das Capital herum, den ganzen Tag lang, nicht ununterbrochen, aber hier und da eine Stunde, und irgendeiner hatte dann gemeint, es wäre genug. Der Schuss war nicht wirklich gefährlich, und ich bin mir nicht mal sicher, ob der Mann wirklich so lange bewusstlos war. Ich fürchte, Ihr Kollege hat einen Hang zum Dramatischen. Rein persönlich würde ich ihn als Arschloch bezeichnen.«

»Ich danke Ihnen für diese Worte«, sagte ich.

Ehlers wollte gerade etwas brummen, als die Tür aufging und eine rothaarige ältere Dame mit einem Kuvert hereinkam. »Es eilt. Express«, meldete sie kurz und bündig, worauf sie in zehn Sekunden ohne überflüssige Bemerkungen wieder aus der Tür hinaus war. Ihre Schritte hallten im Flur wie kleine knallende Peitschenhiebe wider.

»Die sind effizient, diese Frauen, sagte Ehlers. Er öffnete das Kuvert, entnahm ihm einige Bogen Papier und ein paar Fotos und sah sie sich an. Dann stieß er einen tiefen Seufzer aus.«

»Sie *ist* es«, sagte er ruhig und reichte mir die Fotos, während er in den Papieren blätterte.

Selbstverständlich *war* sie es. Auf den großen, deutlichen Polizeifotos gab es kein Vertun.

»Sie hatten Recht«, sagte Ehlers. »Und sonst nichts Neues, auch keine verdächtigen Personen im Zug, aber die Schaffner schreiben über alle, an die sie sich erinnern können, einen Bericht.«

»Und aufgrund des Durcheinanders in Odense«, sagte er fast knurrend, »weil der Zug-Kellner nämlich mit der falschen Zug-Nummer von *seinem* Telefon aus Alarm gab und nichts dem verantwortlichen Zugführer sagte, und weil er nicht an die Möglichkeit dachte, den Mörder zu schnappen – fuhr der Zug einfach weiter nach Vejle, und die Hälfte der Zeugen stieg in Kolding, Fredericia und Gott weiß wo aus! Sie müssen ausfindig gemacht werden; vielleicht kommt die Hälfte von ihnen, vielleicht ein paar mehr, und dann müssen sie über sich aussagen und sich gegenseitig wiedererkennen, wonach sich nach tausend Stunden langweiliger Polizeiarbeit zeigt, dass es da immer noch fünfzehn Fahrgäste gibt, über die niemand etwas sagen kann, und diese fünfzehn sind es, die jeder für sich verdächtigt oder für merkwürdig hält. Inzwischen ist der Mörder natürlich in Odense abgesprungen. Seit gestern Abend sind stündlich Züge gegangen und auch Flugzeuge sind gestartet, und es gibt eine Autovermietung – die letztere könnten wir überprüfen, aber es ist selten erfolgreich.«

Ehlers keuchte.

»Der Mörder kann sich auch dazu entschlossen haben, für eine Woche in Odense Tourist zu spielen«, schlug ich vor.

»Sind *Sie* schon jemals in Odense gewesen?«, fragte Ehlers bissig.

35

So saß ich dann eine Stunde da und gab meinen vollständigen Bericht über die Geräusche und Lichter auf dem Dachboden des Hotel Capital ab, während eben dieser Bericht unendlich langsam von einem sehr jütländischen Beamten mitgeschrieben wurde, der zwei Finger benutzte, doppelt so viele wie der andere, dem ich das letzte Mal begegnet war. Es wurde mit einem Ernst verrichtet, als ob es um mein Testament ginge.

Als ich rauskam, war ich von der Hitze klitschnass. Ich ging nach Hause und nahm das zweite Bad des Tages. Dann setzte ich mich hin und versuchte, mich zu entspannen. Es war sowohl unmöglich als auch viel zu leicht. Es war so heiß, dass man sich wirklich nur entspannen *konnte*, andererseits aber war es dafür wiederum *zu* heiß. Es musste wohl so sein wie bei bestimmten Tieren, die sich einfach zu einer Kugel im Wüstensand zusammenrollen und dann, ohne sich zu bewegen, liegen bleiben, bis die Sonne weg ist.

Die Minuten schleppten sich mit der Geschwindigkeit eines verbeamteten Postboten hin.

Ich rief Ehlers an, um nachzuhören, was Manuel ausgesagt hatte.

»Konnten Sie etwas aus ihm rausbekommen?«, fragte ich.

»Nein. Er weiß von nichts, und wir haben nichts. Er sagt, dass der Dachboden abgesperrt ist, weil er nicht benutzt wird. Wie Sie wissen, haben wir eine gründliche Untersuchung vorgenommen, aber es war nichts zu finden außer Staub und Spuren, und das ist ja wohl das Natürlichste, was man auf einem Dachboden finden kann. Das einzig Merkwürdige war, dass die Schlösser solider waren, als es für einen leeren und unbenutzten Dachboden normalerweise üblich ist.«

»Haben Sie nach dem Grund gefragt?«

»Ja. Ich bekam sogar eine gute Antwort. Er sagte, um Vagabunden, Säufer und Kriminelle daran zu hindern, da oben zu übernachten und vielleicht etwas in Brand zu stecken. Er sagte, es gäbe von dieser Sorte viel zu viele Menschen im Viertel.«

Ich legte den Hörer wieder auf. Ich dachte mir, es

würde nicht schaden, eine Stunde ein bisschen rumzulaufen und mir die Beine zu vertreten. Bestimmt war es jetzt kühler.

Wieder Fehlanzeige. Es war heißer als je zuvor. Der Asphalt war so glühend heiß, dass man darauf hätte Hähnchen braten können, und die Luft war stickig und verbraucht vor Hitze. Auf der Straße sah es aus, als ob ein Horrorfilm die ganze Bevölkerung in Zombies verwandelt hätte, die umhergingen ohne etwas zu hören oder zu sehen.

Ich ging wieder nach Hause, setzte mich erschöpft hin – und träumte. Ich träumte von einem Gesicht, das vielleicht ›dem Dünnen‹ gehörte, vielleicht dem Oberst, vielleicht dem Bezirk selbst. Die Augen in diesem Gesicht waren Alkohol, die Nerven waren Drogen, das Skelett bestand aus blutbespritzten Geldscheinen.

»Träumte« ist zu viel gesagt; denn ich saß nur ein paar Minuten mit geschlossenen Augen auf meinem Stuhl.

Und ich schlief nicht ein.

Aber vielleicht hörte ich auch nur ein paar Minuten auf zu denken. Und vielleicht ist das alles, was sich ein Mensch wünschen kann – wenigstens einmal zwischendurch.

Dritter *Teil*

36

Und dann kam der Regen.

Als ich das nächste Mal aus dem Fenster sah, *flossen* die Glasscherben die Rinnsteine entlang, und die leeren Zigarettenschachteln an den Bürgersteigkanten lösten sich auf. Wie durch ein Wunder waren alle, die auf der Straße gingen, im Laufe einer knappen halben Stunde mit Regenschirmen und Mänteln ausgestattet, sie blickten nach unten und nach vorn und nirgendwohin, und niemand wollte sich gegenseitig wiedererkennen.

Der Regen fiel in einem hitzigen Rock-Rhythmus. Eine Wolke von Dampf und Feuchtigkeit hing über der Stadt. Morgen würde es in jeder Familie mindestens einen Fall von Grippe geben, und mindestens die Hälfte von denen, die man anrufen wollte, würde krankgemeldet sein.

Mein Regenmantel war abhanden gekommen, falls ich überhaupt einen gehabt hatte. Ich war völlig durchgeweicht, als ich mit den pitschnassen Nachmittagszeitungen unter der Jacke zu Ronnie's kam. Ich trank einen Kaffee und blätterte die Zeitungen durch.

Es war gar nicht so wenig, was sie rausgekriegt hatten. Hannes Tod war der Hit, es gibt keinen besseren Stoff als eine präsentable junge Frau, die in einem Intercity erschossen wird. Alle brachten ihren Namen, und mehrere Zeitungen hatten Fotos von ihren Pflegeeltern in Vejle, dem Gemeindelehrer Asger Berg und seiner Frau Camilla. Sie standen vor einem Einfamilienhaus im Vorort mit Rosenbeeten vor dem Haus und sahen bleich, dünn und heruntergekommen aus. Es ging ihnen nicht gut; übereinstimmend äußerten sie gegenüber allen Zeitungen, dass sie nicht ein Wort von dem Ganzen verstünden, »es wäre alles so sinnlos«.

Gemeindelehrer Berg und Frau mussten freundliche Menschen sein. Mehrere der Zeitungen hatten sich Bilder von Hanne besorgt: Hanne mit ihrer Schulklasse im Alter von 9 Jahren, mit Zöpfen, Hanne als stolze Konfirmandin in Weiß in der Kirche von Vejle, Hanne als 16-Jährige am Strand, zusammen mit der (Pflege-)Mutter. Da war zwar zu lesen, dass sie ein Pflegekind war, aber nicht, wer ihre natürlichen Eltern waren. Das Ganze war trotzdem niederträchtig genug.

Armes kleines Mädchen! Armes altes Lehrerpaar mit seinem zerstörten Traum vom einzigen Adoptiv-Erben der Rosenbeete!

Hinter mir stand Ronnie und hustete schwer. Armer alter Ronnie, der hier stehen und schwer husten würde, so lange er konnte, und der an passender Stelle zum Sterben untergebracht werden würde, nachdem er vierzig Jahre lang eine schmutzige Pinte betrieben hatte.

Und rundherum saßen die Stammkunden, mit ihrem Bier oder Kaffee beschäftigt, ihren zwei Scheiben Brot mit Frikadelle oder ihrem Weißbrot mit Käse. Arme Alltags-Billigpreis-Stammkunden, denen das gleiche Ende beschieden war wie allen anderen! Armes Leben!

Ich war so wütend, dass ich wieder hinaus in den Regen ging.

In meiner Jugend gab es eine Zeit lang einen beliebten, sentimentalen Schlager, den man überall hörte. Er hieß »Einfach durch den Regen schlendern ... nur sich herumtreiben ... Vergessen, dass du da bist ... auch wenn das Herz dir bricht« oder so ähnlich. Genau das machte ich jetzt durch. Die nächsten paar Stunden schlenderte ich durch den Regen und wurde pitschnass, ohne es zu bemerken. Ich ging. Ich war zu einem Paar Beine geworden, und dieses Paar Beine ging, was sollte ein Paar Beine auch sonst unternehmen. Ich ging die Straße rauf und die Straße runter, vorbei an allen Häusern, all den trostlosen Slum-Häusern und all ihren Fenstern, die den erblindeten Augen eines Riesen glichen, vorbei an all ihren Gerüchen; vorbei an all den kleinen Geschäften mit ihren Signalen und Meldungen von einem Lebensschicksal, eingesperrt hinter der Theke, einem Leben, verbracht hinter einer rechnenden Kasse, einem Leben, das mit dem Verkauf von Kartoffeln verbracht wurde, um samstags Kalbfleisch kaufen zu können; vorbei an all den Sozialämtern und Arbeitslosenkassen, wo sich – Regenwetter oder nicht – wie jeden Tag Schlangen bildeten, aber mehr als sonst üblich lauernd und sich schüttelnd und fluchend, wie eine Bedrohung aus einem proletarisch-kommunistischen Lehrbuch; vorbei an den Restaurants mit ihren jeweils charakteristischen würzigen Gerüchen, den chinesischen, indischen, persischen, jugoslawischen, die hinaus über den Bürgersteig schwebten; vorbei an all den Menschen, die heute aufgrund des Regens Amok liefen und genauso reizbar waren, wie sie in der Hitze noch gutmütig-träge gewesen waren, und sich jetzt schubsten und pufften und sich einander, völlig fremd geworden waren, jeder auf seiner kleinen Insel, seinem kleinen Ein-Menschen-Land aus Ärger über den Regen; vorbei an den Autos, deren unvermeidliches Spritzen ein weiterer Grund für die kollektive Wut war; vorbei an den Kinofassaden mit ihrer Mischung aus Gewalt und Romantik, eng umschlungenen, sich küssenden Paaren *oder* Faust-Schwert-Pistolen-Kämpfen mit verzerrten Gesichtern auf den Plakaten; vorbei an den Pinten ...

Plötzlich stand ich genau vor Bille's Antiquariat in der Absalonsgade.

Es war lange her, dass ich in Bille's Antiquariat gewesen war. Lange her, seit damals, als Helle und ich gerade zusammengezogen waren, damals, als wir mindestens drei bis vier Mal in der Woche zusammen zu Hause saßen, damals, als wir sorgfältig vorbereitete Abendessen veranstalteten (die Essenz des alten Traums, der da heißt »Ein Heim«), damals, als jede neue Anschaffung oder jeder neue Einrichtungsgegenstand für die Wohnung eine neue gemeinsame Möglichkeit darstellte, einen Triumph ... Damals war ich regelmäßig Gast bei Bille gewesen. Damals hatte ich Bücher gekauft, Bücher, die man – behaglich dasitzend – an langen kühlen Abenden lesen konnte, nur zwei Meter entfernt von einer Frau, die mit einer Katze auf dem Schoß in einem Sessel saß.

In Bille's Fenster war eine der ältesten dänischen Edgar-Allan-Poe-Ausgaben ausgestellt, eine mit einer Sammlung Frösteln verursachender Stahlstiche, die mir bereits als Kind, als ich sie das erste Mal in der örtlichen Bibliothek sah, in vielen Nächten Albträume verursacht hatten. Die hatte ich seit der Zeit immer wieder gehabt, aber meine Bücher hatte ich fast alle verkauft, als Helle und ich uns scheiden ließen.

Ich starrte die schöne alte Poe-Ausgabe an, und während ich im Regenwetter auf der Absalonsgade ein altes Buch anstarrte, schweiften meine Gedanken weit weg von dem Buch und der Absalonsgade, als mich plötzlich eine Stimme von links ansprach.

»Kommen Sie herein. Wenn Sie da draußen stehen, werden Sie ja völlig durchgeweicht!«

Ich riss mich aus meiner Traumwelt los und sah Antiquariatsbuchhändler Bille höchstpersönlich in der Türöffnung stehen.

Es wäre eine Untertreibung zu sagen, Bille ist »ein Original«. Bille ist eines der absurdesten Beispiele für die exzentrischen Schöpfungen Unseres Herrn, in Fleisch und Blut.

Wie lange er sein Geschäft schon hatte, wusste niemand, und von denen, die alt genug waren, sich an damals zu erinnern, als er anfing, gab es kaum noch welche. Trotzdem wird Bille nicht älter, die Jahre gehen spurlos an ihm vorüber, er wirkt stets so, als ob er aus einem Glanzbild-Album hervortritt, immer in demselben bescheidenen grauen Anzug – Jacke, Hose, Weste – mit einem Kittel darüber, den er in seinem Geschäft getragen hat, seit ich mich an ihn erinnern kann – und wahrscheinlich noch länger zurück.

Der Kittel war vermutlich wegen des Staubes. Kein Laden ist jemals verstaubter gewesen als Billes Antiquariat. In allen drei Räumen reichen die Regale vom Boden bis zur Decke, aber nicht genug damit: Um sie herum liegen riesige Stapel von Büchern zwecks ständiger Einsortierung in verschiedene Regalfächer, und zwischen den Stapeln gibt es schmale Pfade, wo es möglich ist vorbeizukommen. Hat man beispielsweise eine Schultertasche umgehängt, ist es fast nicht zu vermeiden, einen Stapel umzuwerfen, aber das nimmt Bille stets mit größter Gemütsruhe hin. Er beginnt dann, mit einer Engelsgeduld den Stapel wieder aufzubauen.

Man hatte den Eindruck, dass es für Bille eine Lebensaufgabe war, Bücher zu verteilen, vom Fußboden zum Regal, vom Verkäufer zu ihm, von ihm zum Käufer, Hauptsache, dass es um eine neue Verteilung der Büchermasse ging, der konstanten Büchermasse. Sein Leben bestand aus einem ewigen Kreislauf von Büchern, sein ganzes Leben, und er hatte – trotz der unglaublichen umstürzenden massiven Haufen – die völlige Kontrolle über jeden einzelnen Band in den Geschäftsräumen. Stammkunden waren es gewohnt, ein Buch nur zu nennen, ein ganz spezielles Buch, das ihrem besonderen persönlichen Interesse entsprach, es konnte alles sein – vom christlichen Knabenbuch aus den 30er Jahren bis hin zu einem abgedankten nationalsozialistischen Lehrbuch über Volkswirtschaft –, und Bille gelang es stets, das Gewünschte in irgendeinem Haufen im Hintergrund zu finden.

Er war ein Unikum an Wissen, vieler Art Wissen. Wenn er nicht gerade Bücher stapelte oder sortierte, las er sie, und wenn er keins von beidem tat, unterhielt er sich mit den Leuten. Als ich neu im Viertel war, war er es gewesen, der mir erzählt hatte, was wo los war und wie man den verschiedenen Versuchungen, die der Bezirk bot, erliegen oder widerstehen konnte. Nicht, weil er sie selbst jemals gesucht hätte: Er hatte seine Bücher, und die waren sein Leben, aber er wusste alles über alle. Bille, das lebende Lexikon.

Vielleicht war er so geworden, weil er hinkte. Vielleicht würde er sich unter allen Umständen gemäß seiner eigenen, besonderen Natur entwickelt haben.

Bille war immer noch ganz der Alte. Nichts an ihm hatte sich verändert, weder seine Kleidung noch sein ruhiger, nachdenklicher Tonfall mit der zierlichen, altmodischen Höflichkeit.

»Ich stehe hier und sehe mir die Poe-Ausgabe im Fenster an«, sagte ich.

»Ja«, sagte Bille und machte eine Bewegung, als ob er den Zeigefinger – nicht aber die restliche Hand – direkt in die Westentasche steckte, eine Bewegung, die er in alten Tagen immer gemacht hatte, wenn er Preise nannte oder eine Bemerkung zu machen hatte, die er selbst für besonders wesentlich hielt. »Ja, das ist Ihre. Sie haben sie seinerzeit von mir gekauft, und ich erhielt sie kürzlich von einem jungen Mann zurück und sah ihren Namen auf dem Titelblatt.«

Er sah verletzt aus.

»Das war ein Missverständnis«, sagte ich. »Ich möchte sie gerne zurückkaufen.«

»Kommen Sie herein«, wiederholte Bille würdig.

Und mich schüttelnd wie ein nasser Hund, mit einem einzigen rückwärts gewandten Blick auf die Straße, deren Asphalt angefangen hatte, jedes Mal bunte Streifen im Wasser zu zeichnen, wenn die Lichter der Ampeln wechselten, mit einem Blick auf die stets aufdringliche Wirklichkeit dieser Straße mit einkaufenden Hausfrauen, spielenden Kindern, kackenden Hunden und Junkies, die high waren, verließ ich diese Welt für einen Augenblick und trat in Bille's Antiquariat – sein Raritätenkabinett.

37

Ungeachtet dessen, dass die Bücher sich überall polypenartig ausbreiteten, hatte Bille noch viele andere Sachen dastehen: vor einem Regal eine alte Ladenkasse mit zwei Glocken, mindestens sieben Reihen Zahlenknöpfen in allen Farben und einem eisernen Löwen als Griff für die Handkurbel, Gesamtgewicht mehrere Hundert Kilo; vor einem anderen Regal eine Schreibmaschine, die mindestens 50 Jahre auf dem Buckel haben musste und deren schmächtige Tasten bereits so ineinander verheddert waren, dass sie sich kaum jemals wieder trennen ließen; vor einem dritten Regal eine riesige Porzellanhirtin, die eine korbähnliche Kuppel künstlicher Weintrauben trug, die vor Staub grau geworden waren. Auf allen Seiten die sonderbarsten Dinge: Stapel alter Theaterprogramme, ganze und halbe Musikinstrumente, Spieldosen ohne Arme, ein antiker Zigarettenautomat, ausgewechselte Straßenschilder – alles Dinge, die aus dem einen oder anderen Grund bei Bille gelandet waren – vielleicht auf dem Weg in den Hinterhof, zur Mülldeponie oder zum Technischen Museum – und die hier eine ständige Bleibe gefunden hatten. Jeder, der Billes Kramladen betrat, würde sofort sehen, dass hier ganz andere Regeln galten als in der

Welt da draußen, und auch wenn Preise an den Büchern waren, wirkte dennoch alles so, als ob es nach einem anderen Preissystem bewertet wurde.

Die altmodische Ladenglocke läutete zart hinter meinem Rücken, als Bille die Tür wieder schloss.

»Kommen Sie mit nach hinten«, sagte er.

Ich folgte ihm durch sämtliche drei Geschäftsräume nach hinten in einen kleinen, dunklen Raum, einen Raum mit zwei Sesseln und einem kleinen, weißen, runden Tisch aus Bambus, der aussah, als stammte er aus einem alten Sommerrestaurant aus Herman Bangs Jugendzeit, als hätte er auf der Veranda an einem solchen Ort gestanden, von wo aus man über den Fjord sah, während die Damen ihren Näharbeiten nachgingen und man gebildete Konversation betrieb. Darüber hinaus war da noch ein Klotz von einem unhandlichen Schreibtisch an der gegenüberliegenden Wand, ein Tisch, auf dem Hunderte von Notizen und Papierzetteln quer durcheinander lagen, wie die Bücher im Vorraum.

Bille öffnete eine Glas-Vitrine und nahm eine Flasche und zwei Gläser heraus.

»Sie brauchen einen Cognac«, sagte er fürsorglich, und schenkte ein. »Ein schreckliches Wetter, bei dem Sie die ganze Zeit hin und her gegangen sind. Sie scheinen in Schwierigkeiten zu sein?«

»Wieso?«, brummte ich, mit dem Cognac im Mund.

»Och«, sagte Bille: »Ich bin in den Vorraum gegangen und habe fast den ganzen Tag sortiert. Ich hab Sie mindestens viermal die Straße auf und ab gehen sehen. Die Erfahrung hat mich gelehrt, dass es nur zwei Arten von Menschen gibt, die ununterbrochen dieselben Straßen rauf und runter gehen, wenn es aus Kübeln schüttet; das sind die Verliebten und diejenigen, die Probleme haben. Aber Sie sehen nicht danach aus, als ob Sie verliebt wären.«

»Spielen *Sie* Sherlock Holmes?«

»Ich spiele alles, was ich kann. Sie müssen sich übrigens eine hübsche, alte Ausgabe von Conan Doyles Geschichten ansehen, eine frühe Ausgabe von John Murray in London, die ich kürzlich hereinbekam ...«

Er stand auf, um ein Buch zu holen, aber inzwischen schrillte ein Telefon von irgendwoher. Es hörte sich an, als ob es inmitten eines Bücherstapels stand, und das genau war der Fall. Leicht hinkend schubste Bille einen Stapel beiseite und griff nach einem unendlich altmodischen Telefon, so eins mit einem geschwungenen Hörer.

»Bille.«

»Nein, ich habe es lange nicht mehr gesehen. Doch, ich rechne damit, es wieder hereinzubekommen. Es ist ungefähr ein Jahr her, dass ich es zuletzt hatte. Ja, danke, ich werde mich darum kümmern. Auf Wiederhören, Herr Direktor.« Er legte den Hörer auf und kam zurück.

»Setzen Sie sich.«

Bille lächelte: »Das war der Direktor vom Finanzamt. Er legt Wert darauf, mit ›Herr Direktor‹ angeredet zu werden. Er sammelt Wörterbücher, insbesondere Dialekt-Wörterbücher. Ich habe ihm ab und zu helfen können, aber nicht bei dem alten Bornholmer Wörterbuch, gerade jetzt nicht – das lässt sich allmählich nur noch schwer auftreiben.«

»Nun ja, aber ich sitze hier nur und erzähle über Geschäftliches. Hören Sie, wenn die Frage nicht zu aufdringlich ist: Was bereitet Ihnen so großen Kummer, dass Sie sich freiwillig eine Grippe holen wollen?«

Ich saß gut. Der Cognac war gut. Bille war freundlich. Ich erzählte ihm das Nötigste von meinen Kümmernissen.

Währenddessen saß er nur da und nickte zwischendurch zustimmend, als ob jedes einzelne Wort, das ich sagte, die Lesung eines Manuskripts wäre, das er selbst geschrieben hatte.

»Ich habe schon davon gehört ...«, sagte er. »Es ist nicht weit von hier zum Hotel Capital. Ich habe früher schon gehört, dass da gewisse Dinge vor sich gehen. Aber wo ist das nicht der Fall?«

»Genau«, sagte ich, »genau. Überall passiert etwas, dasselbe sagt die Polizei. Es könnte ohne weiteres in jedem anderen Haus als Saxogade 28 B geschehen sein, es könnte 28 A, 26, 24 gewesen sein – oder meins oder Ihres.«

»Ja«, antwortete Bille. »Ja, Valentin hat viele Häuser.«

»Bille weiß alles!«

»Das Schlimmste aber«, sagte ich – jetzt war ich in Schwung gekommen und hatte meinen Priester gefunden, dem ich mich anvertrauen konnte, »das Schlimmste war das mit Ole und Hanne. Ich kann nicht aufhören zu glauben, dass es meine Schuld ist.«

»Das ist immer so«, sagte Bille.

»Nur wenn es einem so nahe geht«, sagte ich.

»Ich habe es schlimmer erlebt«, sagte Bille, wobei er noch einen Cognac einschenkte. »Ich habe es noch viel schlimmer erlebt. Um es kurz zu fassen: Ich war früher einmal verlobt. Besagter Victor Valentin stach mich bei meiner Freundin aus. Er hat sie nie geheiratet, aber sie bekam ein Kind von ihm und starb kurz darauf. Das Kind schickte er in die Provinz.«

Das Licht trieb als Staubkörnchen im Rauch über den Tisch. Nichts sah noch länger wirklich aus.

»Nach Vejle?«, fragte ich.

»Ja, es *war* Hanne«, sagte er. »Ich kannte sie nur wenig. Ich will nicht aufdringlich sein mit meinen alten Geschichten.«

Wir saßen eine Zeit lang schweigend da. In dieser Sache biss sich die Katze in den Schwanz. Alles fand in drei, vier kleinen Straßen statt, alle Menschen kannten sich und standen täglich miteinander in Verbindung, und dennoch hatte niemand von überhaupt irgendetwas eine Ahnung.

»Das sieht Sherlock Holmes nicht sehr ähnlich, meinen Sie nicht auch?«, sagte ich über den kleinen Tisch, nur um etwas zu sagen.

Wieder läutete das Telefon.

Bille hinkte hin.

Ich öffnete das zugewucherte Fenster des Hinterzimmers und sah hinaus.

Es begann Abend zu werden. Es regnete in einem fort weiter. Im Hinterhof sah man klatschnasse Arbeiter auf Fahrrädern und Mopeds von der Arbeit nach Hause kommen.

Ich hörte, wie Bille etwas sagte wie, er würde heute Abend später kommen.

»Ein Nachlass«, sagte er, als er wieder hereinkam. »Schließen Sie doch bitte das Fenster.«

Ich schloss es.

»Ich möchte Ihre Frage nämlich gern diskret beantworten«, sagte er.

Er ging in den nächsten Bücherraum, öffnete eine

große Messingtruhe, nahm etwas heraus und steckte es in die Tasche. Daraufhin kam er zu mir zurück.

»In einer Hinsicht jedenfalls erinnert es an eine Sherlock-Holmes-Geschichte«, sagte er. »Sie entsinnen sich vielleicht, dass Holmes sich stets vergewisserte, ob Dr. Watson seinen Revolver dabeihatte, bevor das Paar aus der Baker Street das Haus verließ.«

Ich nickte.

»Ich glaube, Sie müssen auch einen haben«, sagte Bille, und zog eine kleine, flache Pistole aus der Tasche seines Kittels. »Hier, nehmen Sie die. Sie *ist* geladen.«

»Ich selbst habe noch mal die gleiche«, fuhr Bille ruhig fort. »Man soll als Händler hier in dem Viertel kein Risiko eingehen. *Meine* liegt unter der Kasse, und ich habe dafür einen Waffenschein.«

»Haben Sie sie jemals benutzt?«

»Nein, ich habe noch nie auf jemanden geschossen. Aber einmal habe ich ein paar Lederjacken weggejagt, die mir das Fenster einwerfen wollten, und ein andermal habe ich einen Räuber dazu bewogen, ohne weiteres wieder zu gehen.«

»Sie verblüffen mich. Aber ich kann nicht schießen.«

»Das kann ich Ihnen beibringen.«

»Nein, hören Sie mal!«

»Kommen Sie mit.«

In dem mittleren Raum, von dem aus man nichts sehen und so wenig wie möglich von außen hören konnte, rückte Bille einige Bücherstapel zur Seite, wobei er jedes Buch prüfend ansah, als ob es für ihn zwischen den Fingern eine Quelle sinnlicher Befriedigung war. Als die Stapel so dalagen, wie er wollte, und ein Platz an der Wand leer war, sah er auf seine Uhr, brummte, ging hinaus, schloss die Vordertür ab und machte das Licht im vorderen Raum aus. Dann ging er in den dritten Raum, tauchte erneut in die Truhe hinunter und kam mit einem runden schwarzen Instrument, zurück.

»Das ist ein Schalldämpfer«, sagte er. »Sie müssen gleich ein bisschen üben, aber am besten ganz diskret.«

Die nächste Stunde übte ich mich im Zielschießen auf verschiedene Comic-Hefte, die Bille an der leeren Wand aufhängte, Comic-Hefte aus zweiter Hand, die er für 25 Øre an die Kinder verkaufte, und ich lernte ziemlich schnell – wenn ich das selber so sagen darf. Alte Fußballspieler bewahren sich stets ein bisschen von ihrem »Auge für den Ball«, und Schießen hat mit dem Auge für den Ball gar nicht so wenig zu tun. Ich war ganz glücklich, als es mir gelang, von der entgegengesetzten Seite des Raumes aus Superman in den Bauch zu treffen. Schießen war ja so leicht, und es machte so viel Spaß. Als ich mir über die Bedeutung solcher Gedanken klar wurde, fröstelte es mich beinahe.

»Nehmen Sie sie mit«, sagte Bille. »Es *könnte* sein, dass Sie sie brauchen, und wenn auch nur zur Abschreckung.«

»Warum sollte mich jemand überfallen?«, fragte ich.

»Weil die sich dann vielleicht sicherer fühlen. Warum sollte jemand *mich* überfallen?«

»Sind *Sie* denn überfallen worden?«

»Nicht in jüngster Zeit, aber damals, bei der Sache, von der ich Ihnen erzählt habe. Bevor ›der Dünne‹ mit Else verschwand – mein einziger Trost heute ist, dass sie es freiwillig tat; damals war das das Schlimmste für mich, aber heute macht es das leichter – da sorgte er dafür, dass ich seine Macht kennen lernte. Er schickte mir ein paar Typen hinterher, um mich zusammenzuschlagen.«

Einen kurzen Moment lang schienen seine Nerven zu flattern, dann aber nahm er sich zusammen und fuhr fort:

»Seit damals hinke ich. Ich habe zwar auch schon ein paar Jahre auf dem Buckel, aber die sind leichter zu kaschieren.«

Es waren Knüppel damals, Knüppel und Glasscherben. Aber mir scheint, als ob die Methoden noch schlimmer geworden sind, wenn man an die letzten Tage denkt.

Völlig naiv, als ob ich es nicht hätte besser wissen müssen, entfuhr es mir: »Ja aber, zum Teufel auch, dann leben wir ja in einem reinen Terror-Staat!«

»Das haben wir schon immer«, sagte Bille sanft. »Nehmen Sie noch einen Cognac. In einem Terror-Staat zu leben, ist nichts Neues. Die Hälfte aller Bücher, die ich hier stehen habe – von Dickens und Balzac bis Dostojewski – handeln in der einen oder anderen Form vom Terror-Staat. Gangster hat es immer gegeben, und es wird sie auch immer geben. Wo ein Wille ist, ist auch ein Weg, und wo es einen Bedarf gibt, gibt es auch jemanden, der ihn deckt, egal, was es auch ist. Wo ein illegaler Betrieb ist – Sex, Drogen, Glücksspiel, das ganze Mafiageschäft –, ist auch ein Markt, und wo es einen Markt gibt, gibt es auch einen Hai. Es gibt immer einen Gauner am Hauptbahnhof, um die Touristen zu betrügen, es gibt immer einen Zuhälter, der seine Mädchen prügelt, und es gibt stets einen Rattenkönig über dem

Ganzen, der das Netz kontrolliert, ob er nun Scarface in Chicago oder ›der Dünne‹ hier im Bezirk heißt. Es gibt immer welche, die bereit sind, für Geld *alles* zu tun. Sie sind genauso leicht auszurotten wie Blattläuse.«

»Haben *Sie* nie daran gedacht, von hier wegzuziehen?«, fragte ich den alten Mann, der in seinem verschlissenen Kittel zwischen seinen Sachen dasaß, einen Revolver zwischen den Fingern, und der wie ein Revoluzzer und Partisan redete.

»Nein«, antwortete er einfach. »Ich gehöre hierher.«

Wir saßen ein paar Minuten schweigend da. Der Regen hielt an.

»Kommen Sie morgen wieder oder wann Sie können und wollen«, sagte er. »Ich muss los und nach dem Nachlass sehen, bevor er geplündert wird. – Ein altes Original ist heute Nacht in der Sundevedsgade gestorben, einer von den Saufbrüdern – er starb eines natürlichen Todes, die Leber konnte nicht mehr. Er hätte eine ganze Rumpelkammer voll sonderbarer Bücher, haben sie gesagt. Jetzt wollen die anderen sie verhökern, um sich ein paar Mal einen Extra-Rausch antrinken zu können.«

Er nahm einen Mantel vom Haken, wickelte sich hinein, griff sich einen enormen Schal, der sich fast von selber viermal um seinen Hals schlang, stellte den Cognac in den Schrank, machte das Licht aus und sagte:

»Wenn *ich* sterbe, werden sie auch sagen, er war ein altes Original, der ein ganzes Geschäft voll sonderbarer Bücher hatte, und jemand wird sie für ein paar Extra-Schwipse verkaufen.«

Das war nur zu wahr.

Wir trennten uns draußen auf der Straße. Er ging zu seinem Nachlass, ich zu meinem – meinem Zuhause. Die kleine, leichte Pistole wog unglaublich schwer in der Jackentasche. Ich hielt die eine Hand über sie, als ich in dem immer noch strömenden Regen die Absalonsgade hinunterging.

38

Es war eine ganz andere Zeit, in die ich jetzt hinauswanderte, es war eine neue Temperaturzone. Die Stadt war in ihre stille Phase des frühen Abends hinübergeglitten. In den meisten ehrbaren Häusern hatte man zu Abend gespeist, man beschäftigte sich mit den Kindern und sprach über dies und das, Probleme mit der Miete und Stromrechnungen oder die Krankheiten der Onkel und Tanten, und Frieden senkte sich vorläufig über alles. In nur einer Stunde etwa würde die Dunkelheit herabfallen und alles mit ihrem großen schwarzen Teppich zudecken, und während der Regen platschte, würden die Leute vor den Fernsehern sitzen und Kaffee trinken oder gedankenlos die Zeitungen durchblättern. Einzelne würden ihren Kindern sicher immer noch die Märchen von Hans Christian Andersen vorlesen.

Die friedliche Zeit des Tagesablaufs, das ist der frühe Abend. Er schmeckt nach Essen, Sonnenuntergang, Wärme, Zuhause.

Nicht weniger so schmeckt er auch für einen Mann, der allein im Regen herumwatet.

Die Straßen waren leer. Selbst die Trinker, die

Bettler, die Nutten, die Junkies und die Straßenkatzen hatten sich verkrochen.

Für den Aufstieg in meinen vierten Stock wurde ich mit ganzen zwei Telegrammen belohnt. Sie waren beide vom BLADET. Das eine von Barbara, das andere von Otzen. Ihr Wortlaut war der gleiche: RUF BALDMÖGLICHST AN. Der Journalismus bringt nun mal den Leuten das Formulieren bei.

Ich sank tief in meinen Schreibtischstuhl, warf die Beine auf den Tisch und glotzte ziellos aus dem Fenster hinaus, wo außer dichten Regenstreifen nichts zu sehen war.

Ich war innerlich völlig leer, so leer wie die Straße. Hätte ich einen Fernseher gehabt, hätte ich den anschalten können.

Nach einer Viertelstunde steif gefrorener Stille griff ich zum Telefon, rief beim BLADET an und fragte nach Barbara. Ihr Apparat war besetzt. Ich fragte nach Otzen. Otzen war besetzt. Ich hinterließ für beide den Bescheid, mich zurückzurufen, und nahm meine tiefsinnige Betrachtung der ziellosen, willkürlichen Bahnen wieder auf, in denen Regentropfen in Slumvierteln die Fensterscheiben runterlaufen.

Ich einigte mich mit mir selbst – durch eine kleine, schnell improvisierte Hausbesprechung –, dass mir etwas fehlte. Ich ging runter zum nächsten Nachtkiosk, um es mir zu beschaffen. Die Dame hinter der Theke – ein großes, schwergewichtiges Frauenzimmer mittleren Alters – gab mir unaufgefordert darin Recht, dass man bei so einem Wetter auch wirklich was brauchte, um sich zu stärken. Wahrscheinlich hätte sie dasselbe auch während der Hitzewelle gesagt.

Als ich mit meinem Whisky wieder nach oben

ging, war der Regen immer noch genauso stark, aber aus mehreren Kneipen begann sich ein bescheidener Lärm zu erheben, und die Bordelle hatten ihre Neonbeleuchtung angeschaltet.

Dann endlich rief Barbara an.

»Freut mich, dass du noch lebst«, sagte sie. »Gibt's was Neues?«

»Nur Kleinigkeiten. Was ist mit dir?«

»Ich habe meine Nachforschungen fortgesetzt. Hab die Privatadresse ›des Dünnen‹ rausgefunden. Sie lautet Søbakkevej 14 in Lyngby. Postleitzahl 2800, falls du schreiben willst.«

Ich notierte mir das auf der Rückseite eines Steuerbescheid-Kuverts auf dem Schreibtisch.

»Telefon?«

»Geheimnummer. Ich hab sie nicht rausfinden können.«

»Noch was?«

»Jens ist zurück und lässt sich feiern. Er lallt schon leicht, und je mehr Drinks er kriegt, desto mehr erinnert er sich an den Überfall.«

»Und umso tödlicher werden seine Wunden?«

»So ungefähr.«

»Babs, was will Otzen von mir?«

»Otzen?«

»Ich hab ein Telegramm von ihm bekommen. Gleichzeitig mit deinem.«

»Er hat nichts gesagt. Vielleicht versucht er, dich zurückzukriegen. Vielleicht will er dir aber auch nur den Marsch blasen.«

»Das *hat* er schon getan.«

»Das kann man gar nicht oft genug tun.«

»Fuck you!«

»Schon wieder?«

»Du weißt es also nicht?«

»Nein.«

»Okay ... wir sprechen noch drüber ...«, anschließend und nach einer kurzen (aber merkbaren) Pause fügte ich hinzu:

»Schatz.«

Sie sagte, sie würde um 1.00 Uhr gehen, und legte auf.

Ich setzte mich auf die Fensterbank und stierte zu dem Haus auf der anderen Seite der Straße hinüber. Im vierten Stock wohnte ein junges Pärchen; sie saßen beide in Sesseln, und jeder hatte ein Kind auf dem Schoß. Ein Bild wie geschaffen für die Familienseite im BLADET. Es sah nicht so aus, als ob sie sich sonderlich bewegten oder etwas sagten, sie saßen nur so da.

Ich legte eine sentimentale Frank-Sinatra-Platte auf und trank noch einen Whisky.

Dann rief Otzen an.

»Kannst du nicht in die Redaktion kommen?«

»Warum?«

»Ich möchte gern mit dir reden.«

»Das tust du doch jetzt.«

»Unter vier Augen.«

»*Ich* werde nicht abgehört. Um was handelt es sich?«

»Könntest du dir nicht vorstellen zurückzukommen?«

»Warum das?«

»Hör auf, so verdammt störrisch zu sein. Diese Angelegenheit ist BLADET's Sache geworden. Auf unseren Mitarbeiter ist geschossen worden ...«

»Von einem ungewöhnlich ungeschickten Schützen«, warf ich mürrisch ein.

»... und ich hab gehört, dass du mehr über das hier weißt, als du zugibst«, fügte Otzen hinzu.

»Wer sagt das?«

»Besitzt du keine Loyalität gegenüber dem BLADET? Du hast hier fünf Jahre gearbeitet!«

»Erst gestern hab ich ein besseres Angebot mit höherem Gehalt und kürzerer Arbeitszeit bekommen.«

»Wo?«

»Das ist vertraulich. Ich könnte ja riskieren, dass *du* dich um die Stelle bewirbst.«

Otzen schnaufte irritiert.

»Komm jetzt zur Vernunft«, sagte er. »Komm vorbei und arbeite mit uns zusammen!«

»Ich werde darüber nachdenken«, sagte ich.

Aber da ich oft genug die ganze Nacht da drinnen in den engen Büros gesessen hatte, um Bescheid zu wissen, konnte ich es mir nicht verkneifen hinzuzufügen:

»Viel Spaß bei der Nachtschicht.«

Loyalität gegenüber dem BLADET, wie?, dachte ich eine Minute später. Loyalität? Für was? Für weniger als einen Tausender pro Artikel, und das fünf Jahre lang? Weil sie meine Sachen nur deshalb druckten, weil sie keine besseren fanden, und sobald dies der Fall wäre, diese vorziehen würden? Loyalität gegenüber Otzen, dessen einziger Gedanke in den letzten zehn Jahren gewesen war, den Vorstand, bestehend aus Direktoren, Staatsanwälten vom Verfassungsgericht und politischen »Persönlichkeiten«, nicht zu verärgern? Loyalität gegenüber der ganzen Bonzen-Bande?

Herrgott nochmal, da könnte ich genauso gut der Mafia gegenüber loyal sein.

Das war's.

Inzwischen war es allmählich spät geworden. Ein weiterer Tag ging langsam zu Ende.

Wieder so ein Tag.

Genügend Tage dieser Art, und dann würde das Leben vorbei sein. Das war's.

Ein hübscher Grabstein. »Hier liegt Karl Aage – Das war's«.

Es regnete weiter.

Ich sollte zum Essen ausgehen. Menschen müssen essen. Ehlers hatte sicher schon gegessen, Otzen und Barbara hatten gegessen. Menschen *müssen* essen, bis sie erschossen werden.

Ich ließ meine Augen von der voll geregneten Fensterscheibe zur Tischplatte hinunterwandern. Da lag das Kuvert mit der Adresse ›des Dünnen‹, Søbakken 14, 2800 Lyngby.

Ich sollte sie mir morgen mal ansehen, diese Adresse.

Es war 23.00 Uhr, als ich die Treppe runter und wieder hinausging. Es war 1.30 Uhr, als ich die Treppe hinaufstieg und wieder hineinging. In der Zwischenzeit war nichts passiert. Ich hatte das ganze Viertel ein paar Mal abgeklappert, war an der Saxogade, am Hotel Capital, an der Polizeiwache am Halmtorvet und an Bille's Antiquariat vorbeigekommen. Überall war es ruhig. In den Straßen hielten nur einige wenige Saufärsche in dem immer noch strömenden Regen aus.

Als ich ins Bett ging, hatte die junge Familie gegenüber längst alle Lichter gelöscht.

39

Als ich aufwachte, war es 6.15 Uhr, und der Regen strömte immer noch geduldig herab, ohne anscheinend während der letzten 24 Stunden eine Kaffeepause gemacht zu haben.

Ich steckte mir den Kopenhagener Stadtplan von Kraks in die Jackentasche und ging runter zum Hauptbahnhof. Die Straße war leer und nichts sagend. Die Welt bestand aus leerem, rätselhaftem Asphalt mit mehrfarbigen Neonschatten, nur hier und da belebt durch ein einzelnes Auto.

Auch der Hauptbahnhof war leer und öde, bis auf ein paar Saufbrüder, die schon um das gerade geöffnete Morgencafé herumlungerten, nachdem sie wahrscheinlich auf den Holzbänken drinnen im Bahnhof übernachtet hatten. Ihr Frühstück bestand aus Starkbier. Ich trank eine Tasse Kaffee, bevor ich runter auf den Bahnsteig ging und den Zug nach Lyngby nahm, um das Haus ›des Dünnen‹ zu suchen.

Vielleicht lag es nur an dem frühen Zeitpunkt. Das Licht kann früh am Morgen so scharf, so schmerzhaft intensiv sein, als ob es sich einem durch die Augen bohren will – besonders, wenn man nicht gewohnt ist, zu dieser Zeit schon auf zu sein. Auf jeden Fall erlebte ich die zwanzigminütige Zugfahrt mit klinischer Schärfe.

Wie empfindlich und gleitend die Phasen des Tages sind, wie das Licht über der Stadt unaufhörlich wechselt und alles verändert, so verändert sich auch der Charakter der Stadt allmählich von Viertel zu Viertel, von Station zu Station. Der Zug lief in den Hauptbahnhof ein, und ich hatte nichts anderes zu tun, als mich in ein Raucher-Abteil zu setzen, mir eine Zigarette anzustecken und an einem regenverhangenen Morgen in den Regen und auf die Konturen meiner Stadt hinauszusehen.

Bei Vesterport stiegen ein paar Arbeiter zu. Sie trugen Overalls, große Pullover und dunkelgrüne Regenmäntel; jeder hatte seine Cecil zwischen den Lippen, und abwechselnd husteten und fluchten sie über irgendeine Akkordarbeit. Vesterport war absolut trostlos, aber zwei Minuten später erreichten wir Nørreport, durch und durch Stadt, wo alles aus Büros, tickenden Fernschreibern und Geschäften wie summende Bienenstöcke bestand; hier stieg niemand zu, denn hierher kam man, man ging nicht weg von hier. So ist es im Allgemeinen, wenn man frühmorgens den Zug in die Vororte nimmt. Es ist wie rückwärts fahren. Alle müssen in die entgegengesetzte Richtung.

Østerport, niedlich und kultiviert, der Ort für große, geräumige Wohnungen, wo man geruhsam vor sich hin und von den Einkünften aus Wertpapieren lebte. Die Leute hier draußen in ihren Stuben mit all ihren vornehmen Gemälden kümmerten sich nur um ihre eigenen Angelegenheiten, und wenn man sie überhaupt dazu bewegen wollte, ein Wort zu sagen, so war dies nur möglich, wenn man sie direkt anspuckte.

Dann waren wir bereits fast aus der Stadt raus. Nordhavn kam in Sicht, und die Arbeiter stiegen aus. In jedem Wagen des Zuges waren einige gewesen, stellte ich fest, als sie sich einander wiedererkennend grüßten und aus der Bahnstation hinauswanderten, in kleinen, zufälligen Gruppen von

Silhouetten wie auf einem altmodischen Ölgemälde. In zehn Minuten würden sie schweigend auf- und abladen, Kisten schleppen, Kräne bewegen, Paletten anheben, transportieren, von Hering bis Metall, raus und rein oder hin und her, während der Regen auf sie herabstürzte. In vier Stunden würden sie dann eine Pause haben, um in einer fahrbaren Baubude zu sitzen und ihr mitgebrachtes Frühstück zu essen, und erst nach weiteren vier Stunden würden sie wieder durchgeweicht ins Abteil kriechen und nach Hause fahren.

Der Herrgott sollte etwas mehr an Nordhavn denken.

Svanemøllen, auf drei Viertel der Strecke aus der Stadt raus, Hellerup, Kopenhagens Snob-City, mit diesen gewaltigen Villen, aus denen Vaters Söhne in die Stadt stürmten und alle Chef-Jobs aufsaugten, aus denen Studenten entsprangen wie Buchenlaub in den Wäldern, aus denen die Feinen, die Reichen, die Schönen kamen ... Ich war nahe dran, an Hellerup zu ersticken. Ich hätte nicht so zeitig aufstehen sollen.

Ein Stück Grün und Schrebergärten, Bernstorffvej, Gentofte – aber vom Zug aus ist Gentofte nicht Gentofte, vom Zug aus ist es bloß ein demütiges Dorf – Jægersborg, Lyngby. Raus.

In Lyngby trank ich noch eine Tasse Kaffee. Als ich zahlte, sah ich dabei in mein Portemonnaie und musste feststellen, dass ich bald kein Geld mehr hatte. Was nun? Würde etwas Urlaubsgeld vom BLADET für einen Monat reichen? Musste ich meine letzten Bücher und Platten, meine letzten Kuscheltiere für eine halbe Monatsmiete verkaufen? Ich war nie Mitglied einer Gewerkschaft gewesen. Ich hatte keinen Anspruch auf Unterstützung. Insgesamt gesehen hatte ich sicher auf nichts Anspruch.

Immerhin waren noch 202 Kronen und 85 Øre übrig. Als ich das Portemonnaie wieder einsteckte, merkte ich, dass da auch ein Revolver war.

Während ich den Kaffee trank, schlug ich meinen Krak-Stadtplan auf. Der Søbakkevej war eine Seitenstraße zum Søbakken, der wiederum gerade auf Søbredden, Søskrænten und Søpromenade zuführte. Alle drei lagen als durchgehende Straßen zwischen Søvejen und Søparken, die beide direkt auf den See selbst, und zwar den Furesø, zu führten. Es sah ganz so aus, als ob es ein hübscher Spaziergang werden würde.

Draußen vor der Bahnstation Lyngby regnete es weiter. Der Irma Supermarkt würde gleich aufmachen. Flinke junge Verkäufer schleppten Waren raus und rein, ältere, ergrauende Damen an den Kassen setzten neue Papierrollen in ihre Apparate ein, alles wurde vorbereitet, damit die Kunden zum Angebot der Woche mit neu aufgeklebten Preisetiketten hereinstürzen konnten. Der Arbeitsmorgen hatte begonnen. Selbst hier draußen kamen Rad- und Mopedfahrer an der Bahnstation an und schüttelten sich im Regen, bevor sie ihre Fahrkarte abstempelten, um zur Arbeit in die Stadt zu fahren, die ich verlassen hatte.

Es dauerte nur fünf Minuten in schnellem Schritt, dann war ich abseits der morgendlichen Geschäftigkeit und wieder in einer neuen Zone – ein Land, wo niemand viel zu tun hatte.

Hier standen nicht nur die großen Häuser, hier lagen auch die großen Grundstücke. Hier hatte jedes zweite Haus einen mittleren Park. Rund um die

Parks waren mit Bedacht Wälder angesiedelt worden, und von vielen Wäldern aus hatte man Aussicht auf Seen. Vogelgezwitscher war zu hören, echtes schnatterndes Vogelgezwitscher, anstelle der gequälten Töne aus defekten Musikboxen, die ich sonst üblicherweise vormittags zu hören bekam. Jedes Haus hatte eine eigene Garage, viele hatten kleine Pavillons, lange Einfahrten mit weißen Kieswegen, Rosenbeeten und obendrauf eine Spitze oder einen Turm. Die meisten mussten Hauspersonal haben, damit überhaupt zwischendurch mal der Fußboden gewischt werden konnte. Die meisten mussten mindestens ein Auto haben, eher wohl zwei bis drei. Die meisten mussten über ein verteufelt solides Konto bei einem führenden Geldinstitut verfügen. Wie schön, dass es solche Menschen gibt. Leute, die viel Platz haben und in einer freundlichen Umgebung leben, Leute, die Kamine mit echtem, lebendem Feuer haben und sich keine Sorgen darüber zu machen brauchen, dass die Preise für Milch und Kartoffeln steigen.

Hier draußen wohnten die, die noch auf ihrem Hintern liegen bleiben und schnarchen konnten, wenn die Bediensteten, ohne zu viel Lärm zu machen, schon das Rasierwasser für sie aufsetzten und während die Hafenarbeiter sicher schon die Ladung der ersten sechs bis sieben Schiffe gelöscht und sich die ersten zehn, zwölf Grippen geholt hatten.

Die Vögel in den Baumwipfeln hoben zu einer wahren Symphonie an, als ich zur Søskrænten abbog. Der Regen ließ allmählich etwas nach, er schien zu überlegen, ob er nicht endlich eine Pause einlegen sollte.

Das hier draußen ist eine ganz andere Welt, dachte ich – alles ging auf einer anderen Ebene vor sich. In Vesterbro geht Olsen rauf zu Hansen und sagt, sie wären völlig im Arsch, würden durchhängen, wären total abgebrannt, und ob er ihm nicht bis zum Ersten einen Hunderter pumpen könnte? Hier draußen in Lyngby ging Schwanenflügel zu Feinkelstein hinein und fragte, ob er nicht, im gegenseitigen Interesse der wirtschaftlichen Entwicklung, zum Ersten einen Wechsel zeichnen möchte oder erwirken wolle, dass ihre gemeinsame Bank zumindest mit Hilfe einer Bürgschaft den Kontokorrentkredit erhöhen würde?

In Vesterbro liefen die Leute auf der Straße Amok und erzählten allen und jedem ihre Lebensgeschichte oder fingen plötzlich an, beim Sozialamt Pflastersteine ins Fenster zu schmeißen, weil dieses sie neulich schlecht behandelt hatte oder weil sie ganz einfach krank davon waren, immer vor dem Amt Schlange zu stehen. Hier draußen in Lyngby saßen sie auf Ledersofas und tranken Chevas Regal, bis sie für ein paar Stunden die Masken fallen ließen.

Drinnen in Vesterbro wohnten die »Fälle«, »die Verlierer«, »die Patienten«, »die Aussteiger« – die Fehlproduktionen. Hier draußen wohnten diejenigen, die bestimmten, wer zu was taugte, wer die Fälle und Patienten waren. Hier draußen wohnten die Anwälte, die Direktoren, die Aktionäre, die Kirchenfürsten, die Redakteure, die Aufsichtsratsmitglieder, die Politiker.

Und ›der Dünne‹.

Ich bog in Richtung Søbakken ein.

40

Der Søbakken hatte nur eine Nebenstraße, und das war genau der Søbakkevej, eine Idee, die einem Stadtplaner seinerzeit sicher zu einem Honorar für zwei Wochen verholfen hatte.

Der Søbakkevej war nicht die Istedgade. Es gab nur vierzehn Hausnummern. Auf der einen Seite Nummer 2 bis 12, auf der anderen 1 bis 13. und am Ende der Sackgasse bildete Nummer 14 den Abschluss.

Im Søbakkevej gab es lauter vornehme Villen, aber ganz gleich, wie man die Straße entlangging, stets würde zuallererst die Nr. 14 ins Auge fallen. Sie beherrschte die Aussicht, lag in der Mitte und war äußerst stattlich. Es war ein kleinerer Herrensitz, in Weiß und Grau gehalten; es gab hohe Treppen, die hinauf zu einer Eingangstür führten, die so aussah, als ob jedes Mal drei Arbeiter nötig wären, um sie zu öffnen, und rings um das ganze Lustschloss war ein zwei Meter hohes schwarzes Gitter angebracht. Das Grundstück war nicht eben, wie aus dem üppigen Garten um das Haus und auch aus meinem Krak-Plan hervorging: Direkt auf der anderen Seite von Søbakkevej 14 fiel die Böschung ab hinunter zum See, und ein Moor- und Niemandsland, an das ich mich gut von einzelnen Sonntagsausflügen in meiner Kindheit her erinnerte, erstreckte sich ein Dutzend Meter vor dem Ufer hinab zum See; hier veranstaltete man bei günstigen Wetterverhältnissen Ruderwettkämpfe und immer sah man wettergebräunte Ruderer zusammen trainieren – zwischen erschreckten Touristen, die nach fünfzehn Jahren wieder einmal ein Ruderboot gemietet hatten und sich schwer taten, mit den Rudern zu manövrieren, ohne dass dabei die Zigarre im Mund nass wurde.

Søbakkevej 14 hatte nur eine solide Pforte, und auf der stand lediglich 14, kein Name. Nicht besonders aufschlussreich. Mehr über den Bewohner sagte der Umstand aus, dass – sobald ich zur Pforte gekommen war, um zu sehen, ob da wirklich kein Name stand – zwei große, wilde Hunde aus jedem ihrer Büsche im Park hervorstürzten und mich drohend anknurrten.

Neben dem Nummernschild gab es eine elektrische Klingel. Die beiden Höllenhunde starrten sich erwartungsvoll an und machten den Eindruck, als ob sie um einen Fünfer wetteten, ob ich auf den Klingelknopf zu drücken wagte.

Ich weiß nicht, wer von beiden die Wette gewann. Ich legte meine Bescheidenheit ab und versuchte so zu tun, als ob ich kurzsichtig wäre und nach ganz was anderem suchen würde.

Die Hunde schenkten dem keinen Glauben. Sie bellten wild und gewaltig.

Zwischen Nummer 14 und Nummer 13 gab es einen kleinen Pfad mit einer hohen Hecke zu beiden Seiten und einer weißen Gartentür, um Radfahrer am unerlaubten Zugang zu hindern. Ich machte in dem fortwährenden Nieselregen ein paar Schritte vorwärts, hörte aber im selben Augenblick eine schwache Stimme aus der Nummer vierzehn. Ich trat dichter an die Hecke heran, aber die Stimme wurde von dem Hundegebell übertönt.

Dann, als ich mich eng an die Hecke drückte, als ob es sich um einen alten Freund handelte, den ich seit der Schulzeit nicht mehr gesehen hatte, hörte ich das Geräusch eines Autos, das auf höchstens zwei Rädern den Søbakkevej entlangfuhr. Die Reifen kamen quietschend zum Stehen, direkt vor dem Bürgersteig; ich schlich mich vor und blickte über die schützende, blühende Hecke. Ich konnte sehen, wie ein ziemlich großer und untersetzter Herr aus einem mittelgroßen blauen Auto ausstieg und die elektrische Klingel an der Pforte betätigte, mir unhöflicherweise den Rücken zugewandt. Er trug einen hübschen Mantel. Umgehend öffnete sich die Pforte zustimmend und schlug sofort wieder zu, auch die Hunde waren auffallend ruhig.

Die Tür fiel ins Schloss.

Der Wagen fuhr wieder ab.

Der Regen ließ tatsächlich allmählich nach. Nach meiner Rechnung musste es allmählich 9.00 Uhr sein, als sich die ersten Fenster im Umkreis plötzlich öffneten und Stimmen laut wurden; sie ertönten verblüffend gleichzeitig und synchron aus den verschiedenen Häusern, als ob man hier in der Straße einen gemeinsamen Wecker hätte. Eine Sekunde später kam der klassische, in rot gekleidete Postbote auf seinem gelben Dienstfahrrad den Søbakkevej heruntergefahren, wie auf einer Ansichtskarte, und im selben Moment konnte man das getoastete Brot in den Küchen riechen. Der Postbote radelte getreulich kettenrasselnd Meter für Meter von Haus zu Haus, und die Geräusche aus den Häusern, eine Sammlung schwacher Raschel-Kratz-Rühr-Laute, wurden stufenweise stärker.

Das Gleiche galt für das Licht. Es kam mir vor, als ob ich blutunterlaufene Augen hätte.

Aber ich wartete. Ich wartete, und ich dachte an

den Wald, an dessen äußerem Rand ich stand, dachte daran, dass das ganze Land einmal Wald gewesen war, ohne eine einzige Pinte, an den Pfad mit dem schlammigen, kleiigen, wässrigen Boden, an die Schnecken, diese zerbrechlichen Tiere, die bei jedem zweiten Fußtritt, den ich machte, auf und nieder wabbelten, während ich hin und her stampfte. Ich dachte an den Löwenzahn, der da stand, unverschämt strotzend vor Lebensfülle, und ich dachte an die hohen Bärenklaue.

Ich dachte daran, wie ich als Junge stundenlang in Mooren gespielt hatte, mit Flitzebogen und Angeln und Flößen. Ich dachte an meine Kindheit und meine Mutter und meine Geschwister. Ich dachte an die Geliebten, die ich gehabt hatte, die Reisen, die ich unternommen hatte, die Jobs, in denen ich gearbeitet hatte. Ich ging so weit, dass ich all die verschiedenen Whiskymarken aufzählte. Darüber verging viel Zeit.

Inzwischen begannen gut gekleidete Männer, Frauen und Kinder aufzutauchen, einzeln oder paarweise, vom Pfad aus gesehen wie stilisierte Silhouetten, die sich auf Autos zu bewegten und wegfuhren. Jetzt hatte hier draußen der Tag begonnen, und die Käfer kamen aus den Gartenbänken hervor. Eine Viertelstunde lang war da ein Starten und Losfahren von Autos, der Austausch von Begrüßungen und Höflichkeiten, und dann war es plötzlich wieder genauso still wie vorher, abgesehen von einem einzelnen Radio, das – in harter Konkurrenz mit ein paar Amseln – losplärrte, vermutlich zu Ehren einer zurückgelassenen Reinemachefrau.

Eine Stunde war vielleicht vergangen, bevor wieder etwas geschah: Die Hunde bellten.

Gleichzeitig, wie bei einem abgekarteten Spiel, bog ein Auto in den Søbakkevej ein. Es parkte genau vor Nummer 14.

Diesmal stand ich besser. Es gab da einen schönen, großen Busch, rechts von meiner vorigen Aussichtsposition, und den wählte ich mir zu meinem vorläufigen Zuhause.

Es war wiederum ein großer blauer Wagen. Ein Taxi.

Es wartete auf den Herrn, der den langen gefliesten Eingang zum Lustschloss entlanggegangen kam. Selbst wenn ich ihn nur von hinten gesehen hätte, hätte für mich kein Zweifel bestanden, dass es sich um genau denselben handelte, den ich bei seiner Ankunft gesehen hatte. Der schöne Mantel war leicht wiederzuerkennen.

Ich wunderte mich, dass ich nicht da schon den Schwarzen Manuel wiedererkannt hatte.

41

Es war – irritierenderweise – nichts Merkwürdiges daran. Nichts war natürlicher, als dass ›der Dünne‹ mit seinem Unterboss verhandelte, und kein Zeitpunkt konnte passender oder nüchterner sein als der frühe Vormittag.

Ich blieb stehen, bis Manuel ins Taxi gestiegen war.

Niemand hatte sich in Nummer 14 blicken lassen. Die Hunde waren wieder ruhig. Alles war still. Selbst das plärrende Radio von vorhin hielt den Schnabel.

Vielleicht war die Hausangestellte mit ihrem Transistor inzwischen bis in die hinteren Zimmer vorgedrungen.

Ruhig und möglichst unauffällig schlich ich mich den Søbakkevej entlang auf Søbakken zu.

Auf dem Weg zurück zur Bahnstation durch den Regen pfiff ich heiser durch die Zähne. Ich hatte die Straßen der Umgebung wieder ganz für mich.

Eine Tasse Kaffee in derselben Ankunfts- und Abfahrtshalle. Ein paar alte Bahnbeamte trotteten herum und versuchten den Anschein zu erwecken, als ob sie zu tun hätten, gemäß einer verstaubten Verordnung von 1938, die gleichmäßige, moderate Beschäftigung vorschrieb. Vermutlich mussten sie rein zur Revision der Fahrkarten vom letzten Jahr.

Überall auf dem Bahnhof Matsch, Schlamm und Dreck. Der Kaffee konnte nicht vermeiden, nach all den Schuhen und Stiefeln zu schmecken, die auf dem Boden ihre schlammigen Abdrücke hinterlassen hatten.

Der Zug kam, und ich stieg ein. Im Abteil saßen Leute, die vor Nässe trieften und eine Miene zur Schau trugen, als ob sie kastriert oder zum Tode verurteilt waren.

Direkt meinem Platz gegenüber lag ein Exemplar vom BLADET.

Die Geschichte des Tages handelte von zwei 17-18-jährigen Burschen, die einen Buchhalter in einer Glücksspiel-Firma getötet hatten. Einer der beiden war dort früher mal als Laufbursche angestellt gewesen und hatte den Kameraden dazu überredet, sich gemeinsam Zutritt zur Firma zu verschaffen und den Whisky und die Zigaretten im Konferenzzimmer zu klauen. Der Buchhalter, der Überstunden gemacht hatte, hatte sie gesehen und den früheren Laufburschen wiedererkannt. Der Buchhalter wurde mit einem alten Revolver erschossen, der aus einer Antiquitätenhandlung stammte. Die Burschen waren *ohne* den Whisky und die Zigaretten verschwunden und jetzt gefasst worden.

Man konnte ganz krank davon werden. Es hätte jedem 18-jährigen Burschen passieren können, der etwas beweisen wollte und der plötzlich in Panik geriet, als der Buchhalter auftauchte. Es hätte auch jedem Buchhalter passieren können, der das Pech hatte, Überstunden zu machen, als die Burschen reinkamen. Sehr widerlich. Sehr verständlich. Sehr realistisch.

Jens hatte die Story geschrieben. Mir wurde klar, dass der Buchhalter – zu allem Glück – Junggeselle gewesen sein musste, denn sonst würde Jens es sich nicht verkniffen haben, auch etwas über die Witwe und die Kinder zu bringen, in Tränen aufgelöst, neben den jammernden Eltern des jungen Burschen aus Brønshøj.

Von dem Burschen gab es ein Foto. Er sah aus, als ob sein Leben schon vorbei wäre. In dem Alter glaubt man das ja, egal was passiert. Dasselbe hatte er sicher geglaubt, als der Buchhalter kam, und hatte deswegen geschossen.

Meine Finger glitten in die Jackentasche zum Revolver. Er war immer noch da, und er war immer noch geladen. Wenn *ich* durchdrehen würde, wenn *ich* einen Anfall von Paranoia bekäme und eine Verschwörung gegen mich wittern würde, eine Verschwörung der Art, auf die die Leute täglich kommen, wenn ich glaubte, alle meine Freunde und

Bekannten würden hinter meinem Rücken erschossen und ich wäre der Nächste und alle anderen wären Agenten im Dienste ›des Dünnen‹, wenn ich das glaubte, und sei es auch nur eine Sekunde lang, dann könnte ich meine Pistole aus der Tasche reißen und günstigstenfalls sechs meiner Mitpassagiere noch vor Erreichen des Hauptbahnhofs niederschießen ...

Dinge solcher Art passieren oft genug, um einen jeden wahnsinnig zu machen. Jede Nacht schleichen finstere Pyromanen herum und versuchen, mit Streichhölzern in der Nähe von explosivem Material die Wohnung von irgendjemandem in die Luft zu jagen, jede Nacht streifen Verrückte herum, die sonderbare, finstere Rachepläne gegen die übrige Menschheit hegen. Und währenddessen brüten andererseits kluge und kühle Köpfe, die alles im Griff haben, über Plänen zum Einkauf kommender elektronisch gesteuerter Lenkwaffen, die gegen Aggressive Feindliche Mächte (nachstehend AFM genannt) abgefeuert werden können, falls diese gegen *uns* Lenkwaffen schicken sollten.

Solche Dinge passieren, sie passieren andauernd, und man weiß es die ganze Zeit, aber wenn man zu oft an sie denkt, wird man förmlich krank davon.

Ich wurde so krank, dass ich – als wir endlich an dem stinkigen und dreckigen Hauptbahnhof ankamen – zum BLADET raufging, um mit Barbara zu sprechen. Jeglicher gesunde Menschenverstand riet mir wegzubleiben, und so ging ich halt.

Schon der Gruß des Pförtners hätte mich warnen sollen. Der alte Kerl mit dem Schnauzbart, der diskret verstehend zu nicken pflegte, wie ein altmodischer Butler, der sich nicht in die Angelegenheiten der Herrschaften einmischt, aber doch leicht den linken Mundwinkel verzieht, sah in die andere Richtung, als ob ich schon ein toter Mann wäre.

42

Ich ging hinten herum und klopfte ungesehen an die Tür zu Barbaras Büro auf dem langen Gang, wo alle Journalisten vom BLADET in jedem ihrer 12-m²-Büros sitzen und auf ihren Schreibmaschinen rumhämmern. Der Geruch, der dort herrscht, ist tot, ganz einfach *tot*. Zu viele Zigaretten, zu viel Papier, zu wenige geöffnete Fenster, zu wenig Luft, selbst wenn man sie öffnet. Man kriegt nur den Zigarettenqualm des Nachbarbüros rein.

Barbara machte auf. Kalt, elegant und unpassend gut gekleidet.

»Du?«, sagte sie. »Komm rein!«

Ihr Büro war wie immer und wie sie selbst: Ordentlich und gut organisiert, alles lag in sorgfältig geordneten Reihen da, Notizen und Konzepte links, fertige Manuskripte rechts, neue Vorgänge in einer kleinen roten Mappe, Anlagen gesammelt in einer Wäscheklammer für die Revision beim BLADET, Schreibmaschine, Block und Kugelschreiber bereit, hinter der Teetasse, vor dem Telefon.

»Wo kommst *du* denn her?«, fragte sie. »Du bist ja ganz durchgeweicht! Und wieso bist *du* überhaupt zu dieser Zeit schon auf den Beinen?«

»Ich war draußen, um Victor Valentin zu überprüfen«, sagte ich. »*On the spot*. Draußen im Søbakkevej.«

»Hast du etwas rausgekriegt?«, fragte Barbara neugierig.

»Nichts Besonderes«, antwortete ich. »Möchte wissen, ob er eine Frau hat.«

»Eine Frau?«, sagte Barbara. »Ich hab nichts davon gehört. Augenblick.«

Barbara rief das Archiv an. Das Archiv hatte nichts vorliegen. Der Archivar fühlte sich auf den Schlips getreten, das konnte ich sogar auf die weite Entfernung hin hören. »Sie haben den gesamten Vorgang vor ein paar Tagen erhalten!«, sagte er anklagend. Er war bereits in Verteidigungsposition. Zwei Anrufe in einer Sache reichten aus, dass er sich der Schluderei und Gleichgültigkeit verdächtigt fühlte.

»Eine Frau Valentin kennt offenbar niemand«, sagte ich. »Nicht mal unser Archiv.«

»Mavis muss sie kennen«, sagte Barbara. »Es ist die einzige Chance, die ich sehe.«

Barbara hatte natürlich Recht. Wenn jemand was wusste, dann Mavis.

Mavis war schon so lange beim BLADET, wie überhaupt jemand denken konnte, und sie hatte stets dieselbe Rubrik betreut, die Spalte »Unter Uns«, die sich vorzugsweise mit Gerüchten über Hochzeiten, Scheidungen, Geburten und illegitime sexuelle Beziehungen beschäftigte, die nie beim richtigen Namen genannt wurden. Mavis hatte sich auf so was spezialisiert; sie hatte Hunderte von Informanten, Nachbarn und Gegenüber bekannter Leute, die sie anriefen und ihr gern einen Tipp geben wollten. Mavis war, so meinten einige, Vorreiterin des modernen bürgernahen Journalismus wie auch der sogenannten Bekenntnis-Literatur, indem sie sich stets ausschließlich mit den Seiten des Lebens beschäftigte, die auf direktem Bettenniveau lagen. Mavis war, meinten andere, ein Geier und ein Schakal, der sich direkt und indirekt von den widerlichsten Formen verdorbenen journalistischen Fleisches ernährte. Diese Meinung war besonders auf dem rechten Parteiflügel verbreitet, nachdem sie das »muntere Nachtleben« des damaligen Kirchenministers enthüllt und dadurch bewirkt hatte, dass selbiger Minister seitdem kirchlicher Gesandter in Torshavn, draußen auf den Färöer Inseln war.

So gingen die Meinungen über Mavis' Arbeit stark auseinander. Über ihre Person gab es indes keine Meinungsverschiedenheit: Alle waren sich einig, dass sie die Liebenswürdigkeit in Person war. Groß, üppig, quer über das ganze Gesicht in den schreiendsten Farben angemalt, unflätig plappernd wie ein Papagei, wobei die Hände vor dem Oberkörper herumtändelten wie ein paar Marionetten, redete sie alle mit »Liebling« an – und würde für jeden, der darum bat, alles in der Welt getan haben, was wahrscheinlich der Grund dafür war, dass sie all ihren Mist aufstöbern konnte.

»Okay, versuch es«, sagte ich.

Barbara griff zum Telefon und rief Mavis an. Sie erklärte nur, sie wäre an Victor Valentins ehelichen Verhältnissen interessiert, sagte, *sie* würde Mavis ein andermal auch einen Gefallen tun und legte auf.

»Sie untersucht es«, sagte Barbara.

»Wann ruft sie zurück?«, fragte ich.

»Wenn sie was rausgekriegt hat«, sagte Barbara.

»Du weißt doch, wie Klatschspalten-Journalisten arbeiten. Sie müssen erst immer mit jemandem sprechen, der mit einigen anderen sprechen muss, und dann rufen sie wieder an. Sie *telefonieren* dauernd, es war ein Wunder, dass ich sie an die Strippe bekam. Mavis' Telefonrechnung muss so hoch sein wie deine Rechnung für Spirituosen.«

»A propos – du hast übrigens vergessen, dich für neulich zu bedanken und zu sagen »Wie schön, dich zu sehen, Liebste«. Jedenfalls erinnerst du dich sonst immer an so was rein routinemäßig.«

»Entschuldigung«, sagte ich. »Sorry, Babs.«

Im gleichen Moment tauchte Redakteur Otzen in eigener, imponierender Person auf. Er stand da in der Tür, so viel von ihm Platz hatte, mit seinem steifen, altmodischen Vatermörder, seinen hochgekrempelten Hemdsärmeln, seiner Weste und seinem altmodischen Graphit-Bleistift – sein Image in der Redaktion – in der Hand, während er auf mich herabstarrte soweit sein hüpfender Bauch es ihm gestattete. Seine Stimme klang kampfbereit kräftig, geübt wie sie war, seit unzähligen Jahren zu schreien und sowohl die gesamte Redaktion wie auch eine ganze Druckerei zu übertönen.

»So, so, *Sie* sind es«, schnarrte er. »Sie haben gekündigt. Sie sind nicht beim BLADET angestellt. Was haben Sie hier zu suchen?« Er hatte einen hochroten Kopf, aber wie immer, wenn Otzen dem Schlaganfall nahe war, war es schwer oder unmöglich zu sagen, ob es so war, weil er es war, oder weil er sich dazu entschlossen hatte, es zu sein. Viele hatten es im Laufe der Zeit falsch eingeschätzt, und ungefähr gleich viele hatten sich in der wie der anderen Hinsicht getäuscht.

»Ich habe ihn hergebeten«, sagte Barbara ruhig. »Ich brauche Hilfe bei einigen Briefen. Die Leute schreiben über die sonderbarsten Dinge.«

»Hm!«, brummte Otzen. Er ähnelte einer Gewitterwolke und wanderte eine halbe Minute lang mindestens vier Mal in Barbaras kleiner Kammer auf und ab, ohne ein *Wort* zu sagen, aber mit vielen merkwürdigen Lauten.

Dann wandte er sich mir zu, sodass sein Bauch wie ein Schiff bei hohem Seegang tanzte, und fragte – wobei er die Worte fast ausspuckte:

»Nun, was ist also mit *Ihnen* los?«

»Nichts«, sagte ich.

»Pfui!«, entfuhr es seinen dicken Lippen. »Pfui! Wo werden Sie arbeiten?«

»Weiß ich nicht.«

»Aber Sie wollen nicht zurück? Sie wollen das BLADET im Stich lassen?«

In die Worte *im Stich lassen* und *BLADET* legte er seine tiefste Verachtung. Es hörte sich an, als ob ich mein ganzes Vaterland an die Nazis verraten hätte.

»Ich hab den Journalismus satt.«

»Vielleicht wollen Sie wieder spielen?«

Otzen hatte ein Gedächtnis wie ein Elefant, und das hatte ihm vermutlich in grauer Vorzeit zum Posten des Chefredakteurs verholfen. Natürlich erinnerte gerade *er* sich daran, dass ich früher Musiker gewesen war, bevor ich Journalist wurde, weil ich es leid war, ständig auf Tournee durch die Provinz zu sein – nur um stattdessen ununterbrochen auf Tournee durch meine eigene Stadt zu sein.

»Ja, vielleicht.«

»Wir starten im nächsten Monat unseren jährlichen Musikalischen Talentwettbewerb. Sie können ja die Redaktion anrufen, wenn Sie sich bewerben wollen.«

Er sagte das sarkastisch und mechanisch. Dann versuchte er, einen Moment lang weich und gefühlvoll auszusehen, bevor er sagte:

»Muss es denn so endgültig sein? Sie könnten Urlaub nehmen!«

Ich hätte ihn fast umarmt. Aus seinem Mund klang das schier wie eine Liebeserklärung.

Aber ein Mann ist ein Mann, und ein Entschluss ist ein Entschluss.

Otzen sah mich resignierend an und sagte: »Kommen Sie rein und sprechen Sie mit mir, wenn Sie fertig sind. Hej, Babs.«

Er schloss gründlich die Tür und war verschwunden.

Im selben Moment wurde ich von hinten gepackt.

Ein Paar Arme schlangen sich um meinen Rücken und hielten mich fest. Ich wollte gerade um Hilfe schreien, als mir klar wurde, dass es bloß Barbara war.

Sie küsste mich auf den Nacken und rieb sich an mir, ihre Muschi genau gegen mein Rückgrat gepresst. Dann seufzte sie, bewegte sich und ging, um die Tür abzuschließen. Danach kam sie zurück, stellte sich vor mich hin und zog – mit einem kleinen Lächeln, das um ihre Lippen spielte – langsam und sorgfältig ihre Hose aus, bis sie in ihrer Bluse und ihrem Slip dastand.

Ich bin nicht langsamer als jeder andere. Es rührte sich was bei mir. Sie erhob sich mit einem frechen, flapsigen Lächeln und knöpfte mir die Hose auf. Wir ließen uns auf ihr Sofa fallen.

Eine halbe Stunde später sagte sie: »Du bist ein

Idiot, aber du bist wirklich was Besonderes, Darling. Ich habe noch niemanden hier gekannt, dem etwas so wenig ausmacht.«

»Mmmhh«, sagte ich. Ich war nahe dran einzuschlafen. Ich hatte einen enormen Orgasmus gehabt. Ich war überwältigt.

»Niemand wagt so mit dem Chefredakteur zu sprechen, niemand«, sagte sie.

Als wir so auf ihrem kleinen Diwan lagen, nebeneinander, sah ich ihr von hinten über den Rücken und sah ihre prallen, spitzen Brüste unter der Bluse, sah, wie die Brustwarzen den Stoff liebkosten. Das war zu viel. Ich erhob mich halb und drang wie ein brünstiges Raubtier von hinten in sie ein.

Sie stöhnte, zufrieden mit dem Kompliment, und es verging eine fließende Ewigkeit, die nach Erdenzeit vielleicht nur Minuten gedauert hatte.

Dann erhob sie sich und stand plötzlich wieder mit beiden Beinen auf der Erde, brachte mit drei Handbewegungen ihr Haar perfekt in Ordnung, zog ihre Hose an (während ich immer noch halb dalag und japste, wobei mir der Schwanz buchstäblich aus meiner noch heraushing) und sagte, in einem vernünftigen Ton wie eine ältere Schwester:

»Ich habe um zwei Redaktionsschluss. Ich ruf dich an, wenn Mavis was Neues hat.«

Ich küsste sie und verließ das kleine graue Büro.

Ich vergaß Otzen und trat durch den Hintereingang auf den Hof. Ich ging in den regnerischen Nachmittag hinaus, genauso durchgeweicht, wie ich den ganzen Tag gewesen war, und sah die Stadt. Sie war ganz die Alte. Zerschrammt, narbig und hässlich, aber voll lockender Versprechungen, die sie nicht halten würde. Es war immer noch früh am

Tage, und danach roch es auch. Die Dinge waren noch nicht *passiert*, die Leute waren dabei, die Vorbereitungen zu treffen, damit sie später geschehen *sollten*, die Leute waren immer noch in den Startlöchern und gerade dabei aufzuwachen, um sich darüber klar zu werden und sich darauf vorzubereiten, wie der Abend laufen sollte. Die Menschen haben einen merkwürdigen Rhythmus: Morgens flucht und schwört man, beginnt den Tag widerwillig. Gegen Mittag findet man sich mit ihm ab, und dann vergeht der Nachmittag mit der Suche nach einer Lösung, wie man auf die befriedigendste – oder am wenigsten frustrierende – Weise mit ihm fertig wird. Dabei verstreicht der Abend, man stillt seinen Lebenshunger – und dann ist man wieder bereit für den nächsten Morgen.

Und eine ganze Industrie steht bereit, Lebenshunger jeglicher Art zu stillen. Die Brauereien, die Weinhandlungen, die Apotheken, die Bordelle, die Kinos, die Boutiquen, die Diskotheken, die Modegeschäfte, die Dealer. Und die, die deinen Hunger stillen, haben selber Hunger, Alter, und vielleicht kannst *du* wiederum den stillen.

Und wenn genügend Menschen einander die verschiedenen Formen des Hungers stillen, Alter, dann nennt man das *Gesellschaft*. Und dann stellt man Regeln auf, wie die unterschiedlichen Formen des Hungers zu bestimmten Zeiten von bestimmten, speziell ausgebildeten Hungerstillern mit festen Arbeitszeiten zu einem festgesetzten Honorar gestillt werden dürfen.

Während ich nach Hause Richtung Vesterbro watete, dachte ich immer noch an die beiden Typen, die den Buchhalter getötet hatten.

Gleich bei der Einmündung zur Istedgade, als ich auf meiner dritten Runde heute hinten um den Hauptbahnhof herumgekommen war, war gerade eine Razzia im Gange. Die Polizeiwagen hielten mitten auf der Straße und ließen die Sirenen heulen, während mehrere Provinz-Bubis der Polizei – sicher genauso nervös wie die beiden jungen Buchhalter-Mörder – drinnen das Café Papagei rupften, aus welchem Grund auch immer. Es sah wie eine Routine-Razzia aus: zwei Wagen, fünf bis sechs Bullen und ein paar Hunde. Die Passanten, die auf dem Bürgersteig vorbeigingen, ließen sofort erkennen, wer sie waren: Leute, die im Bezirk dazugehörten, warfen einen Blick auf die Szenerie und gingen weiter, zum Einkaufen oder was sie sonst vorhatten. Leute, die gerade auf dem Weg in die City waren oder sie verließen, stellten sich an den Rand, glotzten und warteten, dass etwas Dramatisches passieren würde, was sie abends der Familie beim Kaffee erzählen und am nächsten Tag den Arbeitskollegen bei der Mittagspause noch einmal berichten könnten.

Zwischen diesen, den fremden Neugierigen, standen einzelne »lokale«, die auf die eine oder andere Weise in das Café Papagei investiert hatten: weil sie Stammgäste waren, weil sie den Wirt kannten, weil einer aus ihrer Familie dort arbeitete, weil einer ihrer Freunde während der Razzia dort gewesen war. Aber *die* sahen auf eine ganz andere Art als die Fremden zu, sachlich, objektiv und leidenschaftslos.

Zwischen ihnen stand Hypnotiseur Magic, der Zeuge der Vergangenheit.

»Was ist denn da los?«, fragte ich ihn.

»Routine«, sagte er. »Reine Routine. Ab und zu stürmen sie auf die Art eine der Lokalitäten. Um die jungen Beamten in Übung zu halten, aus keinem anderen Grund. Diesmal sollte es entweder das Papagei oder das Café Eros sein – letztens war es der Halmtorvet, sie wechseln immer einigermaßen ausgeglichen die Straßen.«

Es war eine Farce, und Magic genoss sie.

Auch der Oberst, den ich plötzlich am Rande des Geschehens erblickte, schien sie zu genießen. Eine Sekunde lang stand er auf dem gegenüberliegenden Bürgersteig und sah sich die Szenerie an, die Bullen, die raus- und reinrasten und die »in Verwahrung Genommenen«, die herauskamen und denen die Taschen geleert wurden; er stand am Rand, zuckte in seinem hübschen Mantel mit den Schultern und ging weiter, vermutlich runter zu seiner Live-Show im Gasværksvej.

Er hatte mich wohl kaum gesehen.

Nicht, dass das etwa einen größeren Unterschied gemacht hätte.

Ich setzte meinen Weg nach dem Muster des Oberst fort und folgte ihm in zwanzig Metern Abstand, bis er tatsächlich beim Gasværksvej abbog, runter auf das Top Cat zu.

Ich selbst ging rüber zu Ho Ling Fung, um ein bisschen was Ordentliches zu beißen zu kriegen. Es war Zeit für warme und scharfe Gewürze, die einen fühlen lassen konnten, dass man noch am Leben war, auch wenn man Barbaras Brüste und ihren frechen Mund nicht vor sich sah.

43

Es war rätselhaft, aber so ist nun mal das Leben. Man geht rein zum guten alten Ho, um sich eine Portion warmes chinesisches Abendessen zu genehmigen, man bestellt und glaubt, gleich wird man den Regen und die Grippe verjagen, jetzt, wo Barbara einen fast zum Freund seines eigenen Körpers gemacht hat – und dann? Dann wird das Ganze sofort kaputtgemacht.

Sie war allein. Sie saß mir gegenüber, an einem Tisch für zwei Personen, genau wie meiner. Sie aß Eiersuppe mit Nudeln, Tai Wan. Sie hatte schwarzes Haar und einen sehr geraden Rücken. Sie musste so um die dreißig sein. Sie war so schön, dass ich ein Gefühl hatte, als ob mir meine Eier in einer Garagentür zerquetscht worden wären.

Sie saß nur da, ganz allein und ruhig, und aß. Aber jedes Mal, wenn sie sich bewegte, war es, als ob in meinem Gehirn eine Alarmsirene ausgelöst würde. Sie sah einem Traum ähnlich, den ich einmal gehabt hatte. Sie ähnelte einer erwachsenen Ausgabe des Mädchens, in das ich in meiner Schulzeit verliebt gewesen war.

Sie war ein Raubtier. Man konnte es an der Art erkennen, wie sie an den Kanten der Schale leckte, an der Art, wie sie langsam die Gabel zum Mund führte. Wenn die Leute in diesem Land eine Ahnung hätten, was *wirkliche* Pornografie war, dann würden sie allen Bordellen ›des Dünnen‹ eine Lizenz geben, dagegen dieser Frau aber verbieten, mit dieser Zärtlichkeit ihre Lippen einem Glas Weißwein zu nähern!

Dann – ich aß gerade etwas Warmes, was, weiß ich nicht mehr genau, aber es war kräftig, war gewürzt und sicher gesund und ausgezeichnet – ging sie zur Toilette, und ich brauchte zehn Minuten, um wieder zu Atem zu kommen. Ich weiß nicht, wie viele Jahre es her war, dass ich einen so stolzen, aufrechten und schönen Rücken gesehen hatte.

Ein paar Minuten lang saß ich so da und machte Pläne, quer durchs Restaurant zu ihrem Tisch rüberzugehen und ihr zu sagen, wie drollig es doch wäre, dass wir beide so ganz allein hier säßen, und ob wir nicht lieber die Tische zusammenrücken sollten, und wo sie übrigens wohnte, und was sie machte ...

Ihre Nase war leicht gekrümmt, mit jüdischem Einschlag. Ihr Gesicht war rund und gleichzeitig scharf geschnitten, mit breiten, slawischen Wangenknochen, aber einem sehr energischen Kinn. Die Augen blickten groß, verträumt, verschwommen, leicht schläfrig, aber der ganze Körper drückte Energie, Entschlusskraft und Elastizität aus.

Ich merkte plötzlich, dass Ho offenbar seit mehreren Minuten versucht hatte, mir etwas zu sagen.

Ho sah mich leicht vorwurfsvoll an. Er dachte sicher immer noch an Barbara vom vorigen Abend. Aber doch lächelte er. Asiaten lächeln *aus Prinzip*, und es erfordert stahlhartes Yoga, zu allem Möglichen zu lächeln. Dazu muss man tatsächlich Asiate sein.

Ich guckte fortwährend die Schwarzhaarige an. Ihre Haut war sehr gelblich, dunkel getönt, von einer Farbe, die an eine bestimmte Art von Gestein erinnerte, das man oft in Südeuropa sieht. Als sie ihren Arm auf dem Stuhl bewegte, um ihre Gabel dem Reis zu nähern, bekam ich eine Ahnung davon, wie es aussehen musste, wenn sie ihren Schoß bewegte.

Es war nicht zum Aushalten.

Während ich vor dem Kaffee auf der Toilette war, verschwand sie. Als ich zurückkam, war das Lokal leer.

»Wer war sie?«, fragte ich Ho, als ich zahlte.

»Sie Anwältin«, antwortete er. »Büro um die Ecke. Anwältin. Nicht verheiratet.«

Warum er das sagte, weiß ich nicht. Vielleicht legte er nur Wert darauf, alles, was er wusste, loszuwerden. Vielleicht gab er einen kleinen asiatischen Tipp.

»Die Ecke zur Eskildsgade?«, fragte ich.

»Ja, Eskildsgade«, antwortete Ho. »Kommt her oft. Sehr hübsche Mensch!«

Ich nickte, zahlte und ging, im Magen ein halbes Kilo undefinierbares chinesisches Futter. Richtig, um die Ecke zur Eskildsgade – gleich gegenüber einer Zahnarzt-Praxis – lag ein Rechtsanwaltbüro. Das Türschild im Erdgeschoss war aus Messing, mit schwarzen Buchstaben, und der Name war Gitte Bristol. Ich fasste den Entschluss, wenn ich jemals einen Anwalt benötigen würde, Gitte Bristol zu engagieren.

Als ich nach Hause kam, rasierte ich mich, was beweist, welch großen Eindruck sie auf mich gemacht hatte. Adam hatte zweifellos seinerzeit die gleiche Erfahrung gemacht: wenn Männer anfangen, sich glatt, gründlich und sorgfältig zu rasieren, steckt in der Regel eine Frau dahinter.

Fast hätte ich beim Rasieren ein paar von diesen blöden Schlagern vor mich hin gesummt.

Dann rief glücklicherweise Barbara an.

»Hallo, du Arsch!«, begrüßte sie mich. »Du bist mehr wert, als man glauben könnte. Jetzt hör zu. Ich habe mit Mavis gesprochen. Du wirst nie erraten, wer die Frau ›des Dünnen‹ ist!«

»Nein«, sagte ich. Ich dachte an die dunkelhaarige Gitte.

»Veronica Wool!«

»Veronica Wool? Wer ist das nun wieder?«

»Bist du nicht ein alter Musiker? Das sagen sie jedenfalls hier beim BLADET. Sie meinen, du hättest Musikkritiker werden sollen.«

»Die können sich die Musikkritiken in den Hintern stecken. Veronica Wool? Doch ... Jetzt weiß ich's wieder.«

Ich konnte mich gut an Veronica Wool erinnern, weit weg verstaut im Reservelager meines Gedächtnisses, in einer der Hinterkammern des Bewusstseins. Veronica Wool war eine von der Art Sängerinnen, von denen zwanzig bis dreißig pro Jahr in der Sparte Leichte Unterhaltung für kurze Zeit nach oben kommen. Sie stammte aus Viborg oder Silkeborg oder so was in der Richtung, hatte bei den örtlichen Sommerfesten Erfolg gehabt und war durch einen glücklichen Zufall dem Direktor einer Schallplattenfirma in die Arme gelaufen, der ein paar freie, übrig gebliebene Lieder aus einer früheren Produktion hatte. Der Direktor hatte ein Orchester angeheuert, und dann war das eingetreten, was öfter passiert als man außerhalb der Branche glaubt: Der Zufall wurde zu einem Kassenerfolg. Das Lied »Du warst niemals mein« wurde zum Top-Hit des Monats, vor – vor – ja, war es vor zehn, zwölf oder vierzehn Jahren? Egal, es war den ganzen Monat in den Musikboxen gewesen, und man hörte es hier und da immer noch im Radio, in den Programmen, bei denen die Leute Hörerwünsche einschicken und erklären, dass sie genau die oder die Platte gerne hören wollten, weil die sie an dies oder das erinnern würde.

»Verbinden Sie bestimmte Erlebnisse mit diesem Lied?«, fragte der Moderator im Radio immer, und das war stets der Fall. Entweder waren sie gerade jemandem begegnet oder gerade von jemandem verlassen worden oder hatten selbst jemanden verlassen, oder es war unglaubliches Regenwetter gewesen oder fantastischer Sonnenschein, oder sie waren auf Reisen gewesen und hatten es dann in Deutschland gehört, als sie in kurzen Hosen durch den Harz spazierten.

Das Lied war ein Hit. Veronica Wool wurde nie einer.

Nach »Du warst niemals mein« hatte es fünf, sechs Versuche gegeben, den Erfolg zu wiederholen, aber alle hatten sich als Flop erwiesen. Auch den Auftritten überall in den Vereinen und auf den Bühnen war kein Glück beschieden. Man konnte nichts über sie in den Zeitungen lesen – man liest nichts von Absteigern, außer die Absteiger sind von der Presse auseinander genommen geworden und verwechseln Presseecho mit Arbeit –, man hörte plötzlich einfach nichts mehr von Veronica Wool, sie trat hinter den Vorhang zurück, wie die Leute im Showgeschäft sagen. Sie verschwand.

Und dann hatte sie offenbar ›den Dünnen‹ geheiratet. Gott weiß, wie die beiden sich über den Weg gelaufen waren. Gott weiß, wie es den beiden zusammen ging, ›dem Dünnen‹ und Veronica Wool!

Ich bedankte mich bei Barbara und bat sie, Mavis

zu grüßen und ihr zu danken, und sagte, ich würde sie morgen anrufen.

Barbara war wirklich wunderbar, dachte ich. Barbara war wirklich ein hübsches, selbstständiges, freches und munteres Mädchen.

Warum also saß ich die ganze Zeit da und dachte an eine schwarzhaarige Anwältin, mit der ich nicht mal ein einziges Wort gewechselt hatte?

44

Der Abend kam, während die Nässe in den Asphalt strömte. Ich saß abwechselnd auf dem Fensterbrett und watete im Zimmer herum. Ich war »ruhelos«, wie meine Mutter gesagt hätte. Manche Menschen haben das Talent, sich in einen Stuhl zu setzen und wie eine Blume auszusehen, die endlich den idealen Topf gefunden hatte, um darin zu gedeihen. Sicher gut für sie, und sehr interessant zu beobachten.

Besonders, wenn man selber nicht so war.

Als ich wieder auf die Straße kam, machte der Regen eine Pause, die Leute traten aus den Wohnungen, um in den Türöffnungen zu stehen und eben mal ein bisschen Luft zu schnappen, solange sie konnten. Auch die Nutten waren hervorgekommen, standen da mit den Regenschirmen über dem Rücken und hatten so ihre Probleme – es ist ziemlich schwierig, mit einem Regenschirm über dem Rücken attraktiv auszusehen. Die heiligen Missionare aus der Colbjørnsensgade waren draußen, um ihre kleinen Schriften aus ihrer eigenen Druckerei zu verteilen, über »Den Tag, Der Mein Leben Veränderte« und »Kennst Du Den Herrn?«. Ein Polizeiauto raste mit heulender Sirene die Istedgade hinunter, und die armen Kerle aus dem kasernenartigen Männerheim waren mit ihrem hochprozentigen schwarzen Johannesbeerwein herausgekommen, standen da und glotzten alles an, was sie ihr ganzes Leben lang schon gesehen hatten, mit den gleichen trüben Augen, die sie stets gehabt hatten – Augen wie eine Verkehrsampel, die stehen geblieben ist und einen dauernden gelblichen Nebel durch fettiges Glas zeigt.

Nicht ich war es, der ins Sterncafé ging, es war mein Autopilot, der in meinen Beinen steckte. Es war kein Plan, aber nichtsdestoweniger stand ich wenige Minuten später dem Barkeeper gegenüber, genehmigte mir einen doppelten Whisky und sah mich um, sah all das, was *ich* mein ganzes Leben lang gesehen hatte.

Dann heulten die Sirenen wieder auf, verklangen wieder, heulten wieder auf.

»Was zum Teufel ist das?«, fragte ich den Barkeeper, den Großen Bob, ein liebenswürdiges Wesen, wenn er will.

»Du, weiß ich nicht. Vielleicht noch eine Razzia? Wenn sie erst mal angefangen haben, bleiben sie in der Regel dran. Vielleicht haben sie die nachmittags nur veranstaltet, damit einige andere glauben sollten, dass sie nicht heute Abend kommen.«

»Clever, Bob, wirklich clever. Du hättest Bulle werden sollen.«

»Mutters Traum«, sagte Bob bedauernd.

Ich trank und hörte der Musikbox zu, und ein

paar Minuten später kam einer und fragte, ob ich bei einer Würfelrunde mitmachen würde. Ich war dabei, ich konnte es förmlich riechen, dass dies mein Abend war, ich wusste, dass ich ganz ruhig sein könnte, aufhören könnte, über irgendwas nachzudenken, und – wie in alten Tagen, wenn es mit der Musik am besten lief – mich nur so an den Rhythmus anlehnen könnte, mit seiner Hilfe das Atemholen erweitern, nicht versuchen, ihn zu forcieren oder anzuheizen, sondern mich gegen ihn stützen. Alle Spieler haben solche Abende, im großen wie im kleinen Maßstab.

Das hier war im kleinen, aber ich gewann immerhin ein paar Runden und einen Fünfziger in bar; gerade hatte ich angefangen, darüber zu spekulieren, ob dies – mit Fleiß und Sorgfalt – ein neuer Lebensweg werden könnte, als Kurt – der geschäftige Kurt, allwissende Kurt, der Stets-der-Erste-beim-neuesten-Klatsch-Kurt, Kurt, der an meiner Stelle hätte Journalist werden sollen – hereingestürmt kam, mit einem Eifer, der zeigte, dass er etwas wusste, und direkt unseren Tisch ansteuerte.

»In der Straße wimmelt es von Bullen«, sagte er. Nicht zu mir, sondern zu meinem Spielpartner gewandt, als ob der besonders froh darüber sein würde, das zu wissen.

Mein Spielpartner war fair. Er steckte mir den Fünfziger zu, bevor er aufstand, durch den Hinterausgang verschwand und mich mit seiner Dame allein zurückließ.

Kurt blinzelte mir zu und setzte sich hin.

»Was zum Teufel ist passiert?«, fragte ich ihn, wie ich vorher schon Bob gefragt hatte.

»Keine Ahnung«, gab er zu. »Aber sie haben ’ne

richtige Razzia laufen. Die sind hinter jemandem her.«

Die Sirenen heulten, und die Blaulichter blinkten zu uns herein, während wir redeten. Kurz gesagt, es war ein ganz gewöhnlicher Abend in *unserem* Viertel.

45

Kurt und ich spielten Poker, und mein Gefühl von der abgebrochenen Würfelrunde her bestätigte sich. Ich war in einer tollen Form, oder richtiger gesagt: Die Karten in *meiner* Hand hatten sich dazu entschlossen, in guter Form zu sein. Jeder kann, beim Pokern, gewinnen, wenn er so viel Dusel hat, vier Könige auf der Hand zu haben. Besonderes Glück, eine von den Göttern besonders begünstigte Nacht ist erforderlich, um mit vier Siebenern gegen drei Asse zu gewinnen.

Das Spiel verlief in dieser Richtung, und ich war darüber nicht unglücklich. Aber gerade als wir so schön dasaßen und ruhig vor uns hin spielten – während das Mädchen des verschwundenen Typen sich ruhig schnarchend auf dem Stuhl zusammengekauert hatte, und während Elvis Presley immer noch erzählte, wie irgendein *King Creole* selbst mit auf den Rücken gebundenen Armen und in eine Perlenkette um den Hals gehängten Beinen eindeutig in der Lage war, sie alle zusammenzuschlagen –, erschien das aufblinkende Tatü-Tata der Razzia direkt draußen vor dem Fenster.

Natürlich war Kurt der Erste, der reagierte. Er lag klar im Rückstand.

»Die wollen *hier* rein«, sagte er, als ob er vor Schreck gelähmt war, als ob er erwartet hatte, dass ungeachtet, wo die Bullen ihre Razzia machen würden, sie jedenfalls besonders ausgewählte Punkte verschonen würden – z. B. Christiansborg, die Börse, das Thorvaldsen Museum und das Sterncafé.

Kurt hatte, wie mein voriger Spielpartner, genug Anstand, mir meinen Gewinn zu geben – immerhin 200 Kronen –, bevor er wie dieser durch denselben Hinterausgang verschwand. Dessen Freundin saß immer noch da und schlief.

Ich richtete mich auf – um der Veränderung und des Vergnügens willen – und sah zu Bob rüber. Bob stand hinter der Bar und schien etwas sehr Wichtiges zu ordnen. Seine Augen waren völlig ausdruckslos, und soweit ich sehen konnte, heftete er nur kleine Bons mit Plastikklammern zusammen.

Die Geräusche von draußen her wurden lauter und lauter. Ich dachte daran, ob die Bullen wirklich auf dem Weg hierher waren, wie Kurt gemeint hatte. Ich weiß nicht, warum ich glaubte, dass Kurt Recht gehabt hatte, es war mehr, weil man sich normalerweise auf seinen Geruchssinn verlassen konnte.

Aber ich hatte ja nichts zu befürchten. Ich langte in die Jackentasche, zu den Geldscheinen, die ich im Laufe des Abends gewonnen hatte, um eine Zigarette herauszufischen.

Und dabei streiften meine Finger, diese schwachen, zerbrechlichen Instrumente, den klaren, kalten, blanken Stahl des Revolvers.

Plötzlich wurde mir klar, dass *ich* genauso viel

Grund zur Flucht hatte wie jeder andere. Ich saß hier mit einer Pistole ohne einen Schimmer von Waffenschein, und wer wusste, ob nicht dieser Umstand dem einen oder anderen viel versprechenden jungen Wachtmeister aus Viborg ermöglichte, Oberwachtmeister zu werden.

Wenn ich weitergrub, würde ich in einer meiner Innentaschen ohne Zweifel auch auf ein paar Gramm Hasch stoßen. Das zusammen würde ausreichen, um mich – wenn sie in der Stimmung dazu waren, und das könnten sie gut sein, wenn sie ansonsten kein besonderes Resultat bei der Razzia dieses Abends erzielt hatten – für ein paar Wochen einzubuchten.

Trotz allem war ich loyal, und ich hoffe, jemand wird sich daran erinnern. Ich zahlte bei Bob, und versuchte (allerdings vergeblich), die Freundin des verschwundenen Kameraden zu wecken, bevor ich via Herrentoilette in den Hinterhof verschwand.

Die Nacht in der Stadt war schwärzer und dunkler geworden.

Die Trillerpfeifen der Polizei drangen näher und näher an meine Ohren.

Aber ich hatte Glück. Ich wohnte ja gleich beim Sterncafé. Vom Hinterhof-Ausgang brauchte ich bloß den Hof zu überqueren, in einen Küchen-Seitengang zu huschen – und schon war ich auf meiner eigenen Treppe. Fast wie es bei Ole Koch gewesen sein musste, wenn er vom Hotel Capital Sachen in seine eigene Wohnung geschmuggelt hatte.

Es gelang. Ich huschte durch den Hof, fand meine Treppe, stieg hinauf, beglückwünschte mich zu meinem guten Timing beim Verrücken des Kühlschranks, versteckte den Stoff unter dem Teppich und schmiss meinen Revolver in eine der leeren Vasen, die Helle nicht hatte mitnehmen und ich nie hatte benutzen wollen. Ich setzte mich für eine Sekunde hin und atmete ruhig und regelmäßig, um meine Nachbarn nicht zu stören.

Nach ungefähr zehn Minuten kam es mir in den Kopf, dass es ganz interessant sein könnte nachzusehen, was draußen vor sich ging. Ich fühlte mich *sehr* sauber, als ich, mit einer Zigarette im Mund und ohne irgendeine Form von Rauschgift oder Waffe bei mir, die vergammelte Vordertreppe hinunterging, die zur Istedgade führte.

Die Szene glich einem amerikanischen Samstagabend-Krimi im Fernsehen. Bullen liefen hin und her und sprachen miteinander, von Mund zu Mund oder von Walkie-Talkie zu Walkie-Talkie. Unaufhörlich hörte man verschlüsselte Sprachfetzen durch die Luft rauschen, vom Typ »C-4 ruft B-3«, und es ergab kein bisschen Sinn. Rund um die Polizeiautos in der Mitte der Straße stand eine Menge Menschen in großen Haufen, die glotzten, was da passierte.

Was da geschah, ließ sich übrigens schwer herauskriegen. Leute liefen hin und her, die Scheinwerfer wurden angemacht und blendeten alle und jeden, einzelne Bullen führten Leute zu den Grünen Minnas zwecks Untersuchung im hinteren Teil des Wagens. Zwei oder drei gingen auf einmal rein, und oft kam nur einer von ihnen wieder raus. Der, der herauskam, hatte eine triumphierende Miene aufgesetzt, als ob er sagen wollte, er jedenfalls wäre nicht so dumm, sich schnappen zu lassen.

Die Mienen der anderen sah man nicht.

Ich lehnte mich an die Tür zu meinem Hausflur

und sah zu. Ich war schon so lange nicht mehr im Kino gewesen.

Ich sah, wie sie Kurt wegschleppten. Kurt wimmerte geradezu. Ich konnte selbst aus fünf Metern Entfernung – mitten im allgemeinen Lärm – nicht hören, was er sagte, konnte aber verstehen, wie er versuchte, sie davon zu überzeugen, dass sie sich ganz fürchterlich irrten. Unter den Beamten erkannte ich ein paar Gesichter wieder, die ich schon auf der Polizeiwache gesehen hatte.

Ich weiß nicht, wie lange es dauerte, bis ich den Film leid wurde. Es wirkte alles so herrlich planlos. Junge Burschen aus Viborg oder Silkeborg, verkleidet als Bullen, die am ehesten einer Farce oder Figuren aus einer Sommerrevue glichen, packten in vollem Ernst Leute an den Schultern, legten Handschellen um anderer Menschen Handgelenke und schleppten sie in ihre großen Bauwagen. Diese »anderen Menschen«, die sie sich griffen, waren Leute, die ihr ganzes Leben hier im Bezirk in Bauwagen gelebt hatten.

Und die jungen Typen aus der Provinz griffen sie sich letztlich, um sich *ihr* Gehalt zu sichern und um *ihren* familiären Verpflichtungen mit Kindergeld, Kühlschränken und Ölheizung-Ratenzahlung pro Quartal nachzukommen. Und die Typen, die sie zu greifen bekamen, und die Mädchen, die sie erwischten, waren im Großen und Ganzen genauso alt wie sie und versuchten dasselbe: über die Runden zu kommen, die Sache am Laufen zu halten.

Es war alles zusammen schrecklich sinnlos.

Als ich mit meinen Gedanken so weit gekommen war, sah ich Jens, mitten unter ihnen. Er lief herum, wie die Bullen herumliefen, mit seinem wippenden

Notizblock vor sich, wie ein Ritter aus dem Mittelalter mit seinem Schild gewippt hätte, und mit seinem Kugelschreiber, der wie ein Schwert wehte. Ein Kreuzritter. Ein Kreuzritter für einen soliden, regelmäßigen Sold.

Gerade als ich wieder auf dem Weg nach oben war, sah ich Bille, den Antiquariatsbuchhändler. Bille ging auf dem gegenüberliegenden Bürgersteig – er humpelte langsam voran, hinkend, aber entschlossen, und niemand dachte anscheinend daran, *ihn* zwecks genauerer Visitation in eines der Autos zu schleppen.

Als er auf mich zukam, drehte er mir sein Gesicht zu, so als ob er fast verblüfft war, dass solche Typen auf der Straße verkehrten. Er ging auf mich zu, wobei er mit dem Finger auf seine Armbanduhr deutete, als ob ich ihn nach der Uhrzeit gefragt hätte.

Als er ganz vor mir stand, sagte er: »Kommen sie morgen so bald wie möglich zu mir. Ich *muss* mit Ihnen reden.«

Dann ging er weiter, als ob ich ein Trunkenbold wäre, der ihn unerwünschterweise angesprochen hatte, und verschwand die Absalonsgade hinauf.

46

Ich ging wieder rauf, ohne aber auch nur ein bisschen zur Ruhe zu kommen. Wie ich so auf dem Fensterbrett saß und hinaus auf die immer dunklere Straße starrte, hätte man mich für eine Wachsfigur halten können.

Vielleicht war ich dabei, eine zu werden. Man hat schon von unwahrscheinlicheren Sachen gehört.

Trotzdem musste die Wachsfigur wohl eingeschlafen sein, denn irgendwann weckte mich das Telefon. Ich ließ es läuten, stand aber auf. Es war 7.00 Uhr. Ich entwickelte mich offenbar zu einem Morgenmenschen.

Ich ging – wie ein Roboter – zu Ronnie runter, um mein übliches einsames Morgen-Ritual mit Kaffee und Zeitungen abzuhalten. Es stand nur eine Notiz über die gestrige Razzia drin, und dass die Bullen offenbar nicht gefunden hatten, wonach sie suchten. Falls das der Fall gewesen *wäre*, hätten sie sich auf vier Seiten wie die Truthähne aufgeblasen.

Dagegen gab es einen etwa 50-jährigen Mann, der sich mit Benzin übergossen und dann angezündet hatte – in Søndermarken, einige hundert Meter von der Razzia entfernt, und zur gleichen Zeit, als diese stattfand. Mehrere hatten es gesehen, aber keiner hatte eingreifen können.

In der Brieftasche des Toten, die das Feuer überlebt hatte (die sind aus hartem Holz geschnitzt, diese Brieftaschen), hatte man lediglich einen Fetzen Papier mit den Worten »Die Kasse war leer« gefunden.

Keine Identifizierung.

Nur ein etwa 50-jähriger Mann, dessen Kasse leer war.

Sehr angenehm. In der Zeitung platziert neben dem entblätterten Girl des Tages, das Linda hieß und aus Brønshøj kam und zu gegebener Zeit zwei Kinder haben wollte, womit es aber keine Eile hatte. In der Zwischenzeit hasste sie Schweinebraten, hielt aber viel von Jack Nicholson und den Bee Gees.

Ich ging runter zu Bille. Die morgendlichen Straßen waren leer wie nie zuvor, sicher aufgrund der Razzia. Es war, als ob sich die ganze Bevölkerung in ein Mauseloch verkrochen hätte.

Bille war nicht nur schon auf den Beinen, sondern hatte sogar bereits den Laden geöffnet.

»In meinem Alter schläft man nicht mehr viel …«, sagte er. »Den größten Teil der Nacht lese ich. Wenn ich sowieso auf bin, kann ich genauso gut öffnen. Bisweilen kommt früh am Morgen irgendein Trunkenbold vorbei – einer, der die ganze Nacht in der Kneipe gesessen hat und kein Geld mehr hat weiterzumachen; und wenn er sieht, dass ich aufhabe, geht er nach Hause und holt seine Bücher. Auf diese Weise bekomme ich ab und zu gute Sachen herein, auch wenn die Götter wissen mögen, wo die Leute sie herhaben. Na ja, kommen Sie mit nach hinten.«

Wir wanderten durch die Bücherberge in das kleine Hinterzimmer.

»Na, gibt es was Neues?«, fragte Bille.

Ich erzählte ihm von Veronica Wool und meinem Ausflug zum Wohnsitz ›des Dünnen‹ in der Umgebung.

Bille hörte mit zusammengekniffenen Augenbrauen zu. Dann stand er auf und sagte, als ob es die wichtigste Sache der Welt wäre:

»Haben Sie schon ihren Frühstückskaffee getrunken?«

Das konnte ich vollauf bestätigen.

»Dann wollen wir los«, sagte er überraschend. »Ich möchte es gerne sehen. Sie kommen doch mit? Haben Sie Zeit?«

Ich hatte nichts anderes als das. Ich ging gerne mit.

»Es ist nur«, sagte Bille grübelnd, »dass ich nicht

so weit gehen kann – es ist schon lange her, dass ich nur so weit wie bis zum Rathausplatz gegangen bin, und wie Sie sagen, ist es vom Bahnhof auch noch ein gutes Stück. Lassen Sie uns einen Cognac gegen den Regen trinken und einen Mietwagen bestellen.«

Auch er benutzte die Firma Isted-Bilen. Langsam fuhren wir aus der nassen Blässe der Stadt in Richtung Vororte, von der grauen in die grüne Zone. Es war eine schweigsame Fahrt. Der Fahrer sah aus, als ob er gerade erst aufgewacht wäre, noch nicht rasiert und mit dunklen Rändern unter den Augen, aber zufrieden über die weite Tour und vollauf damit beschäftigt, sich auf das Fahren zu konzentrieren. Bille hatte sich neben ihn gesetzt, um leichter aussteigen zu können, und saß den ganzen Weg da ohne ein einziges Wort zu sprechen.

Dank der genialen Erfindung des Automobils waren wir an der Ecke Søbakken/Søbakkevej in fast der gleichen Zeit, die ich gestern gebraucht hatte, um dorthin zu kommen. Bille bezahlte, und wir stiegen aus.

Wir gingen langsam den Søbakkevej entlang, in einem Regen, der immer leichter geworden war. Die Autos standen immer noch vor den Häusern, aber die Vögel hatten zu lärmen begonnen.

Bille schnupperte wie ein Kokser, der lange auf seinen Stoff hatte verzichten müssen.

»Es ist lange her, dass ich hier draußen gewesen bin«, sagte er, wie um eine Antwort auf meine Gedanken zu geben.

Ich machte Bille auf die Nr. 14 am Ende aufmerksam. Ich zeigte ihm den kleinen Pfad zwischen Nr. 14 und Nr. 13, wo ich gestern gestanden und von wo aus ich das ruhige und noble Leben der Straße beobachtet hatte. Wir stellten uns an die gleiche Stelle hin.

Und wie bei einer täglich sich wiederholenden Theater-Vorstellung, automatisch eingeübt von Szene zu Szene, erschien ein Taxi mit Oberst Manuel Thomsen, und der Oberst schellte und ging planmäßig hinein.

Der einzige Unterschied im Programm war, dass das Taxi heute auf seinem Platz mit laut tickendem Taxameter stehen blieb.

Es dauerte dann auch nur zehn Minuten, bis der Oberst herauskam und der Wagen wieder verschwand.

Bille richtete sich aus seiner krumm gebeugten Stellung auf, aus der heraus er beobachtet hatte. Er sah entschlossen aus.

»Ich geh da rein«, sagte er. »Ich will mit ihm sprechen.«

»Soll ich mitgehen?«, fragte ich.

»Nein. Ich möchte am liebsten allein gehen.«

»Was ist mit den Hunden?«

»Ich werde sie schon wegkriegen.«

Bille ging zu der Pforte hin und drückte auf die Klingel. Eine Stimme erklang aus einem Lautsprecher, eine dünne, piepsige Stimme. Bille sagte etwas, was ich nicht verstand. Die Haupteingangstür ging auf, eine Gestalt kam heraus und trieb anscheinend die Hunde in eine Art Hof, sodass Bille vorbeigehen konnte. Ich sah seinen kleinen, zwergenhaften Rücken in der großen Eingangstür verschwinden und spekulierte, was da jetzt so vor sich gehen mochte.

Es verging eine Minute. Über die stille Villenstraße hinweg ertönte ein Schuss. Unmissverständlich ein Revolverschuss.

Ich lief auf die Pforte zu. Sie war offen, und als ich sie ganz öffnete, sah ich, warum: Ein Brieföffner aus schimmerndem Elfenbein war dort dazwischengeklemmt, sicher Billes Brieföffner und Billes Trick. Ich nahm ihn mit, verrückt wie man immer ist, wenn man es eilig hat und nicht weiß, auf was man sich einlässt, und stürmte die Treppe hoch.

Als ich zur Tür gekommen war, ertönte ein weiterer Schuss.

Die Tür war geschlossen. Bille hatte offenbar keine weiteren Brieföffner bei sich.

Ich klopfte wie wild, während mein Herz bei dem Gedanken hämmerte, wer öffnen und mich auf welche Weise empfangen würde, aber es gibt Momente im Leben eines jeden Menschen, wo man ganz einfach zu beschäftigt ist, um feige zu sein. Ich hielt den Brieföffner fest in der Hand.

Die Tür wurde sofort geöffnet.

Von Antiquariatsbuchhändler Bille.

47

Kommen Sie rein«, sagte er. »Es gibt nichts zu befürchten. Wir sind allein im Haus.«

»Wer hat geschossen?«, fragte ich.

»Ich«, sagte Bille. »Sehen Sie!«

Er zeigte durch einen geräumigen, mit Teppich belegten, Vasen gefüllten und Standaschenbechern voll gepackten Flur auf ein Zimmer zur Rechten.

Ich ging dorthin.

Auf dem Fußboden, mitten auf einem sicher unwahrscheinlich teuren Teppich, lag ›der Dünne‹ und sah mit seinem weißen Bart mehr denn je wie ein Priester aus. Ein toter Priester. Genau mitten aus seiner Brust sickerte das Blut als kleines Rinnsal, das den graumelierten Teppich rot färbte. Viel Blut hatte er nicht, dachte ich leer, nur so einen dünnen, kleinen Strahl wie aus einer Wasserdüse.

Auf dem Tisch hinter ihm, offenbar sein Schreibtisch, an dem er arbeitete, lag ein großer Stapel Geldscheine. Es waren Tausendkronen-Scheine, ein dickes Bündel.

Dieses Angebot war zu viel für mich. Ich dachte – es durchfuhr mich wie ein greller Gedankenblitz – an den etwa 50-Jährigen, der verbrannt aufgefunden worden war mit seinem »Die Kasse ist leer«. *Meine* Kasse war auch fast leer. Und ich war noch nicht mal fünfzig.

Ich steckte die Scheine ein und ging zu Bille hinaus.

»Er ist tot«, sagte ich oberflächlich.

»Das war genau meine Absicht«, antwortete Bille. »Das war es, was ich wollte. Sollen wir gehen?«

Einen Moment lang war ich nah dran, über diesen kleinen, behinderten Antiquariatsbuchhändler zu lachen, der ganz ruhig ein Taxi für eine Fahrt in die Umgebung nahm, einfach reinging und den führenden Gangsterkönig der Stadt erschoss, um danach nur »Sollen wir gehen?« zu sagen.

»Wir können kein Taxi nehmen«, sagte ich. »Es wird der Polizei gemeldet werden. Und Sie können nicht so weit zu Fuß gehen.«

»Ich kann weit gehen – *jetzt* wieder«, sagte Bille mit dem Stolz und Nachdruck eines Cowboy-Helden oder eines isländischen Saga-Kämpen. Er sah zufrieden und gleichzeitig konzentriert aus.

Ich warf einen letzten Blick auf die Leiche ›des Dünnen‹. Die Hunde bellten, als wir wieder auf die Straße hinaustraten, nachdem wir die Tür sorgfältig geschlossen hatten. Die Gitterpforte ließ sich Gottseidank von innen öffnen – eine Sekunde lang hatte ich befürchtet, wir wären gefangen, aber ein Druck auf einen Knopf, und wir waren draußen. Rund umher in den Häusern waren die Leute allmählich aufgestanden und hatten begonnen herumzupoltern, aber niemand schien die Schüsse bemerkt zu haben. Vielleicht veranstaltete man hier draußen öfter eine Jagd, vielleicht mischte man sich auch nur in so was nicht ein.

Ich schlug Bille vor, den Pfad zu nehmen und ein bisschen um den See zu gehen anstatt über die viel zu offenen Landstraßen.

Er akzeptierte. Beim Gehen nahm ich ihn am Arm. Es war viele Jahre her, dass ich so mit einem Mann am Arm gegangen war.

»Ich wusste, dass er allein war«, sagte Bille als Antwort auf eine Frage, die niemand gestellt hatte.

»Wie bitte?«, fragte ich höflich.

»Die Razzia gestern«, sagte Bille. »Leute dieses Schlags gehen kein Risiko ein. Wenn Razzia ist, wissen sie sofort, dass es bei ihnen zu einer Hausdurchsuchung kommen kann, und dann schicken sie die Familie weg. Natürlich hat Valentin – für mich ist er immer noch Victor Valentin – gestern Abend einen Anruf erhalten, was da los war. Selbstverständlich fand er einen guten Vorwand, Frau und Kinder auf Besuch oder woandershin zu schicken. Nur aus Sicherheitsgründen.«

»*Seiner* Sicherheit kam es teuer zu stehen.«

»Richtig. Das Leben ist seltsam. Victor Valentin zu erschießen, ist etwas, wovon ich dreißig Jahre lang geträumt habe. Nie habe ich es geschafft. Plötzlich ist es mir mit einem Mal gelungen.«

»Aber glauben Sie nicht«, fuhr er fort, »dass es dabei um meine eigene alte Sache wegen Else ging, und glauben Sie nicht, es war, weil ich hinke. Es war genauso wegen Elses Tochter – und auch wegen Ihres Freundes Ole. Ich begriff plötzlich, dass es einfach immer so weitergehen würde, bis ins Unendliche, eine machtlose Polizei, Gangster dieser Art ... Ich habe sowieso nicht mehr viele Jahre vor mir. Vielleicht, habe ich mir gedacht, nachdem Sie mich besucht hatten, vielleicht kann ein alter, hinkender Antiquariatsbuchhändler dennoch ein wenig für die Welt tun, bevor er sich von ihr verabschiedet.«

So gingen wir den See entlang und redeten miteinander, langsam, weil wir die ganze Zeit auf die Erde stierten, um nicht über hier und da hervortretende Wurzeln zu stolpern. Schnecken und Würmer lebten ihr ruhiges Leben in Höhe unserer Schuhe, die Sonne begann aufzugehen und ihre dünnen Strahlen durch die Regentropfen zu senden, und wir gingen wie zwei Männer, die nichts anderes zu tun hatten als zu gehen.

Als wir die Bahnstation von Lyngby erreichten, nahmen wir den Zug, und den ganzen Weg nach Hause sprach keiner von uns ein Wort. Wir hatten gemeinsam teil an einer großen, schicksalsschwangeren Angelegenheit, und es waren auch andere Menschen im Abteil.

Vom Hauptbahnhof nahmen wir ein Taxi nach Hause zu Bille.

Als wir zurück waren, war es beinahe Mittag. Die Straßen waren voller Leben, und ihr Lärm und Getümmel drang bis zu uns herein.

Mein ganzes Leben lang habe ich hier gesessen, sagte Bille, als er die Cognacflasche hervorholte und einschenkte. »Und hier möchte ich auch am liebsten sterben. Wie ein altes Tier, das sich zu seiner Höhle schleppt, um dort Frieden zu haben.«

»Was meinen Sie?«, fragte ich.

Ich hatte so eine Ahnung.

»Ich werde mich erschießen«, sagte Bille und zog seine Pistole aus der Tasche. »Ich werde jetzt ein Geständnis für den Mord an Victor Valentin schreiben, und das bekommen Sie. Sie werden sagen, dass ich Sie angerufen und Sie gebeten hätte, gegen Mittag hierher zu kommen – in einer halben Stunde. Es gibt keinen Grund, Sie noch mehr in die Sache mit reinzuziehen. Ich schreibe eben das Geständnis – trinken Sie inzwischen einen Cognac.«

Bille war ein außerordentlich methodischer Mann.

»Ich habe Sie angerufen«, fuhr er in demselben sachlichen Ton fort, während er eine betagte Schreibmaschine hervorholte, »und Ihnen den Brief übergeben, den ich jetzt schreiben werde. Danach habe ich mich erschossen. Das tue ich nicht jetzt (er sah meine unwillkürlich abwehrende Bewegung) – ich warte, bis Sie gegangen sind. Aber Sie müssen mir versprechen, direkt zur Polizei zu gehen, damit die Geschichte glaubwürdig klingt. Ich würde nur ungern schon zu kalt geworden sein, wenn sie kommen, denn dann wird es Ihr Problem.«

Er legte seinen Revolver auf den Tisch, nahm ein Stück Papier und schrieb sein Geständnis. Das melancholische Hack-hack-hack der Typenhebel dröhnte durch den kleinen Raum.

Der Mensch ist schon ein sonderbares Wesen. Hier war Bille dreißig Jahre lang ein und aus gegangen und hatte Rachepläne geschmiedet. Dreißig Jahre lang hatte er Tagträume gehabt, es ›dem Dünnen‹ heimzuzahlen, dass der ihm seine Freundin ausgespannt und ihn selbst zum Hinkefuß gemacht hatte. Und jetzt, nur weil die Tochter seiner Freundin tot war – jetzt sprang er wie ein Panther auf und war völlig bereit, die Konsequenzen zu ziehen, wie ein klassischer Gentleman der alten Schule in den romantischen Erzählungen.

»Heißt das nicht ein bisschen zu weit gehen?«, fragte ich plötzlich laut.

»Nein. Es ist möglich, dass ich nicht überführt werde, die Chancen dafür stehen sogar gut, möchte ich meinen, aber dann gibt es auch gute Chancen dafür, dass *mein* Mord einem anderen angehängt wird. Außerdem tut es mir nicht Leid, ich bin *stolz* darauf. Ich habe *meinen* bescheidenen Beitrag zu einer besseren Welt geleistet, und es ist ein guter Beitrag. Das einzig Ärgerliche daran ist, dass es bis dahin so lange gedauert hat.«

»*Wollen* Sie nicht leben?«, fragte ich, wobei ich mich ärgerte, dass ich mich wie ein Psychiater auf der Bettkante anhörte.

»Das ist ohne besondere Bedeutung«, sagte Bille kurz. »Ich habe hier dreißig Jahre gelebt. Noch zwanzig würden nur eine Wiederholung sein. Ich würde die gleichen Bücher lesen und den gleichen Cognac trinken. Außerdem halte ich es für gerecht.

Sie können ruhig lachen, aber ich glaube an Gerechtigkeit.«

Er hämmerte weiter auf die Tasten der Schreibmaschine.

Ich hatte nichts mehr zu sagen. Ich trank seinen Cognac.

Schließlich war er fertig. Er zog das Papier aus der Maschine, las es sorgfältig durch und berichtigte ein paar Kommafehler. Dann faltete er es zusammen, steckte es in ein Kuvert, versiegelte dieses und schrieb auf die Vorderseite »An die Polizei«.

Er reichte mir das Kuvert.

»Da ist nur noch eine Sache, mein Freund«, sagte er. »Sie entschuldigen wohl, dass ich Sie meinen Freund nenne, aber ohne Sie hätte ich es nicht schaffen können, und dafür danke ich Ihnen. Aber bevor Sie gehen, ist da noch etwas, das ich Ihnen gerne geben möchte. Sie müssen mir versprechen, es nicht abzulehnen!«

»Das kommt darauf an ...«, sagte ich zögernd.

»Nein«, sagte Bille. »Es kommt auf gar nichts an. Sehen Sie!« Aus seiner Schreibtischschublade zog er eine kleine Ledermappe, öffnete sie und entnahm ihr eine Brieftasche, die fünf Selbstmorde in Søndermarken hätte überleben können.

»Ich hinterlasse meine Sachen in ausgezeichneter Ordnung«, sagte er ruhig und undramatisch. »Vor langer Zeit habe ich mein Testament gemacht, und ich habe keine Geldschulden. Meine Bücher werden zu wohltätigen Zwecken versteigert, unter uns gesagt, es ist für das Heim für Alleinstehende Männer in der Istedgade, das viele arme Seelen gerettet hat. *Sie* aber sollen Ihre Poe-Ausgabe wiederhaben, und dann sollen Sie diese Brieftasche haben.

Es sind an die zwanzigtausend Kronen drin; ich habe sie mir im Laufe der Zeit auf die Seite gelegt. Ich weiß, dass Sie momentan ohne Job dastehen. Mit dem Geld können Sie sich eine Zeit lang über Wasser halten. Nehmen Sie es!«

Der Pfadfinderjunge in mir sagte, dass ich das nicht annehmen konnte. Der innere gute alte Zyniker sagte, wenn nach Billes Tod 20.000 Kronen in bar bei ihm gefunden würden und er keine Erben hätte, würde der ganze Betrag zu Gunsten der Staatskasse konfisziert und damit letztendlich noch ein weiterer überflüssiger Beamter in dem einen oder anderen Amt finanziert werden.

Ich nahm sie an und steckte sie in die Innentasche meiner Jacke, wo Billes ehrlich verdientes Geld Nachbar des Bündels Geldscheine wurde, die ›der Dünne‹ wohl kaum so ehrlich verdient hatte. Ich wollte Bille gerade von meinem kleinen Coup erzählen, als mir klar wurde, dass es sinnlos sein würde. Wenn man in der Situation ist, dass man sich gleich selbst erschießen wird, hat alles andere jegliche Bedeutung verloren.

Ich leerte mein Glas und stand auf. Es fiel mir schwer zu gehen.

»Sie müssen sehen, dass Sie wegkommen«, sagte Bille freundlich und würdig, als ob er einen Kunden an eine wichtige Verabredung erinnerte und befürchtete, dieser würde sich durch seine Schuld verspäten.

»Okay«, sagte ich lahm. »Ich danke Ihnen. Ich bin froh, Ihnen begegnet zu sein.«

»Gleichfalls«, antwortete Bille gewandt.

Dann begleitete er mich aus dem Laden hinaus, führte zum letzten Mal seinen letzten Kunden durch die Bücherstapel hinaus, als ob es sich um ein ganz gewöhnliches Verkaufsgeschäft handelte, und schloss die Tür hinter mir, um wieder hinein ins Hinterzimmer zu gehen und sich zu erschießen.

Ein leichter Nieselregen fiel über die Absalonsgade. Einige Menschen waren zu ihrem Einkauf unterwegs und bemerkten mich überhaupt nicht. Wer sollte auch auf einen normal gebauten, einigermaßen gut gekleideten 35-jährigen Mann achten, der um die Mittagszeit die Straße entlangging? Und wer sollte ihm auch ansehen können, dass er eben Zeuge eines Mordes gewesen war und jetzt einen Selbstmord erwartete?

Ich stelle mich vor Billes Fenster. Es vergingen zwei Minuten, bis der Knall kam.

Und genau wie im Søbakkevej: Niemand schien ihn gehört zu haben. Das Leben ging weiter, als ob nichts geschehen wäre, die Waren wurden abgeladen und wanderten über die Theken in die Einkaufstaschen, die Busse fuhren hin und her, in der Redaktion vom BLADET saßen sie und diskutierten über die Ereignisse des Tages, und die anderen Antiquariatsbuchhändler waren wie alle anderen mit ihrer täglichen Arbeit beschäftigt.

Ich nahm den Hut ab und trug ihn beim Gehen in der Hand. Ich war nahe dran, ein Gebet zu sprechen.

48

Trotz Billes klaren Instruktionen ging ich nicht direkt rüber zur Polizeiwache am Halmtorvet. Ich hatte etwas, was mir in meiner Innentasche brannte. Ich ging zuerst nach Hause und legte alle meine Geldscheine unter den Teppich. Wie viele geheime Sachen ich allmählich besaß: gestohlenes Geld, Rauschgift und Revolver ohne Waffenschein.

Ich zählte das Geld, wobei ich es gleichmäßig verteilend, ohne verräterische Beulen, unter den Teppich schob. Billes Brieftasche enthielt genau 20.000, wie er gesagt hatte. Das Geldscheinbündel ›des Dünnen‹ – vermutlich der Gewinn des Vorabends, den Manuel gleich am nächsten Morgen abgeliefert hatte – machte 35.000 Kronen aus.

Wenn mir niemand in die Quere kommen würde, war ich jetzt stolzer Besitzer von 55.000 Kronen. Mit 55.000 Kronen kann man eine ganze Menge anfangen.

Nach einer schnellen Tasse Kaffee wanderte ich hinunter zum Halmtorvet und stellte mich meinem engen Freund am Schalter vor. Ich fragte ihn, ob Ehlers Zeit hätte.

»Der Herr Polizeiinspektor ist nicht da«, sagte er. »Möchten Sie mit jemand anderem sprechen?«

»Nein«, sagte ich ruhig. »Nein, ich sollte nur einen Brief bei der Polizei abgeben. Ich weiß nicht, worum es darin geht. Er ist vom Antiquariatsbuchhändler Bille in der Absalonsgade, er ist schlecht zu Fuß und hat mich deshalb gebeten, ihn abzuliefern.«

Mister Schalter nahm den Brief entgegen und starrte misstrauisch auf die Aufschrift, als ob er wüsste, dass der Brief nur ein Vorwand dafür wäre, dass er selber niedergeschlagen werden sollte.

Im selben Moment kam Ehlers herein, noch müder und mit noch stärker blutunterlaufenen Augen als ich ihn zuvor gesehen hatte – das heißt: nicht gerade wenig müde und blutunterlaufen –, mit zwei Bullen im Gefolge, zwei uniformierten Jungen, die ihm folgten, wie Tiere ihrem Pfleger folgen. Er sah mich und blieb stehen, und unwillkürlich blieben auch sie stehen.

»Sie hier?«, fragte er sarkastisch. »Womit können wir *Ihnen* behilflich sein?«

»Ich kam nur, um einen Brief abzugeben«, sagte ich. »Einen Brief vom Antiquariatsbuchhändler Bille in der Absalonsgade. Er bat mich, ihn zur Polizei zu bringen.«

»Lassen Sie sehen«, sagte Ehlers.

Mister Schalter reichte ihm den noch ungeöffneten Brief. Ehlers nahm einen Brieföffner vom Schaltertisch und öffnete ihn behutsam. Gute Manieren hatte der Mann.

Die ersten Sekunden las er mit eiskalter Ruhe. Dann mit einem Mal fasste er sich an den Kopf, als ob dieser beinahe Amok laufen wollte, als ob es im letzten Moment wäre, und machte sich daran, aufgeregt seine Stirn zu massieren. Er fand die Kontrolle über sich wieder und las weiter.

Dann gab er den beiden Beamten Anweisungen. Sie sollten unverzüglich einen Arzt anfordern und zu Victor Valentin, Søbakkevej 14, fahren, weil in dem Haus ein Mord gemeldet worden war. Für den Fall wäre zwar die Polizei von Lyngby zuständig, aber er müsste die schon anrufen, weil der Mörder hier in seinem Bezirk ein Geständnis abgelegt hätte, und der Mord im Übrigen in enger Verbindung mit einer Reihe von Fällen hier stände.

Im selben Augenblick, als die Beamten sich umgedreht hatten, griff er zum Telefon und machte sich daran, mit dem Polizeichef von Lyngby zu konversieren. Der schien nichts dagegen zu haben, sich nicht in dieser Sache einzumischen. Lyngbys Polizeichef bekam auch nicht Gelegenheit zu vielen Worten. Ehlers redete wie ein Besessener.

Ich kam mir ziemlich überflüssig vor und ging still, mit einem höflichen Nicken zu Mister Schalter, zur Tür.

»Ich danke Ihnen, danke«, sagte Ehlers im gleichen Moment. »Ja, ich werde Sie auf dem Laufenden halten.«

Dann knallte er den Hörer auf, wandte sich mir zu und sagte im Ton eines Feldwebels: »Warten Sie noch.«

Er griff sich ein anderes Telefon und machte sich daran, ein paar Anweisungen zu diktieren. Einen Augenblick später waren zwei neue Beamte aus dem Nebengang aufgetaucht. Sie schielten unwillig zu mir herüber. Vielleicht war ich ein Zeuge, vielleicht ein Mörder. Beamte sind mit dem Lächeln oft zurückhaltend.

Er gab ihnen die Anweisung, rüberzugehen und Billes Laden zu öffnen. »Komme selber gleich nach. Der Arzt ist unterwegs. Rührt nichts an. Ihr müsst wohl durch das hintere Fenster hineinklettern.«

Dann wandte er sich mir zu: »Wussten Sie, was in dem Brief stand?«

»Nein«, sagte ich. »Darf ich ihn sehen?«

»Nein«, sagte er. »Er muss nach Fingerabdrücken untersucht werden. Und wenn sie ihn jetzt berühren, könnten Sie behaupten, es nicht schon früher getan zu haben.«

»Ich wüsste schon gerne, was drinsteht«, sagte ich leichthin. »Bille ist ein merkwürdiger Mann.«

»Ja«, sagte Ehlers, »sehr merkwürdig. Er hat Selbstmord begangen.«

Ich war nie ein guter Schauspieler, aber auf der anderen Seite ist Ehlers sicher auch nie ein guter Theaterbesucher gewesen, sodass mein Versuch, überrascht auszusehen, anscheinend glatt durchging.

»Sie sind ein alter Kunde von ihm?«, fragte Ehlers tonlos.

»Ja«, sagte ich. »Ja, ich habe viele Bücher bei ihm gekauft. Gerade heute dies hier«, fügte ich hinzu, wobei ich mein Abschiedsgeschenk, die Poe-Ausgabe, aus der Jackentasche zog. Die unter dem Teppich zu verstecken, hatte es nun doch keinen Grund gegeben.

»Hm«, meinte Ehlers nur. Er stand einen Moment lang brummelnd und grübelnd da und ähnelte einer kauenden Ziege. »Hm, ja, Sie müssen wohl am besten mit rüberkommen. Wir wissen nicht, was passiert ist, und Sie müssen unter allen Umständen eine Aussage zu Protokoll geben.«

»Das bin ich ja allmählich gewohnt.«

»Ja, es kommt recht oft vor, nicht?«, sagte er. Der Ton war überfreundlich, aber seine Augen blickten hart.

Gar nicht so merkwürdig. Jetzt hatte er noch zwei Morde dazu. Zwei Morde extra, sechs im Ganzen, und ständig einen irritierenden, versoffenen Journalisten mit einem verblüffend ausgeprägten Talent, stets an den Tatorten aufzutauchen und nette

Verabredungen mit Leuten zu haben, kurz bevor sie abgeknallt wurden oder sich selbst erschossen.

Er griff mich unter den Arm, nicht so sanft, wie ich vor wenigen Stunden oben am Fure-See Bille an die gleiche Stelle gefasst hatte, und führte mich die Treppe runter hinaus auf den Halmtorvet, wo es immer noch regnete. Ohne ein Wort zu reden gingen wir rüber zur Absalonsgade. Einer der Beamten stand draußen vor Billes Laden.

»Es war so, wie Sie gesagt haben. Das hintere Fenster war offen. Er ist tot.«

»Wir wollen hineingehen«, sagte Ehlers tonlos.

Seine Augen schweiften die Wände auf und ab, als wir das Antiquariat betraten, er vorneweg. Er warf Blicke auf jedes einzelne Regal, als ob er erwartete, dass sich ein Mörder zwischen den Seiten der Bücher versteckt hätte.

Der andere Beamte im Hinterzimmer stand auf.

»Hier entlang, Chef«, sagte er.

Als ob es in Billes bescheidenem Laden jemals einen anderen Weg gegeben hätte!

Im hinteren Raum stand der Beamte vor dem kleinen Tisch und sah auf Bille hinab, der zusammengesunken und nach hinten gelehnt in seinem Stuhl saß. Das Blut floss aus genau der gleichen Stelle wie bei ›dem Dünnen‹. Auch Bille hatte nicht viel Blut gehabt. Nur ein kleiner Fleck war auf seinem alten Kittel geronnen, den er angezogen haben musste, nachdem ich gegangen war. Vielleicht *haben* Männer in den mittleren Jahren nicht viel Blut.

Der Revolver lag zu seinen Füßen.

»Berührt nicht das Telefon«, sagte Ehlers. »Geht raus und ruft einen Spezialisten für Fingerabdrücke an.«

Das war mir gar nicht recht. *Meine* Fingerabdrücke würden von meinem kürzlichen Besuch her wohl auch an der einen oder anderen Stelle in dem Raum sein.

Aber natürlich nicht auf dem Revolver.

Höchstens auf der Cognacflasche.

Ein Herr in weißem Kittel, über dem ein Stethoskop baumelte, kam herein; ein großer, dünner Mann mit Brille, der aussah, als würde er ganz allein, ohne die Hilfe anderer, die Last der ganzen Welt auf seinen Schultern tragen. Das konnte nur der Arzt sein.

Er kniete einen Moment lang vor Bille, und seine hohe Gestalt mit dem weißen Kittel verdeckte fast den toten Alten, als ob der Arzt ein Vampir wäre, der den Mantel schützend und gleichzeitig drohend um sein Opfer hüllt.

Nach einiger Zeit drehte er sich zu Ehlers um und sagte: »Tot. Höchstens zwei Stunden her, mindestens eine. Mord oder Selbstmord. Was glauben Sie?«

»Er hat Selbstmord gestanden«, sagte Ehlers kurz. »Aber *könnte* es denn Mord gewesen sein?«

»Das kann es immer«, sagte der Arzt ebenso knapp. »Das muss der Spezialist für Fingerabdrücke herausfinden. Der Revolver liegt ja da.«

»Ja«, schnarrte Ehlers, »falls es der Revolver ist, mit dem geschossen wurde.«

»Das muss der Waffenexperte herausfinden«, erklärte der Arzt, der offenbar ein Experten-Freund war. »Mein Job ist es nur festzustellen, dass er an einem Schuss in die Brust innerhalb der letzten Stunden gestorben ist. Das ist alles. Soll ich ihn genauer untersuchen?«

»Ja, wenn die Fotografen hier gewesen sind. Sie bekommen ihn dann.«

»Okay.«

Der Arzt ging hinaus, ohne sich die Hände zu waschen, was mich etwas enttäuschte. Ich hatte immer geglaubt, Polizeiärzte würden sich jedes Mal die Hände waschen, wenn sie eine neue Leiche sahen.

Ehlers rief seinen zurückgekehrten Beamten und bat ihn, einen Waffenexperten anzufordern.

Dann wandte er sich mir zu.

»Die nächsten Stunden gibt's für mich verdammt viel zu tun«, sagte er.

»Ich muss diesen Todesfall untersuchen und die Untersuchungsergebnisse aller unserer Spezialisten haben. Und dann gibt's da noch einen Todesfall, den ich mir ansehen muss, hier in der Gegend. Ich hätte durchaus das Recht, Sie in der Zwischenzeit einzubuchten, weil Sie *zumindest* – dieses bescheidene Wort erhielt einen bedrohlichen Klang –, *zumindest* Hauptzeuge sind. Aber Sie können nach Hause gehen, ich werde einen Beamten bei Ihnen postieren, damit Sie nicht abhauen können.«

»Ich haue nicht ab«, sagte ich.

»Ich wage auch nicht, Ihnen dazu die Möglichkeit zu geben«, sagte Ehlers. »Das wäre völlig unverantwortlich. Aber Sie haben die Wahl, nach Hause zu gehen und unter Bewachung zu warten, bis ich Sie rufen lasse, oder mit auf die Wache zu kommen und dort zu warten – ebenfalls unter Bewachung.«

»Ich habe nichts dagegen, wenn Sie das, was Sie brauchen, einkaufen – zusammen mit dem Beamten. Betrinken Sie sich aber nicht, das sag ich Ihnen! Es gibt vieles, über das wir zwei uns noch im Laufe dieses Tages unterhalten müssen, und Sie müssen vernünftige Antworten geben können!«

Es gab für mich keinen Zweifel, er hatte Recht. Wir würden über vieles zu reden haben.

Ich zweifelte mehr an den vernünftigen Antworten. Nicht zuletzt daran, wo ich die herkriegen sollte.

49

Momentan war nichts zu machen.

Ich verließ Billes Geschäft, mit einem der beiden Beamten von Ehlers am Arm. Ganz schön viele Männer, mit denen ich in den letzten Stunden zärtlich geworden war.

Das Gefühl erinnerte an Klaustrophobie, das Gefühl, seine Arme nicht einfach schwingen zu können, wenn man Lust dazu hatte, das Gefühl, nicht stehen bleiben und sich eine Zigarette anstecken zu können, ohne dies seinem Partner vorher ankündigen zu müssen, das Gefühl, dass es einem als Fluchtversuch ausgelegt würde, wenn man bloß eine einzelne Treppenstufe übersprang. So musste es siamesischen Zwillingen gehen.

Die ersten zehn Meter die Absalonsgade hinunter war ich wütend wie ein Baby, dem man einen Babysitter aufgezwungen hatte. Bei Meter fünfzehn fing ich an, innerlich zu lachen, wie ein Baby, das merkt, dass so ein Babysitter auch sein Gutes hat. Bei Meter zwanzig, so etwa, kam ich zu dem Schluss, dass man so viel Spaß im Leben ja auch nicht hatte, als dass es einen Grund gäbe, auf den zu verzichten, der sich von selbst meldet.

Ich entschloss mich, zusammen mit dem Beamten einkaufen zu gehen.

Bevor wir um die Ecke zur Istedgade bogen, fragte ich diesen jungen, hellhaarigen, bartlosen Herrn nach seinem Namen. Einen Moment lang tat er so, als würde er ein Amtsgeheimnis lüften, dann gab er zu, Schmidt zu heißen.

»Haben Sie auch einen Vornamen, Schmidt?«, fragte ich entgegenkommend und interessiert.

»Steffen Schmidt«, sagte er kurz.

»Aha«, antwortete ich. »Also Steffen Schmidt Schmidt?«

»Nur ein Schmidt«, antwortete er mürrisch.

»Verzeihung, ich habe Sie missverstanden. Ich muss eben ein paar Einkäufe machen. Sie erinnern sich wohl, dass Polizeiinspektor Ehlers dazu seine Erlaubnis gegeben hat.«

»Ja doch.«

Wir bogen um die Ecke und kamen zum Istedgade-Supermarkt. Ich zeigte darauf, und wir gingen rein. Ich nahm einen Einkaufskorb. Er folgte mir auf den Fersen. Ich sah mich an diesem Tag ungewöhnlich gut um. Mir ging es wie einem Mann, der weiß, dass er morgen ins Gefängnis kommen soll, und der sich deshalb gründlich die Waren in seinem örtlichen Supermarkt ansieht. Normalerweise würde er über all den Scheiß fluchen, mit dem sie die Regale füllen, und sich den Weg direkt zu der Theke bahnen, wo es das gab, was er brauchte, aber da er nun für lange Zeit unfreiwillig von diesem Anblick abgeschnitten sein würde, genießt er jedes einzelne Detail des Supermarkts. Meine Augen schweiften über Dosenerbsen, Dosenkarotten, Dosenschinken, Zunge in Dose, mit liebevollen Blicken zur Tiefkühltruhe, über die Packungen mit Eis und tiefgefrorenen Torten, die ich trotzdem nie mit der Kneifzange angefasst hätte.

Ich glaube, ich brauchte etwa eine halbe Stunde, bis ich mit einem Karton Eier Güteklasse A und sechs Dosen Bier zur Kasse vorgedrungen war.

Schmidt und ich warteten solidarisch Seite an Seite, bis wir, d. h. ich an der Reihe war zu bezahlen.

In der Tür auf dem Weg nach draußen erklärte ich ihm, als ob wir alte Freunde wären, die zusammen Mittag essen würden: »Nein, verstehst du, meiner Ansicht nach brauchen wir *frische* Krabben zum Omelett! Krabben aus der Dose schmecken nur nach Blech, stimmt's?«

Schmidt wollte nicht über die Sache diskutieren.

Draußen auf der Straße stand Magic. Magic steht immer irgendwo draußen auf der Straße. Ich begrüßte ihn überschwänglich herzlich, und Magic fragte, wie es so ginge. Ich sagte, es ginge gut, und stellte ihm meinen *guten* Freund Steffen vor, mit dem ich Mittag essen würde.

»Interessieren Sie sich für Gedankenlesen?«, fragte Magic mit einem scharfen Blick auf Schmidts Uniform.

»Nicht besonders«, antwortete Schmidt höflich.

»Das setzt auch voraus, dass man *denkt*«, sagte Magic bedeutungsvoll. »Damit haben Sie bei *Ihrer* Arbeit wohl selten zu tun?«

Alte Artisten wie Magic *hassen* stets die Polizei. Es gibt immer einen Bullen, der ihnen 1943 eine Vorstellung in Holstebro oder 1958 in Mariager vermasselt hatte, weil er darauf hinwies, dass die Decke laut polizeilicher Vorschrift zu niedrig wäre, oder dass ein weiterer Feuerwehrmann zur Stelle sein müsste (ausgerechnet ein Feuerwehrmann, um für den Artisten das Maß voll zu machen), damit die Veranstaltung den gesetzesmäßigen Vorschriften entsprechend stattfinden könnte. Kein Wunder, dass Magic die Chance ergriff, um sich zu rächen.

Schmidt antwortete klugerweise nichts, sondern blickte nur geduldig drein.

Ich antwortete Magic, dass sein Vertrauen zu seinen Mitmenschen ihm alle Ehre mache, und danach zog ich Schmidt durch das Obstgeschäft in der Istedgade (um ein paar ganz gleichgültige Bananen zu kaufen, die ich niemals vorhatte zu essen), durch die Metzgerei (um zu erfahren – nachdem ich hinter fünf Kunden Schlange gestanden hatte, die Schmidts Uniform maßlos anglotzten –, dass sie hier keine Krabben verkauften, was mich nicht überraschte), durch das Fischgeschäft (wegen der Krabben), durch die Bäckerei (wegen Weißbrot; auf meine höfliche Frage, ob er lieber Sauerteig-Brot haben möchte, gab Schmidt keine Antwort, was bei den übrigen Kunden den Eindruck hinterließ, er wäre ein unhöflicher Stiesel), durch den Tante-Emma-Laden (wegen ein paar Flaschen Wasser und etwas Plastik-Besteck) und das Tabak- und Spirituosengeschäft (wegen Cognac zu Ehren von Bille. Ich konnte mir nicht vorstellen, heute Whisky zu trinken).

Als wir nach einer Stunde bürgernahen Shoppings zu meiner bescheidenen Behausung zurückkehrten, war Schmidt mürrisch, und man konnte sich nicht mit ihm unterhalten.

»Wo stammen Sie her?«, fragte ich.

»Thisted«, antwortete er sauer.

»Thisted? Hübsche Stadt. Schöne Stadt. Der Store Tov ist einer der schönsten Marktplätze in Jütland. Und dann die Aussicht vom Museum und der Kirche über die Stadt!«

»Meinen Sie wirklich?«, fragte er erfreut.

Ich brachte es nicht übers Herz, Nein zu sagen. Ich musste ja mit ihm zusammenbleiben, bis Ehlers von der Leiche ›des Dünnen‹ zurückkam. Da konnten wir uns genauso gut auch entspannen.

Ich fragte ihn, was er von einem kleinen Happen halten würde, und er stimmte zu. Wir gingen beide in meine bescheidene Küche – er sah sich höflich interessiert die Unordnung an –, und ich machte mich an mein geplantes Krabben-Omelett. Ich machte die Pfanne heiß, schlug die Eier auf, rührte sie und gab Gewürze dazu, während ich an einem Glas Cognac nippte.

»Das ist zu Ehren meines Freundes«, erklärte ich. »Der Antiquariatsbuchhändler war mein Freund, der, der sich erschossen hat. Er liebte Cognac. Möchten Sie nicht ein Glas?«

»Nein danke«, sagte Schmidt.

Es wirkte nicht sehr überzeugend.

Ich rührte weiter.

»Kochen Sie sich immer selber das Essen?«, fragte er dann.

»Nicht immer. Sie denn?«

»Meine Frau kocht.«

»Haben Sie Kinder?«

»Zwei. Einen Jungen und ein Mädchen.«

»Wie alt sind sie?«

»Fünf und sieben.«

»Haben Sie Freude an ihnen?«

»*Und ob!*«

Einen Moment lang glühte sein Gesicht auf wie eine große, rote Sonne, seine Muskeln schwollen an, er war ganz er selbst, wuchs über seine Uniform und seinen Dienst hinaus. *Und ob* er Freude an seinen Kindern hatte!

Ich gab die Eier in die heiße Pfanne und schüttete die Krabben dazu.

»Wie wär's mit einem Bier zum Essen? Oder dürfen Sie das *auch nicht?*«

»Ja-ah, wenn es *zum Essen* ist ...«

»Decken *Sie* den Tisch? Es gibt Geschirr hier.«

»Dooch ...«

Im Laufe von einer halben Minute deckte er den Tisch mit Plastik-Tellern, Plastik-Messern, Plastik-Gabeln, Plastik-Gläsern und Dosenbieren, als ob er zu Hause wäre.

Als wir gegessen hatten, bedankte er sich sogar artig für das Essen. Wir tranken Kaffee, und einer von uns bekam einen Cognac.

Die nächsten zwei Stunden saßen wir mucksmäuschenstill in meiner Wohnung um die Kaffeekanne herum und rauchten. *Er* wartete mit der Unerschütterlichkeit eines pflichtgetreuen Gesetzesdieners. Auch ich wartete. In meinem Kopf ging ich die unzähligen Fragen durch, auf die Ehlers kommen und die er mir stellen würde, und die genau so vielen Antworten, die bei diesem Anlass von mir gefordert würden.

Zwischendurch blickte ich auf den Teppich. Wie Schmidt so dasaß, an meinem kleinen Tisch, berührte sein linker Schuh beinahe die 55.000 Kronen.

Ich hoffte bloß, er würde an seinem linken Fuß nicht allzu empfindlich sein.

Die Rauchwolken wurden dichter. Mattigkeit überkam uns beide.

»Eine merkwürdige Sache, finden Sie nicht?«, fragte ich.

»Doch«, sagte er. »Aber ich darf darüber nicht mit Ihnen sprechen!«

»Ach so«, sagte ich. »Dürfen Sie sich denn mit mir z. B. über Musik unterhalten?«

»Ja«, sagte er, mit leichtem Zweifel. »Aber davon verstehe ich nichts!«

»Haben Sie was dagegen, wenn ich ein bisschen Musik auflege?«

»Keine Spur.«

Ich legte eine Country & Western-Platte auf – je älter ich geworden bin, desto mehr mag ich diese schmalzige Stahlgitarren-Musik, um die ich nichts gegeben hatte, als ich noch jung war. Ich pflege zu behaupten, dass mindestens zwei Scheidungen nötig sind, bevor man Country & Western ernsthaft zu schätzen weiß.

Dann saßen wir wieder eine Stunde lang da. Das Zimmer war schwarz von Rauch. Zwischendurch drang der Straßenlärm herauf wie eine schwache Begleitung zu der Musik. Ich nippte weiter am Cognac, aber trotz meiner Müdigkeit war ich völlig klar im Kopf. Ich dachte an Rosenbaum, wie er in seiner Stube herumwieselte, an Ole, in der Nacht im Capital, als er Klavier gespielt hatte, an Hanne, in der Nacht, in der wir aufeinander gespielt hatten, an Barbara, gestern in der Redaktion, an ›den Dünnen‹, wie er auf seinem schönen Teppich lag, mit einem dünnen Rinnsal von Blut, das aus dem Herzen sickerte, an Bille, tot hinter seinen großen Stapeln von Büchern, die nur ihn und mich und fünfzig andere Verrückte in der Stadt interessierten ...

Ich dachte und dachte. Währenddessen saß der Beamte Schmidt aus Thisted wie angenagelt da, wachsam und unbeweglich, außer wenn er seinen Kaffee umrührte.

Vermutlich waren wir beide gleichermaßen erleichtert, als endlich das Telefon läutete.

50

Ich stand auf, um abzunehmen, als mich Schmidt – mit einer plötzlichen, alles überwindenden, professionellen Energie – wegschob.

»Hallo«, sagte er, den Hörer in der Hand.

Es folgte eine kurze Pause. Ich konnte nicht hören, was am anderen Ende der Leitung gesprochen wurde.

»Nein«, seine Stimme klang fest und bestimmt. »Nein, Sie können nicht mit ihm sprechen. Sie sprechen mit Polizeiwachtmeister Schmidt; *er* ist in Gewahrsam und hat keine Erlaubnis, mit jemandem zu sprechen.«

Es gab eine weitere Pause, in der der Gesprächspartner redete.

Schmidt antwortete: »Darüber kann ich nichts sagen. Versuchen Sie es später noch mal oder rufen Sie später am Abend die Polizeiwache am Halmtorvet an.«

Er legte auf, während noch einige schwache Zwitscherlaute im Hörer ertönten. Allein an diesen zaghaften protestierenden Lauten, die anhielten, bis der Hörer ganz aufgelegt war, konnte ich Helles Stimme wiedererkennen. So hatte ich sie oft genug gehört.

»Wer war es?«, fragte ich.

»Das darf ich nicht sagen«, sagte Schmidt. Er saß da und machte sich Notizen in ein kleines schwarzes Notizbuch, wie man sie für 2,85 Kronen in Vesterbros Bürobedarf kaufen kann. Es bestand für mich kein Zweifel, dass er »20.55 Uhr: Anruf von …« schrieb.

»Hören Sie mal«, sagte ich. »Ich bin doch nicht festgenommen, oder?«

»Sie sind in Gewahrsam«, sagte Schmidt, wobei er sein Notizbuch zusammenklappte und es sicher in seiner Innentasche verwahrte.

»Danke, das ist nett von Ihnen. Werden Sie zukünftig für mich die Anrufe entgegennehmen?«

»Bis ich andere Anweisungen bekomme.«

»Tun Sie nie was anderes, als wozu Sie Anweisungen kriegen?«

»Nicht während meiner Arbeitszeit.«

Wir setzten uns wieder zu unserem Kaffee hin, aber die gute Stimmung war hin.

Als das Telefon wieder klingelte, schloss ich die Augen, um Schmidt anzudeuten, dass er sich nicht zu genieren brauchte und ich überhaupt keinen Platz oder kein Recht in dieser Wohnung hatte, dass mein Name ausschließlich aufgrund eines bedauerlichen Missverständnisses auf dem Türschild stand. Wieder sagte er ganz neutral: »Hallo.«

Dieses Mal musste die Stimme am anderen Ende von misstrauischerer Natur sein, denn er war sofort gezwungen, sich vorzustellen.

»Polizeiwachtmeister Schmidt. Nein, Sie können nicht mit ihm sprechen, er ist in Gewahrsam.«

Die Stimme war anscheinend frech und stellte weitere Fragen, denn sofort danach sagte Schmidt:

»Darüber kann ich keine Auskunft geben.«

Noch eine Frage.

»Das darf ich nicht sagen.«

Danach wurde am anderen Ende der Leitung der Hörer aufgeknallt. Es gab ein scharfes »Klick«, während Schmidt immer noch mit dem Hörer in der Hand dastand, ganz verloren, wie ein Baby, das ein Spielzeug bekommen hat, mit dem es nichts Richtiges anzufangen weiß.

Langsam und zögernd legte er den Hörer auf und kehrte zum Tisch und den Tabaksnebeln zurück.

Ich hielt die Augen immer noch geschlossen. Ich sagte kein Wort.

Es dauerte nur drei Züge an der Zigarette und ein Nippen am Cognac, bis das Telefon wieder läutete. Diesmal gab es keinen Zweifel, wer es war. Von der ersten Sekunde an, als Schmidt den Hörer abhob, konnte ich hören, wie eine dröhnende und zugleich schrille Stimme das ganze Zimmer füllte, in dem wir saßen. Es war Chefredakteur Otzen.

Otzen ließ Schmidt die Stimme und Diktion hören, die seine Mitarbeiter bei den Redaktionskonferenzen gewohnt waren. Schmidt war sie nicht gewohnt. Sie waren offenbar schlimmer als die *seiner* Vorgesetzten.

Ich konnte – trotz Otzens energischer Bemühungen – nicht alles verstehen, aber einzelne Worte, die dem Hörer entwichen, genügten. Unter denen, die ich verstehen konnte, waren »ungeheurer Missgriff«, »Unterdrückung der Meinungsfreiheit«, »Verfolgung von Einzelpersonen«, »Unfähigkeit der Polizei«, »Mangel an elementarer Vernunft«, »Einschalten höherer Instanzen« und »juristisches Nachspiel«.

Das machte Eindruck auf Schmidt. Er war kaum zu Wort gekommen, und als er sich wieder hinsetzte, war er ziemlich bleich. Er sah aus, als ob er gerne etwas sagen wollte, aber nur nicht *durfte*.

Unterdessen überlegte ich mir – mit Hilfe einer weiteren Tasse Kaffee und einer loyalen Zigarette –, dass der Grund dafür, dass Otzen jetzt anrief und den starken Mann spielte, Barbara sein musste, die vorher angerufen und wieder aufgelegt hatte. Barbara war die Freundin ihrer Freunde, und Otzen war der Beschützer seiner Mitarbeiter (auch der ehemaligen) und im übrigen durch und durch ein Polizistenhasser, seit er selbst vor dreißig Jahren wegen Trunkenheit am Steuer verurteilt worden war, ein Urteil, das er als größten Justizirrtum in der Geschichte Dänemarks ansah und über das er oft belehrende Vorträge in der Kantine hielt. Es lag nicht zuletzt an Otzens damaliger Verurteilung, dass das BLADET eine so vorurteilsfreie Haltung gegenüber den Gerichten und der Gerechtigkeit in Dänemark einnahm und als einzige Tageszeitung dafür eintrat, »die Methoden der Behörden zur Diskussion zu stellen«.

Das Telefon läutete wieder, und diesmal konnte ich an Schmidts Stimme hören, das er viel schlimmer litt als bei den vorigen Malen. Jede seiner Antworten endete mit »Herr Rechtsanwalt«. Soweit ich von meinem Stuhl aus mit der Musik im Hintergrund verstehen konnte, klangen sie ungefähr wie:

»Ja, Herr Rechtsanwalt. Korrekt, Herr Rechtsanwalt.«

»Nein, Herr Rechtsanwalt. Als Zeuge festgehalten.«

»Nein, Herr Rechtsanwalt, keine Anklage.«

»Nein, Herr Rechtsanwalt. Bitte sehr, Herr Rechtsanwalt!«

Und dann reichte er *mir* den Hörer.

»Ich dachte, ich dürfte mit niemandem sprechen?«, sagte ich.

»Es ist Ihr Rechtsanwalt«, sagte er.

Es war natürlich der Rechtsanwalt vom BLADET (Otzen war schnell am Drücker), der bereits plante, bei der Polizei einen Protest wegen Behinderung der Presse bei ihrer Arbeit zur Information der Bevölkerung einzureichen, und der sich anbot, beim Verhör als juristischer Beistand anwesend zu sein.

Es war schwer, ihn loszuwerden. Ich notierte mir seine Nummer und versprach anzurufen, sobald ein Termin für ein Verhör angesetzt wäre. »Aber«, sagte ich, »Sie wissen ja, wie viel Zeit bis dahin vergehen kann. Es ist ja bei der Polizei ein beliebter Trick, Zeugen warten und warten zu lassen.«

Als ich den Hörer auflegte, herrschte in der Stube eine sehr gespannte Atmosphäre. Schmidt schielte zu mir rüber. Ich hoffte, er würde nicht so sehr schielen, dass er die Beulen im Teppich bemerken würde.

Er hatte es noch nicht getan, als der nächste Anruf kam. Die Uhr zeigte 22.00, und es war Ehlers, der ihn aufforderte, mich zum Verhör zu bringen – wenigstens dies eine Mal klärte er mich ganz freiwillig und sehr freundlich auf.

Schweigend machten wir uns auf den Weg.

51

Ihr Freund, der Buchhändler, war ein echter Kerl!«

Das war das Erste, was Polizeiinspektor Ehlers zu mir sagte, nachdem ich meinen üblichen Platz in seinem Folter-Stuhl eingenommen hatte und Schmidt verschwunden war.

»Da stimme ich Ihnen zu.«

»Wollen Sie seinen Brief lesen?«

»Ich dachte, der wäre als Beweismaterial beschlagnahmt.«

»Er *ist* bereits untersucht worden. Auf dem Brief selbst sind nur *seine* Fingerabdrücke, und auf dem Kuvert seine und Ihre. Bitte sehr!«

Er gab ihn mir. Unter Billes Namen und Adresse und dem Datum stand:

Um den Polizeibehörden unnötige Probleme zu ersparen, erklärt der Unterzeichner hiermit:

dass ich heute um etwa 10.00 Uhr Direktor Victor Valentin, genannt »der Dünne«, in seinem Haus Søbakkevej 14, 2800 Lyngby, mit zwei Schüssen in die Brust aus meinem Revolver, zu dem ich einen Waffenschein Nummer PB 283614 besitze, getötet oder »ermordet« habe –

und *dass* ich mir danach mit einem Schuss in die Brust aus derselben Pistole selbst das Leben genommen habe. Oder besser gesagt: Ich werde es getan haben, wenn Sie diesen Brief erhalten. Ich habe unter dem Vorwand, dass ich hinke, einen Kunden gebeten, den Brief zu überbringen.

Ich bin – in Bezug auf Ihre Psychiater – im Vollbesitz meiner geistigen Kräfte. Ich wage zu behaupten, dass ich diese Stadt von einem Schädling befreit habe und dass dies freiwillig und vorsätzlich geschehen ist.

Da das Gesetz keine Möglichkeit hat, Menschen wie Victor Valentin zu bestrafen, muss es der einzelne Bürger tun – und die Konsequenzen daraus tragen.

Ich schreibe diese Zeilen, um keine unnötige Unordnung zu hinterlassen. Den Revolver werden Sie vermutlich zu meinen Füßen finden, und mein Testament und andere notwendige Papiere in der Schreibtischschublade, vor der ich sitze. Der Schlüssel ist in meiner Tasche.

Der Brief war mit *A. Th. Bille* unterschrieben.

Es gab nicht viel dazu zu sagen.

»Wann waren Sie bei ihm?«, fragte Ehlers ohne Übergang.

»Oh, so gegen elf, glaube ich«, antwortete ich wachsam.

»Ich glaube nicht so recht daran«, sagte Ehlers. »Ich habe immerfort das Gefühl, Sie wissen mehr von der Sache hier, als Sie sagen wollen.«

»Und was sollte das sein?«, fragte ich.

»Nein, was sollte das wohl sein?«, wiederholte Ehlers sarkastisch. »Es ist nur ein wenig seltsam, dass Sie innerhalb der letzten Woche so oft Mördern, Selbstmördern und Leichen begegnen.«

»Ich habe einen recht gemischten Bekanntenkreis«, sagte ich.

»Sieht ganz so aus«, antwortete Ehlers. »Aber Sie sind bis auf weiteres frei. Für den Mord liegt ein Geständnis vor, die Spezialisten können nur Billes Fingerabdrücke auf dem Revolver finden, die Waffenexperten meinen, dass der Hai und Bille mit ein und demselben Revolver getötet wurden, und sein Testament befindet sich an der entsprechenden Stelle, wie in seinem Brief beschrieben. Wissen Sie, was er über sein Vermögen verfügt hat?«

»Nein«, sagte ich. Mir schien das am klügsten.

»Alles kommt dem Heim für alleinstehende Männer zugute!«

»Hübsch.«

»Tja-a ...«

Ehlers sprach schleppend. Ich sah zu ihm hoch und bemerkte, wie müde er war. Die Wangen waren eingefallen, die Haut schimmerte gelblich, die Augen verrieten bleierne Müdigkeit. Dieser Mann brauchte ein paar Wochen Schlaf.

Aber immer noch loderte irgendwo ein Feuer in seinem Körper. Er *konnte* nicht offiziell sein und die Klappe halten.

»Was für eine Sache!«, sagte er. »Auch Ihre Zeitung, die immer auf der Polizei herumgehackt hat; können Sie jetzt sehen, unter was für Bedingungen wir arbeiten? So liegen die Dinge, und nicht wie Ihre Berichte und Forderungen sie immer darstellen, nicht klar und schlüssig, sondern verwickelt und wahnwitzig!«

»Ein alter Mann wird ermordet«, fuhr er flüssig fort, »und man sucht nach allen Richtungen. Dann wird sein Nachbar über ihm ermordet, und es gibt anscheinend keine andere Verbindung zwischen den beiden Morden als der Umstand, dass sie im selben Haus wohnen. Aber dann stirbt auch noch der andere Bewohner einen Stock drüber, wir entdecken, dass das Haus eine Zentrale für Rauschgift und wahrscheinlich für Alkoholschmuggel ist – ohne dass wir etwas beweisen können –, und noch eine Bewohnerin wird ermordet, noch dazu im Zug, nachdem sie zu allem Überfluss auch noch unter Polizeischutz gestanden hatte!«

»Und selbst wenn wir nicht den Schimmer einer Ahnung haben, wer der Mörder ist, auch wenn wir nicht die Hand kennen, die diese Menschen erschossen hat, so wissen wir doch fast mit Sicherheit, dass sie alle auf die eine oder andere Weise, auf höherer oder niedrigerer Ebene, innerhalb einer bestimmten Gang gearbeitet haben, die von Victor Valentin als Hintermann angeführt wird, dem wir noch nie etwas nachweisen konnten.«

»Und das Schlimmste ist, dass alles so verdammt unsicher ist. Wir wissen alles, aber wir wissen nichts darüber, was das Ganze plötzlich zu einer Brandbombe hat werden lassen. Sie können ihre Waren von dort aus monatelang verkauft haben, sie hatten bestimmt eine enge Zusammenarbeit zwischen dem Mordhaus, dem Hotel und der Pinte im Erdgeschoss. Aber jetzt ist die Pinte geschlossen, das Hotel kann nicht überführt werden, und alle decken sich gegenseitig, sodass nichts gegen niemanden bewiesen werden kann. Vielleicht stoßen wir durch einen Zufall darauf, *wer* von den Gangstern des Hais die Opfer erschossen hat – in zehn Jahren, wenn er in der Zelle sitzt und einem gesprächigen Mitgefangenen über sich erzählt, der dann uns wiederum einen Tipp gibt. Vielleicht kommt eines Tages irgendeiner und zeigt ihn oder sie an, um sich in einem völlig anderen Zusammenhang zu rächen. Vielleicht werden wir es nie erfahren und müssen dann mit dem Wissen leben, dass ein vierfacher Mörder in der Stadt herumläuft und bereit ist, wieder zuzuschlagen, wenn er das nächste Mal einen Sponsor findet.«

»Aber der *wirkliche* Mörder ist doch ›der Dünne‹«, sagte ich.

»›Der *wirkliche* Mörder‹ ist ein Phantom«, sagte Ehlers. »Der wirklich wirkliche Mörder ist die Person, deren Finger sich in den vier Fällen am Abzug des Revolvers krümmte, und nicht der, der ihm den Auftrag gab. Selbstverständlich handelt es sich um einen gemieteten Profikiller. Eine teuflische Art, sein Geld zu verdienen!«

Ich gab ihm völlig Recht.

»Aber *warum?*«, blieb Ehlers dran, als ob er im Speed-Delirium war. »Warum? Etwas musste durchgesickert sein, oder *sie* müssen geglaubt haben, es wäre was durchgesickert. Zuerst Christensen, vielleicht hatte er was gesehen oder was sagen wollen – dann Rosenbaum. Und dann die jungen Leute, nur aus dem Verdacht heraus, dass sie etwas sagen *könnten*! So was ist unbarmherzig, es ist Wahnsinn, wenn es erst mal losbricht. Ich habe es in dieser Art nur einmal vorher erlebt. Das war '69 ...«

Sein Kopf sank einen Augenblick lang herab, aber dann gewann er die Selbstkontrolle wieder und fuhr fort:

»Na ja, ist ja auch egal. So was ist wie Tollwut bei Hunden, plötzlich bricht es aus, und am nächsten Tag radieren sich alle gegenseitig aus. Jeder misstraut dem anderen und verdächtigt ihn, ein Spitzel zu sein, keiner wagt sich auf andere als sich selbst zu verlassen. Und dann räumen sie sich gegenseitig aus dem Weg auf Auftrag von oben ...«

»Ja«, fügte ich hinzu: »Und in einem oder zwei

Monaten fangen sie woanders einfach wieder von vorne an.«

Ehlers nickte zustimmend und sah abwesend aus.

Draußen war es dunkelblau, und die Luft war sicher frisch und sauber vom Regen.

Nach einer Pause sagte Ehlers: »Manuel ist heute sicher ganz zufrieden. Jetzt ist *er* der Chef. Wahrscheinlich sitzt er in diesem Augenblick irgendwo und plant eine neue Rauschgift-Zentrale mit einigen der Unterhäuptlinge, während er sich gut umschaut, wen er sich als *seinen* Manuel vorstellen kann ... Manuel Thomsen hat durch Valentins Tod viel gewonnen.«

»Die Frau wohl auch?«

»Madam Veronica? Ja, sie erbt Haus, Sparbuch und einige Immobilien. Sie wird schon zurechtkommen. Aber ich glaube, Oberst Manuel wird auf längere Sicht mehr verdienen bei diesem – Besitzerwechsel.«

»Und, unter uns gesagt, ich wünschte mir wirklich, wir könnten *ihm* den Mord an dem Hai anhängen. Es wäre nur gerecht. Aber wir können es nicht, denn der Buchhändler hat klar und eindeutig gestanden. Der Buchhändler ist der Mörder, basta!, und der Buchhändler ist tot. Das ist alles.«

»Und jetzt will ich nach Hause. Ich bin müde. Sie werden wohl in den nächsten Tagen zum Verhör vorbeikommen und ein paar Aussagen machen müssen, aber ich werde Sie noch anrufen. Sie haben noch keine neue Arbeit gefunden?«

»Nein.«

»Sie könnten ja das Antiquariat übernehmen.«

»Tja-a ... Das ist sicher nicht gerade ...«

Ich wollte gerade hinausgehen, als Ehlers mir einen letzten Gruß hinterherblaffte.

»Wissen Sie was«, sagte er, »wenn man an so einer Sache arbeiten muss, ›innerhalb des gesetzlichen Rahmens‹, dann wird einem die Form von Gerechtigkeit, die gewisse Buchhändler in ihrer Freizeit üben, wirklich sympathisch!« Es war um Mitternacht, als ich herauskam. Die Luft *war* ganz frisch und sauber. Und ein großer, runder, vibrierender Vollmond baumelte frotzelnd über dem Halmtorvet, als ob er zeigen wollte, dass gewisse Körper weniger sterblich waren als andere.

52

Vielleicht war es die Luft, vielleicht lag es am Vollmond, vielleicht wurde es nur durch die letzte Woche ausgelöst.

Jedenfalls: Als ich eine Viertelstunde, die Hände in den Taschen, am Halmtorvet hin und her gelatscht war und die Nutten angestarrt hatte, die rings umher in den Hotel- und Hauseingängen Aufstellung nahmen, und ihre Kunden, die im Auto angefahren kamen, in einiger Entfernung ausstiegen und heranspazierten, um ihre Wahl zu treffen, als ich in der sternklaren Nacht in den Straßen auf und ab gebummelt war und ein paar Nachtschwärmer-Cliquen und Nachtwächter an mir vorbeischlendern gesehen und das Lärmen aus einem Dutzend Wohnungen gehört hatte, wo man mit lauter Schallplattenmusik und grölenden Rufen Feste feierte – da ergriff es mich.

Ich möchte nicht behaupten, dass es so was wie

eine höhere Macht war. Es war vielleicht eher die gleiche Reaktion, die – wie man sagt – alte Zirkuspferde zeigen, sobald sie den Ton einer Trompete hören. *Jetzt* plötzlich konnte ich an meinem ganzen Körper spüren, dass ich Journalist war.

Gemüsehändler und Bäcker schliefen jetzt, denn ihre Arbeit begann am frühen Morgen. Die Nutten waren jetzt auf den Beinen und machten Kunden an, denn für sie war jetzt die beste Geschäftszeit. Die Musiker im ganzen Umkreis waren bei ihrer dritten und letzten Serie, und sicherlich in Höchstform.

Und die Journalisten – ja, die Journalisten waren dabei, sich über den Stoff für ihre Artikel einig zu werden, um sich vor letztem Redaktionsschluss an die Maschine zu setzen.

Ich streckte einen Arm in die Luft, und eine Minute später hielt ein Isted-Bil-Mietwagen neben mir. Irgendjemand forderte den Fahrer auf, zum BLADET zu fahren. Irgendjemand bezahlte für die Fahrt, ging direkt hinauf in das Redaktionssekretariat und machte ihnen ein paar Andeutungen über eine Solo-Story über den Tod eines bekannten Hintermanns durch Revolverschüsse. Irgendjemand behauptete, als einziger Journalist in der Stadt den Mörder zu kennen, der wiederum Selbstmord begangen habe.

Redaktionssekretär Michelsen schien zunächst zu glauben, ich wäre betrunken. Dann taute er allmählich auf. Nach ein paar Minuten rief er Otzen an, um dessen Meinung dazu zu hören.

Fünf Minuten später war Otzen da.

»Dynamit!«, erklärte er sofort. »Dynamit! Nimm dir eine Zigarre, mein Junge – möchtest du nicht einen Whisky?«

»Doch ja, danke. Und etwas Kaffee.«

»Holt sofort Kaffee!«, rief Otzen und jagte jemanden los, ihn zu holen. Hätte ich in dieser Sekunde um trockenen französischen Champagner gebeten, dann hätte Otzen auch den per Taxi aus irgendeinem hemmungslosen Nachtclub besorgen lassen.

Ich stand da und schwankte hin und her. Die Albträume vieler Nächte steckten mir noch in den Knochen. Das Redaktionssekretariat verschwamm ein bisschen vor meinen Augen, aber das war ja immer der Fall gewesen, das liegt in der Natur von Redaktionssekretariaten.

Nach dem Kaffee bekam ich ein Büro und eine Schreibmaschine. Wie ein Blinder, so müde war ich, fummelten meine Finger über die Tastatur, um zu erzählen, was geschehen war.

Während die Dunkelheit sich dicht über die Stadt breitete, saß ich da und hackte drauflos, mit Aussicht auf einen Hinterhof, wo unaufhörlich die Lastwagen mit den nicht verkauften Zeitungen von gestern ankamen, und mir wurde völlig klar, dass auch ich eine Nutte war – eine Nutte, genau wie die Polizei-Nutten und die Gangster-Nutten, eine Journalisten-Nutte. Ich versuchte, es von der Seite her zu sehen, dass ich mehr die Nutte *der Story* war als die Nutte vom BLADET.

Ein paar Mal wurde mir schwarz vor Augen, ich hatte ein schaukelndes, unwirkliches Gefühl in der Magengrube, als ob ich eine Art Versuchstier für unbekannte chemische Kräfte wäre, aber jedes Mal konzentrierte ich mich wieder auf das, was ich gesehen hatte: die zwei toten Menschen, Ole und Bille.

Selten hat mir ein Schreibtisch so messerscharf klar vor Augen gestanden. Jedes einzelne Detail leuchtete in einem kränklichen, seelenvollen Glanz: die Zigarettenschachtel, der Aschenbecher, die Kaffeetasse, die Bögen Papier. Ich wusste nicht, wer und wo ich war. Ich hatte jegliche Beziehung zur Vernunft verloren.

Bis auf eins: Ich wusste, dass ich meine Story um 3.00 Uhr abliefern musste.

Es gelang. Ich riss die letzte Seite aus der Schreibmaschine, ging wieder ins Redaktionssekretariat – es war jetzt nahezu verlassen, die Hälfte der grellen gelben Lampen waren gelöscht und alle Aschenbecher übervoll – und lieferte meine Geschichte bei Michelsen ab, der ausschließlich deswegen dagesessen und gewartet hatte, als ob er nicht zu Hause Frau und vier Kinder hätte.

Er grunzte bloß.

Drei Minuten später war ich wieder draußen an der frischen Luft, mit dem befreienden Gefühl, einem mörderischen Albtraum entkommen zu sein. Zehn Minuten lang stand ich einfach nur so da und atmete die Luft ein, während ich die einzelnen Menschen betrachtete, die in diesem dunkelsten Teil der Nacht noch draußen waren. Die meisten sahen aus, als würden sie von Dämonen verfolgt. Sie liefen hin und her, anscheinend planlos, wie Insekten durch ein Mikroskop betrachtet, auf ihrem Weg zu irgendeiner Form von vorübergehendem Frieden, der ihnen, wenn schon nichts anderes, so doch zumindest eine oder zwei Stunden Schlaf verschaffte, bevor ihr Rennen von vorne begann.

Die Psalmendichter haben Recht, dachte ich. Wir wandern in Der Seele Dunkler Nacht, wir suchen vergebens nach Hoffnung, die wir zu haben glauben, und nach Träumen, die wir sorgfältig züchten, und wir sind dazu verurteilt, unaufhörlich umherzustreifen, um das zu finden, wofür wir zu leben glauben.

Morgen schon konnte jeder von denen, die jetzt auf Jagd nach einer warmen Kneipe oder einer lockenden Umarmung in der Stadt umherirrten, aus genauso idiotischen und sinnlosen Gründen genauso tot und fertig sein wie Christensen, Rosenbaum, Ole, Hanne, ›der Dünne‹ und Bille. Morgen konnte jeder von ihnen von einem besoffenen Autofahrer über den Haufen gefahren werden, der ihrem Taxi auf dem Weg nach Hause die Vorfahrt nahm. Morgen konnte jeder von ihnen entdecken, dass er hoffnungslos an Krebs litt und ihm nur noch drei Wochen blieben.

Zwischen diesen Menschenfiguren, die schwärzer und schwärzer aussahen, fuhren ihre Autos wie kleine tutende Spielzeugkäfige mit eingebautem Aschenbecher, die Teddy und Puppe Susi von Ort zu Ort brachten. Die Autos glichen allesamt Leichenwagen, und die Verkehrsampeln schimmerten in nahezu übernatürlichen Farben.

Ich ging geradewegs nach Haus. Ich verspürte nicht mal das Bedürfnis nach einem Drink.

53

Fünfzig Jahre später wachte ich auf. Ich war immer noch ich selbst, im Besitz derselben und sämtlicher Glieder, in derselben Wohnung, im selben Viertel und anscheinend nur um eine Nacht älter.

Es war wie immer das muntere, kleine Telefon gewesen, das mich geweckt hatte. Als ich verschlafen meinen Namen in die Sprechmuschel murmelte, erklärte mir diese, dass sie Ehlers hieße.

»Ich habe Ihre Story gelesen«, sagt er. »Ausgezeichnet, finde ich. Sehr *fair* aufgemacht. Ja, das war's eigentlich nur, was ich sagen wollte. Vielleicht sehen wir uns ein andermal. Auf Wiedersehen.«

»Auf Wiedersehen«, sagte ich und sank auf meine Matratze zurück. Aber es war zu spät. Ehlers *hatte* mich unwiderruflich geweckt. Mit wild protestierenden. Schreien im Körper fuhr ich in eine passende Anzahl Bekleidungsgegenstände und ging auf die Straße runter, um mir die Zeitungen zu holen.

Titelseite und zwei Seiten im Innenteil vom BLADET. Foto von mir und Biografie. Aus Anlass des Tages war ich zu »unser hervorragender Mitarbeiter« avanciert. Natürlich hatte der Redaktionssekretär die Story um die Hälfte gekürzt, aber sie war trotzdem noch schön füllig.

Ich feierte mein seit längerer Zeit erstes Stück ehrliche Arbeit mit einer Kanne Kaffee und ein paar Zigaretten, *zu Hause*.

Mitten bei der zweiten Tasse läutete das Telefon getreulich ein weiteres Mal. Es war Barbara, die mich zu der Story beglückwünschte – und dazu, dass ich aus der Sache raus wäre.

»Sehen wir uns bald?«, fragte sie.

»Ich ruf dich später an«, antwortete ich. »Ich bin gerade erst aufgewacht. Hab ... mein Gehirn noch nicht wiedergefunden.«

Der nächste Anrufer war Chefredakteur Otzen. Es schien, als ob ein seltsamer spiritueller Zusammenhang zwischen seinen und Barbaras Anrufen bestehen würde, der eine folgte stets auf den anderen.

Heute war ich Otzens Freund. Er erzählte, er hätte den Auftrag gegeben, mir einen Bonus von 15.000 Kronen zukommen zu lassen – »nennen wir es eine *Gratifikation*« –, für eine Story, die alle anderen Zeitungen für diesen Tag in den Schatten gestellt hätte. Otzen war froh und dankbar und hätte ja die ganze Zeit gewusst, dass ich mit der Sache schon klarkommen würde. Und jetzt meinte er, wäre es an der Zeit, die Konditionen auszuhandeln, zu denen ich als fester Angestellter zum BLADET zurückkommen könnte.

»Wir brauchen einander«, dröhnte er mit seiner Stimme, die von den Redaktions- und Vorstandskonferenzen beim BLADET her so vertraut war. »Kommen Sie nach Hause!«

Ich erklärte ihm, dass ich für den schönen Bonus dankbar wäre, aber keine feste Anstellung wünschte.

»Denken Sie erst mal in Ruhe darüber nach!«, sagte Otzen väterlich. »Und schauen Sie rein, wenn Sie gerade vorbeikommen! Sie wissen ja, wie sehr man Sie hier beim BLADET schätzt!«

Ich bedankte mich und legte auf. 55.000 plus 15.000, jetzt besaß ich 70.000 Kronen, sozusagen steuerfrei.

Ich griff zu meinem Portemonnaie. Dessen Pegel war seinerseits auf nur noch 28 Kronen abgesunken, sodass ich genauso gut auf der Stelle mein Depot anbrechen konnte.

Ich legte eine Blues-Platte auf und brachte einen alten, zähneklappernden Neger dazu, davon zu singen, mit was für teuflischen Kopfschmerzen er an einem Montagmorgen des Jahres 1935 in einer Hütte in Georgia aufgewacht war. Das versetzte mich weder in bessere noch in schlechtere Stimmung. Ich fühlte mich heute total leer, vollkommen leer. Es gab nichts, was eine größere Rolle spielte, auch kein beschissen haltbarer Blues.

Als das Telefon das nächste Mal läutete, war es Helle, die meinte, mich lange nicht mehr gesehen zu haben, und hören wollte, wie es mir ginge. Erst als sie »lange nicht gesehen« sagte, wurde mir klar, dass es seit einem Jahr die erste Woche war, in der ich nicht zu *irgendeinem* Zeitpunkt schwankend zu ihr nach Hause gekommen war.

Sie konnte hören, wie zerstreut ich war – wie gewöhnlich durchschaut –, und wir redeten darüber, dass wir darüber noch reden würden, wie zigtausend Menschen es jeden Tag tun.

Als ich den Hörer aufgelegt hatte, hatte ich das Gefühl, die Brücken zur Vergangenheit hinter mir abgebrochen zu haben, ohne irgendwelche Brücken der Zukunft vor mir zu sehen. Ich leerte die Kaffeekanne und sah aus dem Fenster. Der Nieselregen war zurückgekehrt, und die Straßen sahen wieder genauso aus wie vor all den Morden und Razzien. Regenmäntel und Schirme wurden hin und her getragen, und manche machten eine Extra-Besorgung drinnen in den Kneipen, mit dem erneuten Regen als eine gute Entschuldigung.

Ich nahm den Blues-Neger vom Plattenteller, rollte einen einzelnen Tausender aus dem Bündel Geldscheine, steckte mir die Zigaretten in die Tasche, stopfte mir eine schnelle Pfeife Hasch und ging in die Stadt.

Ich ging einfach. Ich ging weiter und weiter in

diesem Regenwetter. Es ist – wie schon gesagt – sehr beruhigend, seine Beine zu bewegen, wenn einem die Nerven zu sehr flattern.

54

Natürlich landete ich auf den roten Sitzen des Sterncafés, wo ich die Musikbox plärren ließ, während ich mit halb geschlossenen Augen in der entferntesten und diskretesten Ecke saß und meinen Whisky trank. Frank Sinatra sang, wie er stets auf *seine* Art gesungen hatte, über *My Way*, und ich lachte und weinte zugleich. Das Ganze war wie ein Spiel, als ob man sich am Morgen nach einem nächtlichen Poker ein zusammengeknülltes Blatt vom Spielblock ansah, wenn die Runden gespielt sind, und die Rechnungen bezahlt. Aus einem solchen Blickwinkel sieht alles verzerrt aus. Alles gleicht einer Mischung aus Stummfilm-Farce und Kinderlied mit einem lallenden und gellenden Schluss. Durch und durch sinnlos. Vier Menschen wurden ermordet. Vier Menschen, zwei alte und zwei junge, drei Männer und eine Frau, einer, den ich nicht gekannt hatte, einer, den ich kennen gelernt hatte, einer, mit dem ich befreundet gewesen war, und eine, mit der ich im Bett gewesen war – alle zwölf umgebracht von einem dreizehnten, ›dem Dünnen‹, oder dessen dreizehnten, vierzehnten Handlanger. Und der dann getötet von einem Mann, der auf der Szene auftauchte und sich selbst getötet hatte, damit das Ganze eine Lösung fand.

Es war ein wahnwitziger Totentanz. Möglicherweise war es eine Reihe von »Zufällen«, aber es war geschehen.

Es *war* geschehen.

Der Albtraum einer Woche und sechs Leichen. Sechs mal vierundzwanzig Stunden, sechs Tote. Und dann also 70.000 Kronen für meinen Geldbeutel.

Und nichts hatte sich auch nur eine Spur verändert. Noch eine Woche würde es ringsherum ein wenig Murren und Verwirrung geben, aber dann würde der Trip weitergehen. Neue Leute würden den gleichen Stoff von anderen Dachböden zu den gleichen Junkies transportieren, und der einzige Unterschied würde der Name des Bosses sein. In ein paar Wochen würde der Schwarze Manuel wahrscheinlich ›der Schwarze‹ heißen, und man würde über ›den Schwarzen‹ sprechen, und wenn es nicht ›der Schwarze‹ sein würde, dann eben ›der Dicke‹ oder ›der Große‹.

Es gibt immer einen, der bereitsteht. »Der König ist tot/es lebe der König.«

Und wenn ich – oder selbst Jens – draufgegangen wäre, hätte das BLADET eine Lösung gefunden, und wenn Ehlers draufgegangen wäre, hätte es wohl auch für ihn einen Schwarzen Manuel als Ersatz gegeben.

Nobody's perfect, niemand ist unersetzlich – und alles ist ein bodenloses Chaos.

Überall gibt es Schwächen, Wunden und stinkende Geheimnisse, erklärte ich mir selbst geduldig. Einige sind tot, das ist alles. Sie sterben die ganze Zeit. Stell dir nur vor, was in New York, San Francisco und Hongkong passiert ist, während dieser Woche in Vesterbro, das ja nur ein kleiner Teil von Kopenhagen ist!

Und unter allen Umständen würde der ganze Trip ungerührt weitergehen. Die Hotels würden weiterhin öffnen und schnell Staub wischen, bevor sie ein weiteres Mal ihre verhurten Betten vermieteten, die Nutten würden jeden Abend aufmarschieren und mit ihren Handtaschen bereitstehen, mit ihren Zuhältern in der Nähe, die Dealer würden herumschleichen und alles Mögliche anbieten, vom Pakistaner bis Preludin, die Spieler würden ihre Opfer jagen, um sie später auszuplündern, die Barkeeper würden Gläser trocknen, Flaschen öffnen und ab und zu mit Lappen über die Tische klatschen, die Taxis würden tuten, die Verkehrsampeln würden umschalten, Menschen würden sich begegnen – und die Zeitungen würden jeden Tag erscheinen.

Und Kurt und Magic und ich selbst und zigtausend andere mit genauso leeren Gesichtern würden sich regelmäßig auf der Straße begegnen und ein paar Worte miteinander wechseln, bis wir an die Reihe kamen.

Wäre ein Stück von Chopin in der Musikbox gewesen, ich hätte es bestimmt gedrückt.

Was würde wohl aus Veronica Wool werden, die ich nie zu Gesicht bekommen hatte? Würde sie wirklich zutiefst dankbar sein, die Kasse nehmen und von vorn beginnen – einen hübschen, jungen Kapellmeister finden und ein Comeback versuchen? Oder würde sie vielleicht in Immobilien investieren oder nach Spanien ziehen?

Was mit Hannes Eltern, dem liebenswürdigen Lehrerpaar in Vejle? War *ihr* Leben jetzt zerstört?

O Gott, und so war es überall, jede Sekunde rund um die Uhr.

Vielleicht waren deshalb alle so sehr darum bemüht, nicht darin verwickelt zu werden.

Aber ganz gleich, wer starb: Einige Türschilder würden ausgetauscht, einige Platten in der Musikbox ausgewechselt werden, einige würden dann und wann in weinerlicher Stimmung dasitzen, so wie ich dasaß und ein bisschen heulte – das war alles.

Die Saxogade 28 B stand sicher schon in den Zeitungen unter der Rubrik ›Vermietungen‹.

Irgendein Idiot drückte an der Musikbox lauter deutsche Schlager und betrachtete zufrieden seine große, vollbusige Freundin mit den enormen Zähnen, als der erste Ton der schmalzigen Schnulze wie Soft-Ice herausfloss.

Ich rauchte langsam eine Pfeife, und meine Gedanken streiften plötzlich – weg von allem und allen – zur dunkelhaarigen Gitte Bristol, der Anwältin.

Ihr Gesicht begann quer durch den Raum zu schweben, während gleichzeitig Elvis mit seinem unvergänglichen *Are You Lonesome Tonight?* begann, und im rastlosen Schütteln der Spielautomaten sah ich ihre Augen.

Ich war nahe dran, sie anzurufen, besann mich aber dann, dass es wohl klüger sein würde zu warten.

Vielleicht könnte ich *sie* bitten, einiges von meinem ersparten Geld in sicheren und stabilen Wertpapieren anzulegen.

Über diese Idee musste ich sehr lachen, ganz allein.

Sehr lange saß ich fast unbeweglich im Sterncafé, bis ich merkte, wie die kühle mitternächtliche Luft zur Tür hereinkam. Dann ging ich rauf zu mir. Ich wollte ins Bett und hoffte, dass niemand mich heute Nacht wecken würde.

Und als ich ›wecken‹ dachte, wurde ich auf einen Schlag hellwach und erinnerte mich erneut an den Anruf, der mich eines Nachts spät geweckt und mir vorgeschlagen hatte, zur Saxogade 28 B rüberzukommen. Von wo war der Anruf gekommen, der die ganze Maschinerie in Bewegung gesetzt hatte? Wer war es gewesen, der vor einer Woche gesagt hatte »Komm sofort rüber ... in die Saxogade ... 28 B«?

Ich wusste es nicht. So ist das Leben. Vielleicht würde ich es nie erfahren. Vielleicht war es nie wirklich passiert. Vielleicht hatte ich es auch nur geträumt.

Ich hoffte, dass mich heute Nacht niemand wecken würde.